Elizabeth von Arnim
Elizabeth auf Rügen

Elizabeth von Arnim

Elizabeth auf Rügen
›The Adventures of Elizabeth in Rügen‹

Roman
Aus dem Englischen übersetzt von
Anna Marie von Welck
Mit einem Nachwort von
Kyra Stromberg

ULLSTEIN

Die Deutsche Bibliothek – CIP-Einheitsaufnahme

Arnim, Mary A. von:
Elizabeth auf Rügen : Roman – »The adventures of Elizabeth in Rügen« /
Elizabeth von Arnim. Aus dem Engl. übers. von Anna Marie von Welck.
Mit einem Nachw. von Kyra Stromberg. – Frankfurt/M ; Berlin :
Ullstein, 1996.
Einheitssacht.: The adventures of Elizabeth in Rügen ⟨dt.⟩
ISBN 3-550-06757-7

Verlag Ullstein GmbH · Berlin · Frankfurt/M.
Englischer Originaltitel:
The Adventures of Elizabeth in Rügen
Deutsche Übersetzung © 1989 Verlag Ullstein GmbH ·
Berlin · Frankfurt/M.
Alle Rechte vorbehalten
Satz: Dörlemann Satz GmbH, Lemförde
Druck und Verarbeitung: Graphischer Großbetrieb Pößneck
Ein Mohndruck-Betrieb
Printed in Germany 1996
ISBN 3 550 06757 7

Gedruckt auf alterungsbeständigem Papier
mit chlorfrei gebleichtem Zellstoff

Inhalt

DER ERSTE TAG
Von Miltzow nach Lauterbach
7

DER ZWEITE TAG
Lauterbach und Vilm
37

DER DRITTE TAG
Von Lauterbach nach Göhren
58

DER VIERTE TAG
Von Göhren nach Thiessow
67

DER VIERTE TAG – FORTSETZUNG
In Thiessow
76

DER FÜNFTE TAG
Von Thiessow nach Sellin
89

DER FÜNFTE TAG – FORTSETZUNG
Von Sellin nach Binz
101

DER SECHSTE TAG
Das Jagdschloß
120

DER SECHSTE TAG – FORTSETZUNG
*Die Wälder um Granitz, der Schwarze See
und Kieköwer*
137

DER SIEBENTE TAG
Von Binz nach Stubbenkammer
152

DER SIEBENTE TAG – FORTSETZUNG
In Stubbenkammer
166

DER ACHTE TAG
Von Stubbenkammer nach Glowe
177

DER NEUNTE TAG
Von Glowe nach Wiek
196

DER ZEHNTE TAG
Von Wiek nach Hiddensee
215

DER ELFTE TAG
Von Wiek nach Hause
229

NACHWORT
233

Der erste Tag

Von Miltzow nach Lauterbach

Jeder, der zur Schule gegangen ist und sich noch daran erinnert, was er dort gelernt hat, weiß, daß Rügen Deutschlands größte Insel ist und daß sie in der Ostsee vor der Pommerschen Küste liegt.

Um ebendiese Insel wollte ich in diesem Sommer wandern, doch keiner wollte mitkommen. Wandern ist die vollkommenste Art der Fortbewegung, wenn man das wahre Leben entdecken will. Es ist der Weg in die Freiheit. Denn wenn man sich anders als auf seinen eigenen Füßen vorwärts bewegt, so geht das viel zu schnell, und man versäumt tausend kleine zarte Freuden, die am Wegrand warten. Fährt man mit einer Kutsche, so ist man durch eine Vielzahl von Dingen, auf die man Rücksicht nehmen muß, gebunden; die acht wichtigsten davon sind die Pferdebeine. Und was ein Auto angeht, so war der Sinn meiner Unternehmung nicht, schnell anzukommen, sondern lange dort zu sein.

Nacheinander forderte ich die geeignetsten meiner Freundinnen auf – mindestens ein Dutzend –, mit mir zu wandern. Alle miteinander gaben mir zur Antwort, das würde sie ermüden, auch sei das einfach langweilig. Wenn ich versuchte, den ersten Einwand zu entkräften, indem ich ihnen sagte, wie enorm gesund es für die deutsche Nation sein würde – und besonders für den Teil davon, der erst geboren werden sollte –, wenn die Frauen öfter um Rügen herumwanderten, sahen sie mich mit großen Augen an und lächelten. Wenn ich aber den zweiten Einwand entkräften wollte und ihnen auseinandersetzte, daß wir durch unseren eigenen Geist gottähnlich würden, rissen sie die Augen noch weiter auf und lächelten nur noch mehr.

Somit kam Wandern nicht in Frage, denn allein konnte ich es nicht. Das grimmige Ungeheuer Konvention, dessen eiserne Klauen mich allezeit umklammern und mich allezeit hindern an allem, was gesund und harmlos ist, machte diesem Plan ein für allemal ein Ende, selbst wenn ich mich nicht vor Landstreichern gefürchtet hätte, was ich aber tat. Daher fuhr ich mit der Kutsche, und zwar rund um Rügen herum.

Die Sache fing damit an, daß ich an einem heißen Nachmittag in der Bibliothek herumstöberte und nichts richtig las, sondern nur an den Büchern fingerte, mal hier eins herausnahm und mal dort hineinlugte und mir überlegte, welches ich als nächstes lesen wollte. Dabei stieß ich auf Marianne North's ›*Recollections of a Happy Life*‹ und auf die Stelle, wo sie anfängt, von Rügen zu erzählen. Sofort war mein Interesse geweckt, denn liegt Rügen mir nicht näher als jede andere Insel? Ich vertiefte mich in ihre Beschreibung des Badens an einem Ort namens Putbus, wie köstlich das war in einer sandigen Bucht, deren Wasser stets ruhig war. Dort also schwamm man auf einer kristallklaren Wasserfläche, und wundervolle Quallen oder Medusen leuchteten wie Sterne in den reinsten Farben. Ich warf das Buch beiseite und durchstöberte die Regale auf der Suche nach einem Reiseführer durch Rügen. Gleich auf der ersten Seite stand folgender bemerkenswerte Satz:

»Vernimmst du den Namen Rügen, so befällt dich ein holder Zauber. Vor deinen Augen steigt es empor wie ein Traum ferner himmlischer Feenreiche. Bilder und Gestalten aus uralter Zeit winken dir zu aus verwunschener Landschaft, wo sie in grauen Vorzeiten lebten und die Schatten ihrer Gegenwart hinterließen. Und in dir regt sich ein mächtiges Sehnen, über diese herrliche, sagenumwobene Insel zu wandern. So schnüre denn dein leichtes Bündel, beherzige Shylock's Rat und tu Geld in deinen Beutel und folge mir, ohne die Seekrankheit zu fürchten, die dich während der kurzen Überfahrt befallen mag, sie hat noch niemandem mehr geschadet als ein rasch vergehendes Unbehagen.«

Dies schien mir ganz und gar unwiderstehlich. Ein Land, das den Autor veranlaßte, das Erhabene so eng mit dem Hausbackenen zu verbinden, mußte sehenswert sein.

Bei uns zu Hause herrschte gerade große Trockenheit. Meine Augen brannten, wenn ich meine ausgedörrte Gartenerde täglich brauner werden sah unter einem messinggleißenden Himmel. Ich wußte, es war nur ein klein wenig Energie nötig, und ich könnte in ein paar Stunden ebenfalls zwischen den Medusen im Schatten der Klippen dieser legendenumwobenen Insel schwimmen. Und war es nicht noch besser, statt an diesen erstickend heißen Tagen von Sagen umwoben zu sein, selbst im Meer gewiegt zu werden? Und in was für einem Meer! Kannte ich nicht seine einzigartige Durchsichtigkeit, seine göttliche Bläue, wo es tief war, sein klares Grün, wo es seicht war, wo es sich gezeitenlos vor bernsteingoldenen Küsten dehnte? Schon die Karte vorn im Reiseführer machte mich durstig, das Land darauf war von so üppigem Grün, das Meer ringsum so schmeichelnd blau. Und wie faszinierend ist die Insel auf der Landkarte, eine Insel voller Windungen und Kurven, mit kleinen Inlandmeeren, Bodden genannt. Seen und Wäldchen und viele Fährschiffe; vor den Küsten kleinere Inseln, wie hingetupft; zahllose Buchten und ein riesiger Wald, augenscheinlich großartig, der sich an der Ostküste entlangzieht und ihren Windungen folgt, der an manchen Stellen bis zum Meer hinabreicht, an anderen hinaufsteigt bis zu den Kalkfelsen, die er mit der besonderen Pracht der Buchen krönt.

Es dauert nie lange, bis ich einen Entschluß gefaßt habe.

Noch schneller war mein leichtes Bündel geschnürt, da es jemand anders für mich schnürt. Zwei Tage nachdem ich Marianne North und den Reiseführer entdeckt hatte, stiegen meine Jungfer Gertrud und ich aus dem erstickend heißen Zug und wurden von der kühlen Frische der Roggenfelder nahe der See umweht. So begann unsere Reise ins Unbekannte.

Eine kleine Station an der Strecke Berlin-Stralsund, Miltzow genannt, ein einsames rotes Haus am Rande eines Kiefernwäldchens waren Zeugen vom Beginn unserer Reise. Die Kutsche war schon am Tage vorher hingefahren, und als wir ankamen, stand eine interessierte Gruppe von Bahnhofsbeamten darum herum. Der Bahnhofsvorsteher, wie überall in Deutschland eine erhabene olympische Person mit weißen Handschuhen, half wahrhaftig dem Träger, meine Reisetasche festzuschnüren, und beide trödelten damit fast so sehr, als täte es ihnen leid, uns abfahren zu lassen. Offenbar hatte der Kutscher ihnen erzählt, was ich vorhatte, und wahrscheinlich steigt eine so unternehmungslustige Frau nicht alle Tage in Miltzow aus dem Zug. Meine Reisetasche war das größte Gepäckstück, sie schnürten sie aufrecht zu unseren Füßen fest. Ich hatte es Gertrud überlassen, den Inhalt auszuwählen, ich hatte sie nur dringend gebeten, außer meinem kleinen Kopfkissen genügend Seife und Morgenröcke mitzunehmen. Gertruds Gepäck wurde ihr vom Träger in den Schoß gelegt, es war fast allzu bescheiden. Es bestand aus einem kleinen schwarzen Beutel, und ich wußte, daß er fast nur mit Wolle für Strümpfe, die sie unterwegs stricken wollte, ausgefüllt war, samt den Nadeln. Doch sah sie am Tage unserer Rückkehr ebenso anständig und ebenso reinlich aus wie am Tage unserer Abreise. Mein Reisenecessaire stand auf dem Bock und obendrauf ein brauner Karton mit dem Schlecht-Wetter-Hut des Kutschers. Ein dicker Mantel für kalte Tage wurde als Kissen hinter meinen Rükken geschoben, und Gertruds Regenmantel tat dieselben Dienste für sie. Eingeklemmt zwischen uns wurde der Korb mit dem Teekessel, der mißtönend klapperte, aber verhinderte, daß wir auf abschüssigen Wegen zusammenrutschten. Hinter uns im Verdeck lagen die Schirme, Decken, Reiseführer und Landkarten und daneben eine jener runden, glänzend gelben hölzernen Hutschachteln, in die jede anständige deutsche Frau ihren besten Hut tat. Dies war unser Gepäck. Ein paar mysteriöse Bündel auf dem Bock, die der Kutscher unter seinen Beinen versteckt glaubte, ragten jedoch rechts und links heraus, sie vervollständigten unseren Anblick und verhinderten, daß wir elegant aussahen. Ich jedoch wollte gar nicht elegant aussehen. Ich schloß aus den Bemerkungen derjenigen, die nicht mit mir hatten wandern wollen, daß ich in Rügen auch niemanden treffen würde, der elegant war.

Ich glaube, ich könnte jetzt eine Woche lang versuchen, einen Begriff von dem Glücksgefühl zu geben, das meine Seele beim Anblick all dieser Vorbereitungen erfüllte. Wie vielversprechend war diese improvisierte Einfachheit. Mir war zumute, als kehrte ich zu den morgendlichen Anfängen des Lebens zurück, zu jenen Zeiten, da Hirtenknaben jubelten aus schierer Freude, daß sie im Freien und am Leben waren. Und in all den Jahren, die man tunlich die reiferen nennt, bin ich zu der Überzeugung gelangt, daß nichts die Seele mehr erfrischt, als hin und wieder seine Pflichten hinter sich zu lassen. Genau das tat ich. O ihr strengen Märtyrerinnen auf der Folterbank eurer täglichen Musterhaftigkeit, o ihr blinden Befolger von Vorschriften, die euch auferlegt wurden – wüßtet ihr etwas davon, wie bekömmlich es ist und wie erfreulich, gelegentlich weniger musterhaft zu sein.

Wir befanden uns an der Stelle, die Rügen am nächsten liegt. Fast alle Touristen, meist deutsche, gehen zuerst nach Stralsund, fahren samt Eisenbahn auf der Dampffähre über den schmalen Wasserstreifen und setzen ihre Reise ohne umzusteigen fort, bis sie die offene See auf der anderen Seite der Insel bei Saßnitz erreichen. Oder aber man fährt mit dem Zug von Berlin nach Stettin und dann mit dem Dampfer die Oder hinab, überquert die offene See in vier Stunden und steigt – vermutlich etwas beklommen, da die Boote klein und die Wellen oftmals hoch sind – in Göhren an Land, dem ersten Landungsplatz an der Ostseite der Insel.

Wir waren andere Touristen. Da wir in Miltzow ausstiegen, waren wir unabhängig von langweiligen Beschwernissen wie Eisenbahnen und Dampfern. Wir konnten zurückkehren, wann immer wir dazu Lust hatten. Von Miltzow aus wollten wir drei Meilen bis zur Fähre an einem Ort, Stahlbrode genannt, fahren, dort eine Meile Wasser überqueren, an der Südküste der Insel landen und noch am selben Nachmittag zu den Quallen weiterfahren, die Miss North uns in Putbus versprochen hatte und die mir von der legendenumwobenen Insel aus unwiderstehlich zuwinkten.

Unsere Kutsche war eine leichte Victoria mit einem Verdeck. Die Pferde galten zu Hause als sanftmütig. Der Kutscher, August, sah aus, als ob ihm die Sache Spaß mache. Mir jedenfalls machte sie Spaß. Gertrud, glaube ich, hatte solche Gefühle nicht, doch sie ist alt und hat es sich angewöhnt, nichts als resigniert zu sein. Sie war der Köder, der den Mann des Zorns, meinen Ehemann, besänftigte – ich allerdings wäre lieber allein gefahren. Doch Gertrud ist sehr schweigsam; mit ihr zu fahren ist beinah so, als sei man allein, soweit dies möglich ist, wenn man's nicht ist. Ich war sicher, daß sie strickend neben mir sitzen würde, ganz gleich, wie holprig die Straße auch sei, und den Mund nicht auftun würde, ohne gefragt zu werden. Bewunderungswürdige Tugend der Schweigsamkeit – ein Juwel in der Krone weiblicher Tugenden, das keine jener besaß, die sich geweigert hatten, mit mir zu wandern. Wenn eine von ihnen an Gertruds Stelle mit mir gefahren wäre, so hätte sie die halbe Zeit damit verbracht, mir ihre Geheimnisse anzuvertrauen, und die andere Hälfte wäre sie böse auf mich gewesen, weil ich sie nun wußte. Gertrud hingegen, nachdem sie den ganzen Tag geschwiegen hatte, würde abends voller Tatendrang meine Reisetasche auspacken, aus der sie lauter hübsche, erfreuliche Dinge zutage förderte wie z. B. Pantoffeln – sie würde sich darum kümmern, daß mein Bett so war, wie ich's gern habe, und würde mich schließlich darin einmummeln und auf Zehenspitzen hinausgehen und dabei ihren altväterlichen Segen wie jeden Abend aussprechen: »Gott beschütze und segne die gnädige Frau«, und dann würde sie die Kerze ausblasen.

»Und er beschütze und segne dich auch«, antworte ich und möchte weder mein Kopfkissen noch ihren Segen entbehren.

Es war zwei Uhr nachmittags Mitte Juli an einem Freitag, als wir das Bahnpersonal seinem langweiligen Dienst überließen und um die Ecke in die weite Welt rollten. Der Himmel war ein heißes Blau. Die Straße schlängelte sich in sanftem Auf und Ab zwischen Feldern, die hellgelb der Ernte entgegenreiften. Hoch über unseren Köpfen stiegen die Lerchen ins Sonnenlicht auf und ließen ihren beseligenden Gesang auf uns hinabsinken, den ich nie hören kann, ohne daß mir das Herz klopft vor Dankbarkeit für das Leben. Es gab keine Wälder, keine Hügel, und wir konnten rechts und links weit ins Land schauen und sahen in den Senken die roten Dächer der Bauernhäuser, die sich dort vor den kalten winterlichen Stürmen zusammendrängen. Man konnte die schnurgerade doppelte Baumreihe sehen, wo die Chaussee nach Stralsund unsere Straße kreuzt. Vor uns lag ein kleines Dorf mit einer erhöhten alten Kirche, die ernsthaft das weite Kirchspiel der Kornfelder überwachte. Auf der kurzen Strecke zwischen Miltzow und der Fähre bin ich sicher sechsmal ausgestiegen unter dem Vorwand, Blumen zu pflücken, in

Wirklichkeit aber, um nach Herzenslust zu trödeln. Die Roggenfelder waren voller Zichorie und Mohn, die Gräben neben der Straße, wo sich noch die Feuchte des Frühlings gehalten hatte, waren weiß von den zarten Blüten des wilden Kerbels. Ich pflückte einen Armvoll davon und hielt ihn gegen das Blau des Himmels, während wir fuhren; ich gab Gertrud einen Strauß Mohn, für den sie ohne Enthusiasmus dankte, ich steckte den Pferden blaue Wegwartesträußchen hinter die Ohren – kurz, ich benahm mich wie eine Fünfzehnjährige in ihren ersten Sommerferien. Doch was machte das? Es sah uns ja niemand.

Kein Ort kann unschuldiger und harmloser aussehen als Stahlbrode – ein zusammengedrängter Haufen von Bauernhäusern auf einer Grasfläche, die sich bis ans Wasser erstreckt. Es war leer und still. Am Ende eines schmalen Dammes aus Holz, der von der sumpfigen Küste bis zur Fähre führte, war ein großes Fischerboot mit zusammengerollten braunen Segeln vertäut. Ich stieg aus und ging hinunter, um zu sehen, ob dies die Fähre sei und ob der Fährmann da war. August und die Pferde sahen mir mit alarmiertem wachsamen Ausdruck nach, als ich in den Rachen des Meeres wanderte. Selbst die unbewegliche Gertrud legte ihren Strickstrumpf beiseite und stellte sich neben die Kutsche, um mir nachzusehen. Die Bohlen des Dammes waren nur grob zusammengefügt und so schmal, daß die Kutsche nur knapp hinaufpassen würde. Ein leichtes Holzgeländer bildete den ganzen Schutz, das Wasser darunter war jedoch nicht tief und hob und senkte sich leise über dem durchsichtigen gelben Sand.

Die Küste, auf der wir standen, war flach und leuchtend grün, die Küste von Rügen gegenüber war flach und leuchtend grün, und die See dazwischen war von reizendem glitzernden Blau. Am Himmel trieben lockere perlfarbige Wolken. Der leichte Wind, der die Ähren bei Miltzow so sanft bewegt hatte, tanzte auf den kleinen Wellen und warf sie vergnügt plätschernd gegen die hölzernen Pfosten, wie von frischer Kraft erfüllt. Das Boot war leer, ein Ding mit steilen Seitenwänden und einem gewölbten Boden, und es war sicher nicht dafür geplant, eine Kutsche mit Pferden überzusetzen. Weit und breit war kein anderes Boot zu sehen. Auf beiden Seiten der Wasserstraße sah man nur flache grüne Küsten, tanzende Wellen, den weiten Himmel im milden Licht des Nachmittags.

Ein wenig nachdenklich drehte ich mich zu den Bauernhäusern um. Wie, wenn nun die Fähre nur Personen übersetzte? Weit weg am Horizont konnte ich die Bäume sehen, die die Chaussee nach Stralsund begrenzten, und wir hätten die ganze lange staubige Strecke noch einmal zu fahren, falls die Stahlbroder Fähre uns im Stich ließe. August nahm seinen Hut ab, als ich zu ihm trat, und meinte bedenklich: »Darf ich der gnädigen Frau ein paar Worte sagen?«

»Nur zu, August.«

»Es ist sehr windig.«

»Nicht so arg.«

»Es ist weit bis da drüben.«

»Nicht so sehr.«

»Ich bin noch nie auf See gewesen.«

»Nun, du wirst es jetzt sein.«

Sein Ausdruck war halb furchtsam und halb resigniert. Er setzte seinen Hut wieder auf und versank in erbittertes Schweigen. Ich nahm Gertrud mit mir, um würdiger zu erscheinen, und ging mit ihr hinüber zum Gasthaus, einem neuen roten Ziegelbau, der selbstsicher auf einem erhöhten Stück Land stand, gerade der See gegenüber. Die Tür stand offen, wir gingen hinein, und ich stieß mit meinem Sonnenschirm auf den Boden. Nichts rührte sich. Nicht einmal ein Hund bellte. Der Gang war breit und sauber und hatte an beiden Enden offene Türen. Die eine, durch die wir hereingekommen waren, wurde von der Nachmittagssonne erleuchtet, die andere umrahmte ein Bild mit Himmel, See, Landungsstelle und dem Boot mit zusammengerollten Segeln, dahinter die Küste von Rügen. Ich öffnete eine Tür, auf die GASTSTUBE gemalt war. Zu meinem Erstaunen war der Raum voller Männer, die schweigend rauchten und ihre Blicke auf die sich öffnende Tür richteten. Sie mußten uns gehört haben. Sie mußten uns gesehen haben, als wir am Fenster vorbeigingen und ins Haus kamen. Ich schloß daraus, daß die Sitte dortzulande verbietet, Fremde anzureden, bis sie von selbst klare Fragen stellen. Dies wurde mir bewußt, als ein Mann mit gelbem Bart bereitwillig aufsprang und auf meine Frage, ob und wie wir nach Rügen übersetzen könnten, sagte, er sei der Fährmann und würde uns fahren.

»Aber wir haben einen Wagen – kann der auch mit rüber?« fragte ich ängstlich, da ich an die steilen Seitenwände und den tiefen Boden des Fischkutters dachte.

»*Alles – alles*«, erklärte er fröhlich. Er rief einem Jungen zu, mitzukommen und zu helfen, dann führte er mich durch die Tür, die die See einrahmte, einen schmalen, sandigen Gartenweg entlang, der mit stechenden Stachelbeerbüschen eingefaßt war, bis zu dem Platz, wo August nachdenklich auf dem Kutschbock saß.

»Komm mit«, rief er ihm im Vorbeigehen zu.

»Was! Hier auf dieses hölzerne Ding?« schrie August. »Mit meinen Pferden? Und meiner frischlackierten Kutsche?«

»Los! Komm herunter«, schrie der Fährmann, schon fast am Landeplatz.

»Vorwärts, August«, befahl ich.

August schwitzte sichtlich. »Das kann nie was werden«, sagte er.

»Vorwärts«, befahl ich streng, doch hielt ich's für sicherer, zu Fuß zu gehen, und Gertrud auch.

»Wenn die gnädige Frau darauf besteht –«, stammelte

August und setzte sich vorsichtig in Bewegung. Er sah aus, als wäre sein letztes Stündlein gekommen.

Wie ich gefürchtet hatte, kippte die Kutsche ums Haar um, als sie über den Rand des Boots fuhr. Ich saß aufrecht im Bug und sah voller Grauen zu, ich erwartete jeden Augenblick, daß die Räder zu Bruch gingen – und damit unsere Ferien. Der optimistische Fährmann versicherte, daß alles ganz leicht ginge – die Kutsche sei wie ein Lamm, behauptete er mit viel kühner Phantasie. Er hatte zwei ganz ungeeignete Bretter über den Rand des Boots geschoben. Er und August, beide ohne Hut, ohne Jacke, atemlos, hoben den Wagen darauf. Ein schrecklicher Moment. Die Vorderräder verdrehten sich und schienen so nahe daran abzubrechen, wie es Räder nur sein können. Ich wagte nicht, August anzusehen. Wie recht hatte er, zu behaupten, daß die Sache nicht ginge. Aber dort lag Rügen, und hier waren wir, und irgendwie mußten wir hinüber.

Die Pferde waren äußerst unruhig. Man hatte sie ausgespannt und als erste ins Boot gebracht. Zwei Jungen hielten sie im Heck, sie brauchten alle Kraft dazu. Jetzt war ich dankbar dafür, daß das Boot so hohe Wände hatte, denn sonst wären die Pferde zweifellos ins Meer gesprungen. Ja, und was hätte ich dann wohl angefangen? Und wie hätte ich vor ihm gestanden, dem Gestrengen, der alle Macht über mich hat, wäre ich ohne seine Pferde heimgekommen?

»Wir machen so was täglich«, bemerkte der Fährmann und wies heiter mit dem Daumen auf die Kutsche.

»Fahren denn viele Leute mit dem Wagen nach Rügen?« fragte ich erstaunt, denn die Bretter waren offensichtlich behelfsmäßig.

»Viele Leute?« schrie der Fährmann. »Wahrhaftig – jede Menge!« Er versuchte, mich damit glücklich zu machen. Jedenfalls beruhigte er August mit dieser enormen Schwindelei.

Unterdessen hatten wir Fahrt gewonnen, ein frischer Wind trieb uns fröhlich übers Wasser dahin. Der Fährmann steuerte, August stand bei seinen Pferden und redete beruhigend auf sie ein. Die beiden Jungen saßen neben mir auf zusammengerollten Tauen, sie stützten die Ellenbogen auf die Knie und das Kinn auf die Hand und starrten mich unverwandt während der ganzen Überfahrt mit ihren blauen Fischerjungen-Augen an. Oh, es war himmlisch, so im Sonnenschein zu sitzen und sich einstweilen sicher zu fühlen. Das braune Segel war mit braunen, roten und orangefarbenen Flicken besetzt und ragte hoch auf gegen den Himmel. Der riesige Mast schien die kleinen weißen Wolken zu streifen. Neben dem Plätschern des Wassers konnten wir Lerchen an beiden Küsten vernehmen. August hatte seine scharlachrote Stalljacke angezogen, während er den Wagen hineinhob, das gab am Heck einen schönen Farbfleck neben den verschiedenen Brauntönen des alten Boots.

Die Augen des Fährmanns hatten ihre Wachsamkeit, die sie an Land gehabt hatten, verloren. Er stand am Steuer und schaute träumerisch auf die Wiesen von Rügen im Nachmittagslicht. Es war vollkommen. Nach der Fahrt im Zug, dem Getrappel der Pferde auf der staubigen Landstraße und all der Hitze und Aufregung beim An-Bord-Gehen wurden wir eine köstliche Viertelstunde lang sanft plätschernd im Sonnenschein hinübergeschaukelt, und für all diese Schönheit zahlten wir nur drei Mark, die Mühe des Ein-und-Ausladens inbegriffen. Der Fährmann bekam noch etwas darüber und war derartig beglückt, daß er mich bat, bestimmt auf demselben Weg zurückzukommen.

An der Küste in Rügen stand ein einziges Haus, dort wohne er, sagte er, und von dort würde er nach uns Ausschau halten. Wir erblickten kein lebendes Wesen außer einem kleinen Hund, der uns wedelnd entgegenkam. Die Kutsche benahm sich auf diesem Ufer wirklich wie ein Lamm, und ich fuhr dahin, höchst zufrieden, daß wir den schwierigsten Teil der Reise hinter uns hatten. Der Fährmann mit der weichen Stimme wünschte uns glückliche Reise, die beiden Jungen starrten uns bis zuletzt wachsam an.

So waren wir nun auf der legendenumwobenen Insel. »Heil dir, du Märcheninsel, mit deinen winkenden Gestalten«, flüsterte ich vor mich hin – leise, damit ich in Gertruds Augen nicht allzu verdreht erschien. Ich sah eifrig und interessiert um mich, und selten habe ich etwas gesehen, was weniger märchenhaft und mehr wie die Pommersche Küste aussah. Die Straße war die Fortsetzung der Straße auf dem Festland, genauso langweilig wie andere langweilige Straßen, und sie lief mit melancholischer Geradheit auf ein Dorf drei Meilen vor uns zu, Garz genannt.

An diesem Nachmittag spielte auf dem Marktplatz von Garz – warum, weiß ich nicht, denn es war weder Sonntag noch Feiertag – eine Blaskapelle mit außergewöhnlicher Lautstärke. Unsere Pferde waren nie daran gewöhnt worden, Musik anzuhören, denn ihre Aufgabe zu Hause bestand vorwiegend darin, mich durch einsame Wälder zu ziehen. Sie mochten keine Musik. Ich staunte über die Energie, mit der sie ihre Abneigung zum Ausdruck brachten – sie, die sonst so gutmütig waren. Sie tanzten nur so durch Garz, gefolgt von dem Schmettern der Trompeten und den begeisterten Zurufen der Menge. Die Kapelle schmetterte und jubelte desto lauter, je mehr die Pferde tanzten, und ich überlegte mir, ob nicht die Zeit gekommen war, mich an Gertrud zu klammern und die Augen zu schließen. Doch dann ging's um eine Ecke, und wir kamen fort von dem Lärm und kehrten zurück zu dem wohlbekannten Rattern auf der harten Landstraße. Ich seufzte erleichtert auf und lehnte mich hinaus, um zu sehen, ob sie ebenso gerade war wie das letzte Stück. Ja, sie war ebenso gerade, und in der Ferne erschien ein schwarzer Fleck, der sich in entsetzlicher Geschwindigkeit zu einem

Automobil entwickelte. Die Pferde hatten noch nie ein Automobil gesehen. Ihre Nerven, angegriffen von der Blaskapelle, würden niemals einen so furchtbaren Anblick ertragen, dachte ich. Vorsicht und Vernunft verlangten, daß wir umgehend ausstiegen und zu ihren Köpfen eilten. »Halt, August!« schrie ich. »Spring heraus, Gertrud – da kommt was Furchtbares – sie werden durchgehen –« August fuhr sofort langsamer in genauer Befolgung meines Befehls, und als der Motor beinah neben uns war, sprang ich, ohne daß August ganz anhielt, auf der einen Seite und Gertrud auf der anderen Seite hinaus. Ehe ich Zeit hatte, zu den Köpfen der Pferde zu rennen, war das Automobil schon vorbeigezischt. Seltsamerweise hatten sich die Pferde überhaupt nicht darum gekümmert, nur eins scheute ein bißchen, als August, ohne anzuhalten, weiterfuhr.

»Das ist noch mal gutgegangen«, sagte ich erleichtert zu Gertrud, die noch ihren Strickstrumpf festhielt, »jetzt können wir wieder einsteigen.«

Jedoch, wir konnten nicht einsteigen, weil August nicht anhielt.

»Ruf ihm zu, er soll anhalten«, sagte ich zu Gertrud und wandte mich zur Seite, um ein paar ungewöhnlich große Mohnblumen zu pflücken. Sie rief, aber er hielt nicht an.

»Lauter, Gertrud«, sagte ich ungeduldig, denn wir waren schon ein gutes Stück zurückgeblieben. Sie rief lauter, aber er hielt nicht. Dann rief ich, dann rief sie, dann riefen wir zusammen, aber er hielt nicht. Im Gegenteil, er fuhr nun im gewöhnlichen Tempo und ratterte laut auf der harten Straße und gelangte mehr und mehr außer Hörweite.

»Lauter, Gertrud, lauter, lauter!« schrie ich in wilder Aufregung. Doch wie kann ein so gesetzter Mensch wie Gertrud laut schreien? Sie sandte dem davonfahrenden August einen schwachen, schrillen Schrei nach, und als ich selbst versuchte zu schreien, packte mich eine so unbändige Lachlust, daß ich nur einen undeutlichen Ton herausbrachte.

August indessen wurde in der Ferne immer kleiner. Offenbar hatte er gar nicht bemerkt, daß wir ausgestiegen waren, als das Automobil kam, und wiegte sich in dem angenehmen Glauben, wir säßen hinter ihm und ließen uns von ihm gemütlich in Richtung Putbus schaukeln. Beängstigend zu sehen, wie schnell er immer kleiner und kleiner wurde. »Schrei doch, schrei«, stöhnte ich, halb erstickt von tollem Gelächter, halb in wilder Lustigkeit, halb in Verzweiflung.

Gertrud trabte die Straße entlang, schwenkte ihren Strickstrumpf hinter seinem fernen Rücken her und stieß lauter kleine schrille Schreie aus, wie sie die Situation, wie sie meinte, erforderte.

Das letzte, was wir von der Kutsche sahen, war ein gelbes Aufleuchten meiner Hutschachtel, gleich darauf verschwand sie hinter einer Senke der Straße, und wir standen allein in der Natur.

Gertrud und ich schauten einander sprachlos und entsetzt an. Sie sah weiter schweigend vor sich hin, während ich auf einen Meilenstein sank und lachte. Ihr Blick sagte deutlich, daß es in unserer schlimmen Lage nichts zu lachen gab, ich wußte das auch, konnte aber nicht aufhören. August hatte keinerlei Instruktionen bekommen, wohin wir fahren und wo wir übernachten würden; von Putbus und Marianne North hatte er nie gehört. Ich hatte ihm, seit wir Miltzow verlassen hatten, mit der offenen Landkarte auf den Knien an Kreuzungen laut die Richtung angegeben. Nach menschlichem Ermessen würde er geradeaus fahren bis zur Dunkelheit, zweifellos im stillen verwundert darüber, daß keine Befehle mehr kamen und daß die Straße so lang war. Bei Dunkelwerden, nahm ich an, würde er die Laternen anzünden wollen und beim Absteigen sofort vor Entsetzen erstarren, wenn er sah, was er im Wagen sah – oder vielmehr, was er nicht sah. Ich konnte mir nicht vorstellen, was er dann tun würde. Vor lauter Verzweiflung mußte ich lachen, bis mir die Tränen kamen, und wenn ich Gertrud ansah, die mich schweigend von der Mitte der Straße aus mit den Blicken maß, konnte ich erst recht nicht aufhören. Weit hinter uns, am Ende einer langen Reihe von Chausseebäumen, sah man die Häuser von Garz. Ein gutes Stück vor uns tauchte der rote Kirchturm von Casnewitz auf, ein Dorf, durch das wir auf dem Wege nach Putbus fahren mußten, wie ich es auf der Landkarte gesehen hatte, die nun ohne uns dahinfuhr. Auf der hellen Landstraße war kein lebendes Wesen zu erspähen, weder in einem Gefährt noch auf seinen Beinen. Das kahle Land, das hier besonders trostlos war, erstreckte sich nach allen Seiten ins Nichts. Der Wind wirbelte kleine Staubwölkchen in unsere Augen. Es war erschreckend still.

»August wird doch sicher bald zurückkommen?« sagte Gertrud.

»Nein, sicher nicht«, sagte ich und trocknete mir die Augen, »er wird immer weiterfahren wie aufgezogen. Nichts wird ihn daran hindern.«

»Was will die gnädige Frau dann aber tun?«

»Hinterherlaufen, denke ich.« Ich stand auf. »Und hoffen, daß irgend etwas Unerwartetes passiert, so daß er merkt, daß er uns verloren hat. Ich fürchte allerdings, das wird er nicht. Komm, Gertrud«, fuhr ich fort und spielte die Zuversichtliche, während mein Herz wie Blei war, »komm, bald ist es sechs Uhr, und die Straße ist lang und einsam.«

»Ach«, seufzte Gertrud, die nie zu Fuß geht.

»Vielleicht treffen wir ein Fahrzeug, und jemand nimmt uns mit. Und sonst wollen wir in das Dorf mit der Kirche dort gehen und versuchen, etwas mit Rädern zu finden, um August nachzufahren. Los, komm – hoffentlich sind deine Schuhe in Ordnung.«

»Ach«, stöhnte Gertrud wieder und hob einen Fuß, wie ein Hund erbarmungswürdig seine verwundete Pfote hebt. Sie wies mir einen schwarzen Kaschmirschuh, weich und wohltuend an den Füßen von Dienstboten, die wenig zu gehen brauchen.

»Na, ich fürchte, die taugen nicht viel auf dieser harten Straße«, meinte ich, »wir wollen hoffen, daß uns bald jemand mitnimmt.«

»Ach«, stöhnte die arme Gertrud, die sehr empfindliche Füße hat. Doch niemand kam und nahm uns mit, und so schleppten wir uns dahin in verbissenem Schweigen. Mir war nicht mehr zum Lachen zumute.

Nach einer Weile versuchte ich, sie aufzuheitern. »Weißt du, meine liebe Gertrud, du mußt dir sagen, daß dies gesund ist. Du und ich, wir machen einfach einen hübschen Nachmittagsspaziergang in Rügen.«

Gertrud schwieg. Sie war schon immer gegen Bewegung im Freien gewesen, jetzt kam ihr dieser Fußmarsch besonders hassenswert vor, weil kein Ende abzusehen war. Was sollte aus uns werden, wenn wir die Nacht in irgendeinem Gasthaus verbringen mußten, ohne unser Gepäck? Ich hatte nur mein Portemonnaie bei mir mit all meinem Geld. Daher warf ich hin und wieder einen besorgten Blick hinter mich, weniger in der Hoffnung, ein Gefährt zu erblicken, als in der Furcht, einen Landstreicher zu sehen. Das einzige, was Gertrud bei sich hatte, war ihr halbgestrickter Strumpf. Auch hatten wir nichts gegessen außer ein paar Happen mittags im Zug aus dem Picknickkorb. Ich hatte vorgehabt, in Putbus zu essen und dann an einen Ort, Lauterbach genannt, zu fahren, der am Meer lag und daher eher auf Quallen hoffen ließ als Putbus. Dort hätten wir die Nacht verbringen wollen in einem vom Reiseführer warm empfohlenen Hotel. Wäre alles nach meinen Plänen gegangen, säßen wir jetzt in Putbus und äßen Kalbsschnitzel. »Gertrud«, fragte ich mit ziemlich schwacher Stimme, denn mein Gemüt sank bei dem Gedanken an Kalbsschnitzel, »bist du sehr hungrig?«

Gertrud seufzte. »Wir haben lange nichts mehr gegessen.« Eine Weile trotteten wir schweigend dahin.

»Gertrud«, fragte ich nach fünf Minuten, während deren in beschämender Beharrlichkeit üppige und nahrhafte Bilder vor mir auftauchten, »bist du *sehr* hungrig?«

»Die gnädige Frau muß auch etwas zum Essen haben«, sagte Gertrud ausweichend, da sie aus irgendwelchen Gründen nie zugeben wollte, selbst hungrig zu sein.

»O ja, das muß sie«, seufzte ich. Wieder schleppten wir uns schweigend weiter.

Schließlich kamen wir an die Biegung, wo zuletzt die Hutschachtel aufgeleuchtet hatte, und dort suchten wir mit den Augen eifrig das neue Stück Straße ab in der Hoffnung, August wunderbarerweise zurückkehren zu sehen. Wir seufzten beide gleichzeitig enttäuscht auf. Ein paar Meter vor uns lag mitten auf der Straße etwas Dunkles, es sah aus wie ein Berg brauner Blätter, und ich schenkte ihm keine Beachtung, doch Gertrud, die schärfere Augen hat, stieß einen Ruf aus.

»Was ist! Siehst du August?« schrie ich.

»Nein, nein – aber dort, auf der Straße – der Picknickkorb!«

Tatsächlich, es war der Picknickkorb. Er war natürlich aus dem Wagen gefallen, da wir beide ihn nicht mehr zwischen uns festklemmten. Er wurde uns, wie die Raben der Alten, geschenkt, um uns Kraft und Nahrung zu geben.

»Es ist noch etwas drin«, sagte Gertrud und eilte hin.

»Gott sei Dank«, sagte ich.

Wir zogen ihn von der Straße weg ins Gras. Gertrud entzündete den Spirituskocher und erwärmte den Rest Tee in der Teekanne. Er war von teuflischer Schwärze. Es gab kein Wasser in der Nähe, und wir wagten nicht, die Straße zu verlassen und welches zu suchen, aus Furcht, August zu verpassen. Dann waren noch ein paar traurige Kuchenstücke da und ein oder zwei mit Hühnerfleisch belegte Brote, die schauderhaft aussahen, und alle Erdbeeren, die wir mittags verschmäht hatten, weil sie entweder zu klein oder zu zermanscht waren. Der Kirchturm von Casnewitz, jetzt viel näher gerückt, präsidierte über unserem kümmerlichen Schmaus, er war der stumme Zeuge, wie ehrlich wir teilten, daß Gertrud sogar ein belegtes Brot mehr bekam wegen ihrer Kaschmirschuhe.

Zum Schluß begruben wir den Picknickkorb im Straßengraben in einem Bett zwischen hohen Grashalmen und gemeinem Kerbel. Es war klar, daß ich Gertrud, die kaum laufen konnte, nicht bitten konnte, ihn zu tragen, und ich selbst konnte es erst recht nicht, denn er war so rätselhaft schwer, wie es Picknickkörbe eben sind, und fast so groß wie ich. So begruben wir ihn also, was uns natürlich leid tat, und dort liegt er, vermutlich sehr verrottet, bis zum Jüngsten Tag.

Nun ging es Gertrud ein bißchen besser mit dem Gehen, und da meine Gedanken nicht mehr aufs Essen gerichtet waren, überlegte ich, was wir am besten tun könnten. Das Ergebnis war, daß wir in Casnewitz sofort nach einem Gasthaus fragten, und als wir eins gefunden hatten, baten wir einen Mann, der dorthin zu gehören schien, er möge uns so schnell wie möglich ein Gefährt verschaffen.

Er starrte von einer zur anderen. »Wo kommen Sie denn her?« fragte er.

»Oh – aus Garz.«

»Aus Garz? Und wo wollen Sie hin?«

»Nach Putbus.«

»Nach Putbus? Wohnen Sie dort?«

»Nein – ja – na, auf alle Fälle wollen wir dorthin. Seien Sie so gut, und fahren Sie sofort los.«

»Losfahren! Ich habe keinen Wagen.«

»Herr«, sagte Gertrud würdevoll, »warum sagten Sie das nicht gleich?«

»Ja, ja, *Fräulein* – warum wohl nicht?«

Wir gingen weiter. »Wie peinlich ist das, Gertrud«, sagte ich. Ich stellte mir vor, was wohl die Meinen zu Hause sagen würden, wenn sie wüßten, daß ich am ersten Tag meiner Reise meinen Wagen verloren hatte und von Gastwirten gehänselt wurde.

»Hier ist ein kleiner Laden«, sagte Gertrud, »gestattet die gnädige Frau, daß ich mich dort erkundige?«

Wir gingen hinein, und Gertrud führte die Unterredung.

»Putbus ist nicht weit von hier«, sagte ein alter Mann, der wenigstens höflich war, »warum wollen die Damen nicht zu Fuß gehen? Mein Pferd ist den ganzen Tag draußen gewesen, und mein Sohn, der den Wagen fährt, hat anderes zu tun.«

»Oh – wir können unmöglich gehen«, unterbrach ich ihn, »wir müssen einfach fahren – es kann sein, daß wir noch weiter als bis Putbus müssen – ich weiß nicht sicher – es hängt davon ab –«

Der alte Mann sah verwirrt aus. »Wohin wollen die Damen denn?« fragte er und gab sich Mühe, geduldig zu sein.

»Nach Putbus, auf alle Fälle. Vielleicht nur bis Putbus. Wir wissen das erst, wenn wir dort sind. Aber wirklich, wirklich – Sie müssen uns Ihr Pferd geben!«

Kopfschüttelnd ging der alte Mann, um mit seinem Sohn zu beraten. In tiefer Niedergeschlagenheit warteten wir zwischen Kerzen und Kaffee. Gewiß, Putbus war nicht weit, aber ich erinnerte mich, daß es auf der Landkarte in einem wahren Nest von Kreuzwegen lag, die alle von einem zirkusrunden Platz in der Mitte ausgingen. Welchen würde August für die richtige Fortsetzung der Straße von Garz halten? Einmal jenseits von Putbus, wäre er für uns verloren.

Wir brauchten eine halbe Stunde, um den Sohn zu bewegen, sein Pferd anzuschirren; unterdessen spähten wir auf die

Straße hinaus und hofften auf Räderrollen. Ein Wagen fuhr in Richtung Garz, ich hörte ihn und war so sicher, es wäre August, daß ich Gertrud frohlockend zurief, sie solle laufen und dem alten Mann sagen, wir brauchten seinen Sohn nicht. Gertrud war gescheiter, sie wartete, bis sie den Wagen sah, und nachdem wir diese plötzliche Hoffnung begraben mußten, ließen wir die Köpfe mehr denn je hängen.

»Wo soll ich hinfahren?« fragte der Sohn, gab dem Pferd einen Schlag mit der Peitsche und rumpelte mit uns über die Pflastersteine von Casnewitz. Er hockte äußerst übellaunig da und war sichtlich angewidert davon, daß er nach Feierabend noch einmal herausmußte. Was den Wagen betraf, so bildete er einen traurigen Kontrast zu der kissenweichen Bequemlichkeit unserer verschwundenen Victoria. Er war sehr hoch, sehr hölzern und sehr wackelig; wir saßen auf einem Brett inmitten eines so fürchterlichen Lärms, daß wir uns nur schreiend unterhalten konnten.

»Wo soll ich hinfahren?« wiederholte der Jüngling und warf einen finsteren Blick über die Schulter.

»Fahren Sie bitte einfach geradeaus, bis Sie eine Kutsche treffen.«

»Eine was?«

»Eine Kutsche.«

»Was für eine Kutsche?«

»Meine.«

Er schielte voll Abscheu zu uns hin. »Wenn Sie einen Wagen haben«, sagte er und sah uns an, als wären wir geistesgestört, »warum sitzen Sie dann in meinem Wagen?«

»Warum – oh, warum«, rief ich und rang die Hände, das Elend unserer Misere überfiel mich aufs neue. Wir waren nun hinter Casnewitz und starrten angestrengt auf die Straße, die wiederum gerade und leer war. Der Jüngling fuhr in verbissenem Schweigen dahin, selbst seine Ohren schienen Verachtung auszudrücken. Kein Wort mehr wollte er an zwei verrückte Weiber verschwenden. Die Straße führte nun durch Wälder – wundervolle Buchenwälder, die dem Fürsten Putbus gehörten. Hin und wieder sprang ein Reh durch das leuchtende Grün. Die Wipfel der großen Buchen ragten wie Gold gegen den Himmel. Die See mußte ganz nah sein, denn wenn man sie auch nicht sah, so spürte man doch schon den Salzgeruch. Je näher wir Putbus kamen, desto zivilisierter wurde es. Auf beiden Seiten der Straße standen mehr und mehr Bänke. Statt der üblichen Schilder aus Holz wiesen schöne eiserne mit mattgoldenen Buchstaben auf die Waldwege hin, und bald tauchten die ersten schmiedeeisernen Laternen auf, um die harmlosen Landwege zu beleuchten. All diese Anzeichen wiesen auf *Badegäste* hin, wie man sie in Deutschland nennt, und dann trafen wir sie auch – sie ergingen sich in Gruppen oder Paaren oder saßen auf Bänken, die aus Stein waren und erhitzten Badegästen nicht bekömmlich sein konnten. So unglücklich ich auch war, so nahm ich doch die wunderliche und altmodische Anmut von Putbus wahr. Da war ein Schild, auf dem stand, daß alle Wagen im Schrittempo durch den Ort fahren mußten, und so krochen wir die Hauptstraße entlang, die, was sie auch sonst bieten mochte, kein Zeichen von August bot. An dieser Straße liegen auf der einen Seite Parkanlagen des Fürsten Putbus, auf der anderen verschieden hohe, altmodische Häuser, alle weiß und alle reizend. In den Anlagen, die gepflegt und schattig sind, führen saubere Wege in stille Winkel ohne jeden Zaun oder sonstige Hindernisse, die ein schüchterner Tourist überwinden müßte; jeder Badegast darf darin wandeln, ohne durch Tore und Torhäuser Schereien zu haben.

Als wir langsam über die holprigen Pflastersteine ratterten, waren wir Gegenstand des lebhaftesten Interesses der Badegäste. Sie saßen draußen vor den Gasthäusern und aßen Abendbrot. Von August noch immer kein Lebenszeichen, nicht einmal die Generalstabskarte lag auf der Straße, was ich eigentlich erwartet hatte. Unsere Karre machte hier mehr Lärm denn je; es ist charakteristisch für Putbus, daß Gefährte auf Rädern vor und nach ihrem Erscheinen eine fabelhaft lange Zeit zu hören sind. Sonst ist es die schläfrigste kleine Stadt. Ungestört wächst Gras zwischen den Pflastersteinen, an den Rinnsteinen und auf den Gehsteigen. Ein oder zwei Läden scheinen die Bedürfnisse aller Einwohner befriedigen zu können, auch die der Jungen an der Schule, die eine Art von deutschem Eton ist. Scheinbar brauchen sie alle vorwiegend Ansichtspostkarten und Kuchen. Ein weißes Theater mit einem Säulengang ist ebenso malerisch altmodisch wie alles andere. Die Häuser haben viele Fenster, und Balkons voller Blumen. Der Ort kam mir im hellen Abendschein unwirklich vor wie ein Bild oder wie ein Traum. Die Badegäste jedoch, die ihr Abendessen unterbrachen, um uns anzustarren, amüsierten sich auf sehr handfeste Weise – nicht ein bißchen in Harmonie mit dem malerischen Hintergrund.

Trotz meiner desolaten Lage überlegte ich mir, wie es hier wohl im Winter aussähe und wie reizend es da wäre ohne all die Leute, unter einem glasklaren kalten Himmel, wenn das Theater monatelang geschlossen ist, wenn nur wenige Gasthäuser geöffnet sind, um die paar Handelsvertreter zu versorgen. Bestimmt wäre es ein idealer Ort, um einen stillen Winter zu verbringen, wenn man des Lärms und der Geschäftigkeit müde ist, und überhaupt aller anstrengenden Leute, die versuchen, einander Gutes zu tun. Zimmer in einem der geräumigen alten Häuser mit den großen Fenstern nach Süden hinaus, dazu eine Menge Bücher. Wie gern würde ich wenigstens einen Winter meines Lebens in Putbus verbringen, wäre ich eins der zwar bespöttelten, doch glücklichen Lebewesen, Bücherwurm genannt. Doch davor bin ich schon durch mein Geschlecht bewahrt, da der Genius bekanntlich rein männlich ist. Wie himmlisch ruhig müßte es sein. Ein Ort für einen, der sich auf ein Examen vorbereitet, ein Buch schreiben will oder nur die Falten in seiner Seele glätten möchte. Und was für Spaziergänge müßte man machen können, in frischen winterlichen Wäldern, wo blasse Sonnenstrahlen auf unberührten Schnee fallen. Und während ich in meinem Kummerkarren in sommerlicher Wärme saß, spürte ich bei dem bloßen Gedanken daran die reine Winterkälte, die das matteste Gemüt zur Tätigkeit anspornt.

So weit war ich in meinen Betrachtungen gelangt. Wir waren langsam die halbe Straße entlanggeholpert, als uns unter völliger Nichtachtung der Vorschriften ein gewaltiges Hufeklappern und Räderrollen entgegenkam und mich mit einem Ruck in die Gegenwart zurückbrachte.

»Durchgegangen«, bemerkte der mürrische junge Mann und lenkte hastig zur Seite. Die abendbrotessenden Badegäste warfen Messer und Gabel hin und sprangen auf, um besser sehen zu können.

»Halt! Halt!« riefen einige. »Es ist verboten! Schritt! Schritt!«

»Wie soll er denn anhalten?« riefen andere. »Seine Pferde sind ja durchgegangen!«

»Warum peitscht er sie dann?« schrien die ersten.

»August! Es ist August!« schrillte Gertrud. »August! August! Hier sind wir! Halt! Halt!«

Mit starrem Blick und zusammengebissenen Zähnen galoppierte August wahrhaftig an uns vorbei. Und diesmal hörte er Gertruds vor Angst durchdringendes Kreischen, er riß die Pferde zurück. Nie sah ich einen so verzweifelten, so leichenblassen Kutscher. Gewiß, er hatte zu Hause die eindringlichsten Vorschriften erhalten, auf mich aufzupassen – und gleich am ersten Tage ließ er mich irgendwie aus dem Wagen fallen und verlor mich. Er war zurückgerast in der entsetzlichen Überzeugung, Gertrud und mich nur noch als Leichen zu finden.

»Gott sei gedankt!« rief er inbrünstig, als er uns erblickte. »Gott sei gedankt. Ist die gnädige Frau unverletzt?«

Ohne Zweifel hatte der arme August das Schlimmste durchgemacht. Nun ist es höchst unwahrscheinlich, daß sich die Putbuser Badegäste jemals wieder so gut amüsieren werden. Ihr Abendessen wurde kalt, während sie um uns herumstanden und lauschten. August, erlöst, war ein veränderter Mensch. Er war so redselig und lärmend, wie ich's nie für möglich gehalten hätte. Er sprang vom Kutschbock, wendete die Kutsche und half mir aus der Karre, dabei erklärte er mir und allen, die es hören wollten, wie er weiter und immer weiter durch Putbus gefahren sei, dann rund um den Zirkus und weiter die Straße nach Norden, wo er auf Wegweisern lesen konnte, daß er auf Bergen zufahre. Dabei habe er sich immer mehr gewundert, keine Befehle zu erhalten, habe immer mehr gestaunt über die vollkommene Stille hinter sich. »Die gnädige Frau nämlich«, erläuterte er den Touristen, die voll tiefen Interesses zuhörten, »die gnädige Frau tauscht hin und wieder Bemerkungen aus mit Fräulein ...«, hier starrten die Touristen auf Gertrud, »es ist aber nicht erlaubt, daß ein gutgezogener Kutscher sich etwa umdreht oder gar mit der Herrschaft redet, wenn sie es vorzieht zu schweigen ...«

»Laß uns fahren, August«, unterbrach ich ihn. Mir war alles sehr peinlich.

»Man muß das Gepäck wieder festmachen – durch das schnelle Fahren ...«

Ein Dutzend hilfreicher Hände streckte sich aus, um beim Schnüren beizustehen.

August war in seiner Berichterstattung nicht zu bändigen, mit zitternden Händen befestigte er meine Reisetasche. »Schließlich ist dank der Vorsehung die Landkarte der gnädigen Frau herausgefallen – ein Bauer sah es, als er vorbeikam. Er rief mir zu, er deutete auf die Straße, ich zog die Zügel an, drehte mich um – und was mußte ich sehen? Was ich dann sah, das werde ich nie, nein, nie in meinem ganzen Leben vergessen, und wenn ich hundert Jahre alt werde.« Dabei legte er die Hand aufs Herz und atmete schwer. Die Menge lauschte atemlos. »Ich drehte mich um«, fuhr August fort, »und – sah nichts.«

»Aber Sie sagten doch, nie würden Sie vergessen, was Sie sahen«, wandte ein unzufriedener Mann ein.

»Nein, nie werde ich es vergessen.«

»Trotzdem sahen Sie überhaupt nichts?«

»Nichts. Gar nichts. Nie werde ich das vergessen.«

»Wenn Sie nichts sahen, können Sie es auch nicht vergessen«, beharrte der unzufriedene Mann.

»Ich sage, ich kann's nicht, es ist, wie ich's sage.«

»August, nun ist's genug. Ich wünsche zu fahren«, sagte ich. Unser mißgelaunter Jüngling hatte, Kinn auf die Hand gestützt, zugehört. Nun nahm er die Hand weg, streckte sie mir entgegen und sagte: »Bezahlen Sie.«

»Bezahle ihn, Gertrud«, sagte ich, und nachdem er sein Geld bekommen hatte, wandte er sein Pferd und fuhr, bis zuletzt voller Verachtung, nach Casnewitz zurück.

»Fahr jetzt, August«, befahl ich, »fahre. Wir können dies Ding mit den Füßen festhalten. Steig auf den Bock und fahre.« Endlich gelang es mir, so viel Energie in meine Stimme zu legen, daß sie zu dem Aufgeregten durchdrang. Er kletterte auf den Bock, setzte sich dort verwirrt zurecht, und die Touristen verliefen sich, nachdem sie uns nachgestarrt hatten, bis wir verschwunden waren.

Wir fuhren um den Zirkus an der Südseite herum, dann einen Hügel rechts hinunter, und sofort waren wir wieder auf dem Lande, mit Kornfeldern zu beiden Seiten; dahinter lag, wie ein durchsichtiger Saphir, die See. Gertrud und ich stopften einen Mantel zwischen uns, anstelle des zurückgebliebenen Teekorbs, und machten es uns bequem, dankbar für unseren Komfort, den wir vorher nicht so gewürdigt hatten. Gertrud sah ausgesprochen glücklich aus, so froh war sie, wieder heil in der Kutsche zu sitzen, und jede Linie von Augusts Rücken sprach von seiner Freude. Ungefähr anderthalb Meilen vor uns lag Lauterbach, es bestand aus einigen verstreut liegenden Häusern am Wasser, und ganz für sich, abseits, eine Meile links von Lauterbach, erblickte ich das Hotel, in das wir gehen wollten, ein langgestrecktes weißes Gebäude, etwa wie ein griechischer Tempel mit einem Säulengang und einer Treppenflucht, auffallend weiß vor dem Hintergrund der Buchen. Wälder und Felder und Meer und eine entzückende kleine Insel nahe der Küste, *Vilm* genannt, badeten im goldenen Schein der untergehenden Sonne. Also war wohl Lauterbach und nicht Putbus der Ort der leuchtenden Quallen, des kristallklaren Wassers und der bewaldeten Buchten. Eine kleine Bahn führt bis an die Küste. Wir überquerten die Geleise und fuhren zwischen Kastanien und grünen Böschungen zum griechischen Hotel.

So bezaubernd der Eindruck war, als wir aus dem tiefen Schatten in die offene Weite vor dem Haus gelangten, so deutlich war nun zu sehen, daß die Zeit es nicht geschont hatte. Die See war einen Steinwurf entfernt jenseits einer grünen, sumpfigen Wiese. Wir fuhren bis an die Stufen, aber es rührte sich keine Seele. Wir warteten einen Augenblick, als hofften wir, eine Glocke läuten zu hören und Kellner herbeistürzen zu sehen. Doch niemand erschien.

»Soll ich mal reingehen?« fragte Gertrud.

Sie stieg die Stufen hinauf und verschwand hinter Glastüren. Gras wuchs zwischen den Steinen der Stufen, die Mauern des Hauses waren von nahem feuchtgrün. Die Decke des Säulenganges war in Vierecke geteilt und himmelblau bemalt, aber stellenweise waren Farbe und Gips abgefallen. Dies alles und die Stille verliehen dem Ort ein seltsam verödetes Aussehen. Man hätte meinen können, es sei geschlossen, wenn man nicht in dem Säulengang einen Tisch mit einer rot-weiß karierten Decke und einer ermutigenden Kaffeekanne erblickt hätte.

Gertrud tauchte wieder auf, von einem Kellner und einem kleinen Buben gefolgt. Der Kellner versicherte mir, daß gerade ein einziges Zimmer für mich noch frei sei, und durch einen besonders glücklichen Zufall eines daneben für das Fräulein. So folgte ich ihm die Stufen hinauf, durch eine geräumige getäfelte Halle. Ein schmaler Tisch an der einen Seite sah aus, als sei dort gerade zu Abend gegessen worden. Weiter ging es durch verzwickte Gänge, über kleine Innenhöfe mit Hecken und grünen Gewächsen. Fliederbüsche in kleinen Tonnen schienen die Aufgabe zu haben, wie Orangenbäumchen in Italien auszusehen, und die weißen Gipswände, an vielen Stellen verschimmelt, wie Marmorwände eines klassischen antiken Bades. Es ging wunderliche Treppen hinauf, die sich beunruhigend nach einer Seite senkten, bis der Kellner eine der vielen kleinen Türen aufriß und stolz verkündete: »Hier ist das Zimmer, ein großes, ein prachtvolles Zimmer.«

Das Zimmer war von der Art, daß der Gast, dem es gezeigt wird, augenblicklich fest entschlossen ist, eher zu sterben, als es zu bewohnen. Nein, nie würde ich in dieser düsteren Nische schlafen. Eher würde ich den örtlichen Behörden trotzen, meine Reisetasche zum Kopfkissen nehmen und die Nacht bei den Grashüpfern verbringen. Obwohl der Kellner, zu Ehren des Hauses, versicherte, dies sei das einzige noch freie Zimmer, sagte ich mit fester Stimme: »Zeigen Sie mir etwas anderes.« Es erwies sich, daß beinah das ganze Haus zu meiner Verfügung stand. Kaum ein Dutzend Gäste hielt sich darin auf. Ich wählte ein Zimmer, dessen Fenster auf den Säulengang hinausgingen und von dessen Bett aus ich eine Reihe friedlicher ländlicher Bilder sehen konnte. Die Dielen waren schmucklos, und das Bett war mit einem vielfarbigen Deckbett versehen, das offenbar von Flecken ablenken sollte.

Ja, der griechische Tempel war entschieden kümmerlich und fand sicher nur bei den einfachsten und anspruchslosesten Touristen Anklang. Hoffentlich bin ich einfach und anspruchslos. Jedenfalls fühlte ich mich so, als ich mir das Zimmer ansah, in dem ich aus freiem Willen schlafen – ja nicht nur schlafen, sondern sogar sehr zufrieden sein würde.

Gertrud war hinuntergegangen und kümmerte sich um das Gepäck. Ich lehnte mich aus einem meiner Fenster und genoß die Aussicht. Ich war ganz nahe bei den himmelblauen Vierecken an der Decke der Säulenhalle, ich konnte das grasbewachsene Pflaster von oben sehen und den Kopf eines sinnenden Touristen, der unter mir sein Bier trank. Der Säulengang rahmte gen Norden Himmel und Felder und eine entfernt liegende Kirche ein; das Südende zeigte ein Bild mit leuchtendem Wasser, das durch Buchenzweige schimmerte; vor mir schlossen zwei Säulen die Landstraße ein, auf der wir gekommen waren, und die letzten weißen Häuser von Putbus zwischen dunklen Bäumen.

In meiner Freude muß ich laut vor mich hin gesprochen haben, denn Gertrud, die mit der Reisetasche hereinkam, fragte: »Haben gnädige Frau etwas gesagt?«

Unmöglich, meine verzückten Worte vor Gertrud zu wiederholen; ich verwandelte sie in die bescheidene Bitte, sie möge das Abendessen bestellen.

Heute, da ich dies schreibe, mit trauervollen Novemberfeldern vor den Fenstern, erinnere ich mich wehmütig der Schönheit dieser Mahlzeit. Nicht etwa, daß ich wundervolle Dinge zu essen bekam. Weitschweifige Beratungen mit dem Kellner führten nur zu Eiern. Doch man brachte sie an einen abgelegenen geschützten Platz unter den Buchen am Wasser, und dieser kleine Schlupfwinkel an gerade diesem Abend war der hübscheste der Welt. So verzehrte ich begeistert meine Eier und murmelte dabei: »O goldner Überfluß der Welt ...« Was machte es aus, daß das Tischtuch feucht war und noch andere Unzulänglichkeiten aufwies? Was schadete es, daß die Eier sofort kalt wurden, und kalte Eier sind mir stets verhaßt gewesen. Und was machte es, daß der Kellner den Zucker zum Kaffee vergessen hatte, der mir doch sonst so wichtig ist? Mein Tisch war fast auf der gleichen Höhe wie die See. Eine Entenfamilie paddelte langsam dahin, hinterließ kleine Rillen im stillen Wasser und gab ein zufriedenes Schnattern von sich. Die Enten, das Wasser, die Insel Vilm gegenüber, die Landestelle von Lauterbach, eine halbe Meile über der kleinen Bucht, von Fischerbooten umgeben – alles glühte in rotem strahlenden Licht. Die Sonne war eben untergegangen, der Himmel hinter den dunklen Wäldern von Putbus war ein Wunder feierlicher Herrlichkeit. Die Buchen warfen schwarze Schatten aufs Wasser. Ich konnte die Stimmen der Fischer an der Landungsstelle hören und den Ruf eines Kindes drüben auf der Insel. Ich war mir all der Schönheit noch kaum bewußt, da erlosch das rosige Licht auf der Insel, lag noch einen Augenblick auf den Masten der Fischerboote, dann erstarb es überall. Der Himmel verblaßte zu einem hellen Grün, ein paar Sterne blitzten auf, ein Licht blinkte in dem einsamen Haus von Vilm, und der Kellner kam herunter und fragte, ob er eine Lampe bringen solle. Eine Lampe! Als ob man nur den kleinen Kreis auf seinem Tisch um sich her brauchte, um die Zeitung zu lesen oder Ansichtspostkarten an seine Freunde zu schreiben. Ich habe eine eigene Fähigkeit, nichts zu tun und dabei glücklich zu sein. Dazusitzen und in das zu schauen, was Whitman »die riesige und gedankenschwere Nacht« nennt, war für den besten Teil meines Selbst die angemessene und befriedigende Beschäftigung. Das übrige – die Finger, die etwas tun sollten, die Zunge, die schwatzen sollte, das oberflächliche Stückchen Hirn für den täglichen Gebrauch – wie gut, daß dies alles oft müßig sein konnte.

Der Kellner war erstaunt über meine Ablehnung.

Der zweite Tag

Lauterbach und Vilm

Ich habe gründliche Erfahrung mit deutschen Kopfkissen in ländlichen Gasthöfen gemacht, daher rate ich allen angehenden Reisenden dringend, ihre eigenen mitzunehmen. Die einheimischen Kopfkissen sind bloße Säcke, in denen früher mal Federn gewesen sein mögen. In ihnen ist nichts mehr drin, sie sind von gräßlicher Schlaffheit. Dazu haben sie den üblichen Nachteil: In ihnen spuken die Alpträume anderer Leute. Ich gebe zu, ein Kopfkissen nimmt im Gepäck eine ganze Menge Platz ein. Doch braucht man nicht viele Kleider mitzunehmen. Meine Reisetasche, nicht einmal eine besonders große, enthielt wirklich alles, was ich brauchte. Das Kopfkissen füllte die eine Hälfte, meine Badesachen die andere, und obwohl ich elf Tage unterwegs war, fehlte es mir an nichts. Allerdings hatte Gertrud, das ist wahr, eine ganze Menge auszubürsten und auszubessern, doch sie tat es gern. Es ist unendlich viel besser, nachts seine Bequemlichkeit zu haben, als bei Tage mit vielen Kleidern Eindruck zu machen.

Nachdem ich mein Gewissen durch diesen Wink erleichtert habe, der dem Reisenden nützlich sein wird, kann ich fortfahren und erzählen: Abgesehen vom Kopfkissen, das ich gehabt hätte, wenn ich nicht mein eigenes mitgebracht hätte, abgesehen ferner von dem bunten Deckbett, vom Waschwasser, das in einem sehr kleinen Kaffeetopf gebracht wurde, und vom Frühstück, das so kalt und so schlecht war, wie manche Leute in gewisser Laune die Welt finden, waren meine Erfahrungen in diesem Hotel angenehm. Allerdings verbrachte ich die meiste Zeit außerhalb des Hauses, wovon ich gleich berichten werde. Es stimmt auch, daß ich im durchdringenden Morgenlicht manches sah, was abends unsichtbar geblieben war: Papierfetzen lagen beim Hause im Gras herum, es gab einen Bonbon-Automaten in Gestalt einer brütenden Henne und eine automatische Waage, und beide standen genau an den Stufen, die zu dem Schlupfwinkel führten, der mich am Abend vorher so entzückt hatte. Der schwerste Schlag aber war eine elektrische Klingel, die das Herz eben der Buche durchbohrte, unter der ich gesessen hatte. Doch es gab noch so viel Schönes, daß, wenn auch einiges davon verdorben wurde, so vieles übrig blieb, daß Lauterbach einer der bezauberndsten Orte bleibt, die man sich vorstellen kann. Das Hotel war wunderbar still; keine Touristen kamen spät abends zurück, alle schienen außerordentlich zeitig schlafen zu gehen. Wenn ich gegen zweiundzwanzig Uhr vom Wasser heraufkam, lag das ganze Haus in so tiefem Schweigen, daß ich unwillkürlich auf Zehenspitzen durch die Gänge schlich und ein schlechtes Gewissen hatte. Auch Gertrud fand, daß ich ungewöhnlich spät zurückkäme; sie erwartete mich an der Tür mit einer Lampe und meinte offenbar, daß ich beschämt sei. Sie hatte den Ausdruck einer resignierten und verzweifelten Ehefrau einem unverbesserlichen Bösewicht und Bummler gegenüber. Und ich suchte mein Zimmer auf, sehr zufrieden, daß ich kein Mann war und keine Frau hatte, die mir verzeihen mußte.

Die Fenster blieben weit offen während der ganzen Nacht, in meinen Träumen hörte ich das sanfte Plätschern der See. Um sechs Uhr morgens begann in dem Bahnhof, der hinter den Kastanienbäumen verborgen lag, ein Zug zu rangieren und zu pfeifen. Da er damit nicht aufhörte und ich nicht wieder einschlafen konnte, stand ich auf, setzte mich ans Fenster und vergnügte mich damit, die Bilder zwischen den Säulen im Morgenlicht zu betrachten. In der Wiese schwang ein fleißiger einsamer Schnitter seine Sense, doch konnte ich das sausende Schwingen wegen des rangierenden Zuges nicht hören. Endlich dampfte der Zug davon, und Lauterbach hatte wieder Frieden, man hörte die Sense schwirren, die Lerchen sangen glückselig, und ich begann, mein Morgengebet zu sprechen, denn es war wahrhaftig ein Tag, für den ich dankbar sein mußte.

Das Baden in Lauterbach ist himmlisch. Man wandert am Rande niedriger Felsen dicht am Wasser auf einem Fußpfad, den von der Hoteltür bis zu den Badehütten die Buchen beschatten. Gegenüber liegt die Insel Vilm, die ferne Landspitze von Thiessow davor ist eine duftige violette Linie zwischen dem zarten Blau von See und Himmel. Zu Füßen Moos und Gras und süße wilde Blumen, auf die tanzende Lichter und Schatten der Buchen im Sonnenlicht fallen.

»Oh, wie schön ist es hier«, rief ich Gertrud zu – an einem solchen Morgen muß man einfach jemandem etwas zurufen. Sie ging hinter mir auf dem schmalen Pfad, beide Arme voller Handtücher und Badesachen. »Willst du später nicht auch baden, Gertrud? Kannst du widerstehen?«

Gertrud konnte sehr wohl widerstehen. Sie betrachtete die lebendige Einsamkeit des Meeres, wie man eine Sache ansieht, die trockne Leute naß macht. Sie sei erkältet, sagte sie.

»Nun, dann morgen«, sagte ich optimistisch, sie meinte aber, ihre Erkältungen dauerten immer tagelang.

»Dann eben, wenn du sie hinter dir hast«, meinte ich beharrlich und ekelhaft hoffnungsvoll, wogegen sie prompt prophezeite, sie werde sie nie loswerden.

Die Badehütten stehen in einer Reihe und weit vom Ufer entfernt im tiefen Wasser. Man wandert auf einer kleinen Bretterbrücke hinaus und findet eine sonnengebräunte Frau, freundlich, wie es offenbar alle Menschen sind, die im tiefen Wasser zu tun haben. Sie kümmert sich um die Badenden, deren Sachen sie trocknet, und versorgt sie mit allem und jedem, was vielleicht vergessen wurde; zum Schluß verlangt sie zwanzig Pfennige für all ihre Gefälligkeiten – samt Bad.

Die beste Hütte ist die am weitesten vorn liegende, die man zu kriegen versuchen muß – ein wertvoller Rat. Sie ist sehr geräumig und hat ein Sofa und einen Tisch und einen hohen Spiegel. Ein Fenster geht nach Süden und eins nach Osten. Durch das Ostfenster sieht man die lange Linie der niedrigen Klippen, darüber Wälder, die mit der grünen Ebene verschmelzen. Durch das Südfenster erblickt man die kleine Insel Vilm. Darauf steht ein einziges Haus, von Kornfeldern umgeben.

Gertrud saß strickend auf den Treppenstufen, während ich zwischen den Quallen herumschwamm und an Marianne North und ihr Buch dachte. Wie genau hatte sie das Baden, die Farben und die kristallene Klarheit des Wassers hier in der sandigen kleinen Bucht beschrieben. Die Badefrau lehnte am Geländer und sah mir wohlwollend zu. Sie trug eine weiße Sonnenhaube, die so hübsch gegen den blauen Himmel abstach, daß ich mir wünschte, ich könnte Gertrud bewegen, auch so eine zu tragen anstelle ihrer langweiligen, ehrbaren schwarzen Hauben. Stundenlang hätte ich so, vollkommen glücklich, auf dem glitzernden Wasser dahintreiben mögen, und ich blieb auch beinah eine Stunde darin. Die Folge davon war, daß eine unterkühlte und betrübte Frau auf die Klippen kletterte. Später, als der Kellner das Frühstück brachte, besah ich meine blauen Fingerspitzen und dachte, wie jämmerlich es doch sei, blaue Fingerspitzen zu haben, statt nach zehn Minuten Schwimmen vergnügt zu sein, einfach nur darüber, daß es so herrlich ist, an einem solchen Morgen überhaupt zu leben.

Der kalte Tee, die kalten Eier und die harten Semmeln erwärmten mich auch nicht. Ich saß unter den Buchen, wo ich am Abend zuvor gesessen hatte, und zitterte in meinem dicksten Mantel. Die Julisonne brannte auf das Wasser und schlug leuchtende Farben aus den Segeln der vorbeigleitenden Fischerboote. Der Hotelhund bummelte mit hängender Zunge über den Kies und warf sich neben mir in den Schatten. Aus Putbus kamen Gäste zu ihrem Morgenbad und fächelten sich mit ihren Hüten Luft zu.

Diese Gäste aus Putbus kommen jeden Morgen in einem offenen Kutschwagen mit Längsbänken, sie baden und wandeln dann langsam den Hügel hinauf zum Mittagessen. Nach dieser Anstrengung glauben sie, genug für ihre Gesundheit getan zu haben, und verbringen den Rest des Tages schlafend, oder sie sitzen draußen und trinken Bier oder Kaffee. Eine gute Art, seine Ferien zu verbringen, wenn man das Jahr hindurch hart gearbeitet hat. Mein Hotel hier in Lauterbach war eine Kleinigkeit teurer oder, besser gesagt, nicht ganz so billig wie die Hotels in Putbus. Der Reisende braucht die Rechnung jedenfalls nicht zu fürchten. Als ich unsere Zimmer mietete, war der Kellner erstaunt, fast ärgerlich, daß ich nicht, wie alle Herrschaften, Vollpension nehmen wollte. Er hoffte nur, daß mir fünf Mark pro Tag nicht zu teuer wären. O nein, ich fand es angemessen und ausgezeichnet – und freute mich auf mein Zugvogel-Dasein.

Nach dem Frühstück zog ich aus, um das Goor zu erkunden, ein Buchenwaldstück, das sich von der Pforte des Hotels an der Küste entlangzieht. Frisch machte ich mich auf den Fußweg am Rande der Klippen, um mich warm zu laufen, so daß Touristen, die bereits warm waren und schwer atmend unter den Bäumen saßen, mir vorwurfsvoll nachsahen.

Das Goor ist wundervoll. Ich hatte einen Weg gewählt, der in vielen Windungen durch dichten Schatten führt und schließlich am Rande des Waldes an der See in eine sehr heiße geschützte Bucht mündet. Dort brennt die Sonne den ganzen Tag auf den Kies und das kurze harte Gras. Eine einsame Eiche, alt und sturmzerzaust, steht ganz für sich am

Wasser, gegenüber sieht man die bewaldete Seite von Vilm, und wenn man ein paar Meter auf dem Kies weitergeht, kommt man auf eine grasbewachsene Ebene, wo sich zarte lila Skabiosen im Winde wiegen. Auf dem Kies lag ein altes schwarzes Fischerboot auf der Seite, seine Bretter waren von der Sonne blasig gebrannt. Diese tiefe Schwärze und die dunklen Umrisse der einsamen Eiche hoben sich scharf ab von dem flutenden strahlenden Sonnenlicht. Was für ein köstlicher Winkel, um den ganzen Tag mit einem Buch dort zu liegen. Keine Touristen verirren sich dorthin, denn der Pfad endet unversehens im harten Gras und Kies – schmerzvoll für leicht ermüdende Füße. Wer genug Energie besitzt, nimmt den üblichen Weg im Norden durch das Goor – er ist weder lang noch anstrengend. Dort führt der Weg bis zu einem Kleefeld, hinter dem sich das kleine Dorf Vilmnitz zwischen Bäume und Korn duckt. Er führt sanft, bequem und beschattet zurück zum Hotel – meine Wendung nach rechts jedoch führt bloß bis zum Kies, dem alten Boot und der einsamen Eiche. In diesem heißen Winkel zog ich gleich meinen Mantel aus; wer Hitze liebt und blaue Fingerspitzen verabscheut, der lege sich auf den Kies, ziehe den Hut über die Augen und lasse sich genießerisch braten, was ich tat.

In meiner Jackentasche steckte ›*The Prelude*‹ von Wordsworth; ich hatte nur dieses eine Buch mit, weil mir kein anderes bekannt ist, das gleichzeitig so dünn und so beruhigend ist. Es wiegt leicht in der Tasche einer Frau und hat eine außerordentlich gewichtige Wirkung aufs Gemüt. Sein grüner biegsamer Einband ist von den Reisen mit mir ganz abgenutzt. Wohin ich auch gehe, ich nehme es mit. Ich habe es gelesen und gelesen – viele Sommer lang, ohne mir je seine anbetungswürdige Schwerfälligkeit ganz angeeignet zu haben. O unsterblicher Wordsworth – wie darf ein Erdenwurm wie ich es wagen, etwas von ihm schwerfällig zu nennen. Es ist aber gerade diese Schwerfälligkeit, die, wenn man Wordsworth liebt, dieses Buch so vollkommen macht. Zuerst muß man, um es wirklich zu genießen, ein Liebhaber von Wordsworth sein, muß die unbeseelten Gedichte um der göttlichen beseelten willen lieben. Man muß es fertigbringen, sich für die Beschreibung von Simon Lees äußerer Erscheinung zu interessieren, und darf sich nicht an seiner Frau ärgern, einer bejahrten Frau. Auch der ›*Idiot Boy*‹ darf kein Hindernis sein, und wenn man ›*The Pet Lamb*‹ in der Kinderstube auswendig gelernt hat, so darf dies kein Grund dafür sein, es jetzt nicht zu mögen. Alle haben ihre Schönheiten; irgendwo ist immer eine Perle, mehr oder weniger leuchtend, zu finden. Die Seiten von ›*Prelude*‹ sind bestreut mit köstlichen Juwelen. Wie oft habe ich es an ländlichen Orten bei mir gehabt, und ich brauche es nur zu öffnen und den ersten Ausruf von Trost und Entzücken zu lesen: »Oh, es ist Segen in dem linden Windhauch!«, so bringt er mir die liebsten Erinnerungen an fröhliche und erfrischende Stunden zurück. Und wie heilsam ist es, sich an regnerischen Tagen, wenn die Welt schwarz aussieht, an die vielen glücklichen Stunden zu erinnern, die man gehabt hat. Jede fröhliche Sekunde bleibt ein köstlicher Besitz.

An diesem Morgen öffnete sich mein ›*Prelude*‹ von selbst bei Wordsworth' Aufenthalt in London, einem Teil, in dem die Perlen nicht allzu dicht liegen und die beruhigenden Merkmale außerordentlich entwickelt sind. Meine Augen fielen erheitert auf die Szene, in der er in den Straßen Londons spazierengeht und außer einer Krankenschwester, einem Hagestolz, einem müßigen Soldaten, einer Dame mit zierlichen Schritten – lauter Figuren, die ich nur allzugut kenne – folgendes sieht:

Den Juden mit dem Korb
auf seiner Brust; den stattlich-trägen Türken
mit seinem Pack Pantoffeln unterm Arm ...
Schweden und Russen, aus dem warmen Süden

der Spanier und Franzose; aus dem fernen
Amerika der jagdstolze Indianer;
Malaien, Mauren, Inder und Tataren;
Chinesen, elegante Negerdamen
in weiten, weißen Roben aus Musslin ...

Figuren, die keinesfalls in den Straßen Berlins anzutreffen sind. Das ist die angenehme Eigenart von ›The Prelude‹, daß man nach nur wenigen Zeilen innehält und sich besinnt. Und endlich verblaßt das Bild der Negerdamen in ihren weißen Musselinkleidern, und jene anderen Zeilen heben sich heraus in leuchtenden Buchstaben –

NICHT IN VOLLKOMMENER VERGESSENHEIT
UND NICHT IN ÄUSSERSTER VERLASSENHEIT ...

Gegen zwölf Uhr vertrieb mich die Sonne. Meine Handrücken fühlten sich an, als ob sie demnächst Blasen werfen würden. So stand ich auf, wanderte zum Hotel zurück und bereitete Gertrud darauf vor, daß ich voraussichtlich länger fortbleiben würde. Ich hatte nämlich die Absicht, irgendwie hinüber auf die Insel Vilm zu gelangen. Ich sagte Gertrud, sie möge sich nicht aufregen, falls ich nicht vor Schlafenszeit zurück wäre, nahm den Reiseführer und machte mich auf den Weg. Der Pfad zum Landungsplatz führt durch eine Wiese am Wasser entlang, auf einer Seite von Weiden, auf der anderen von Binsen umgeben. Nach zehn Minuten hat man Lauterbach erreicht, hat ein paar kleine neue Häuser gesehen, in denen Touristen wohnen, hat etliche entzückende alte Häuser von Fischern gesehen, hat dann am Landungssteg einer lächelnden Frau zehn Pfennige Zoll bezahlt und hat gemerkt, daß es nutzlos ist, liebenswürdig mit ihr zu sprechen, denn sie ist total taub. Nun geht man bis ans Ende des Steges und fängt an zu überlegen, auf welche Weise man hinüberkommt. Fischerboote ankerten auf der einen Seite, eine Brigg aus Schweden wurde entladen. Ein kleiner Dampfer lag am anderen Ende, er sah aus, als ob er demnächst irgendwohin fahren wolle. Als ich aber einen Mann, der auf zusammengerollten Tauen saß, fragte, ob er mich mit nach Vilm nehmen könne, antwortete er, er führe nicht nach Vilm, aber er würde mich gern nach Baabe mitnehmen. Da ich nie etwas von Baabe gehört hatte, wollte ich auch nicht hinfahren. Dann schlug er Greifswald vor, wohin er am nächsten Tag fahre, aber ich lehnte auch das ab. Er sah mich an, als hielte er mich nicht für ganz gescheit, und vertiefte sich wieder in seine Gedanken.

Ein Fischer bummelte in der Nähe herum, lehnte sich gegen einen der Pfosten und starrte ebenfalls ins Leere. Ich wandte mich gerade ab, als er sich aufraffte und fragte, ob ich sein Boot benutzen wolle. Dabei deutete er hinaus auf ein großes Boot mit leuchtendbraunen Segeln. Es wehte nur eine schwache Brise, aber er sagte, er könne mich in zwanzig Minuten hinüberfahren, werde dort den ganzen Tag lang auf mich warten, und das alles für drei Mark. Nun, drei Mark für ein ganzes Fischerboot mit goldenen Segeln und einem kräftigen Fischer mit goldenem Bart und blauen Augen, dessen Vorfahren sicher Wikinger waren! Ich stieg ohne weitere Erörterungen in sein Dingi und wurde zu seinem Segelboot hinübergerudert. Ein kleiner Wikinger mit Sommersprossen, seinem Alter entsprechend ohne Bart, da er erst zehn war, streckte den Kopf aus der Kabine, als wir längsseits festmachten. Er wurde mir als der älteste von fünf Söhnen vorgestellt. Nun machten Vater und Sohn mir einen bequemen Sitz zurecht, zogen die Schoten dicht, und so glitten wir hinaus. Ja, dies ist die rechte Art, die einzig richtige Art, um nach Vilm zu gelangen. Wer würde nicht gern mit einem Wikinger und einem goldbraunen Segel fahren? Ich fand allerdings heraus, daß es noch einen anderen Weg gibt, und dieser wird auch meist benutzt: Ein kleines

Motorboot verkehrt zwischen Lauterbach und Vilm, riecht ganz scheußlich und macht großen Lärm. Dazu ist es ein langes schmales Boot, und selbst bei kleinen Wellen rollt es dermaßen, daß weibliche Passagiere, und manchmal auch männliche, aufschreien. Bei ruhigem Wetter schafft es die Überfahrt in zehn Minuten. Mein Segelboot brauchte zwanzig Minuten und für die Rückfahrt noch viel länger, doch welcher Unterschied, welche Freude! Als wir halb drüben waren, brauste das knatternde Motorboot an uns vorüber, während ich nicht einmal hätte sagen können, ob wir Fahrt hatten. Das Tuckern des Motors und der Benzingeruch waren noch gegenwärtig, als es zu einem Pünktchen zusammengeschrumpft war. Dabei gibt es auf Vilm rein gar nichts, was den Eiligen anlocken könnte; um so mehr für den verträumten Touristen. Zwar kann man die ganze Insel in drei viertel Stunden umwandern. In drei viertel Stunden kann man sämtliche Aussichten sehen, die für schön gelten, und auf den entsprechenden Bänken sitzen. Man sagt: »Dort ist ja Thiessow«, wenn man nach Osten schaut, und: »Oh, dort ist ja Putbus«, wenn man übers Meer nach Westen blickt, und wenn man weit draußen im Süden Kirchtürme aus dem Wasser ragen sieht, so sagt man: »Oh, das muß doch Greifswald sein.« In drei viertel Stunden hat man Zeit, über die primitive Badehütte am Oststrand zu lächeln, die dort hingekritzelten Namen früherer Badegäste zu studieren oder Verse, Abschiedsworte und Zitate. Wieviel Glück habe ich gehabt, das Motorboot zu verpassen.

Ein ganz anderes Vilm wurde mir zuteil: mit weiten Blicken auf See und Himmel, auf mächtige Buchen, dichte Farne, blumenerfüllte Wiesen, enzianbewachsene Höhen.

Einer der Förster von Fürst Putbus führt das Gasthaus, oder wohl mehr seine freundliche und gefällige Frau. Ich sah ihn in malerischer Haltung in einem hübschen grünen Jagdkostüm vor dem Hause an einem Baum stehen, ein Fernglas vor Augen, durch welches er das herankommende und abfahrende Motorboot verfolgte. Während ich unter den Kastanienbäumen am Tisch saß und auf mein Essen wartete, kam seine Frau zu mir und unterhielt mich. Die Saison, erklärte sie, sei kurz, sie dauere höchstens zwei Monate, Juli und August, deshalb müßten ihre Preise hoch sein. Ich fragte, wie hoch sie wären, und sie sagte fünf Mark pro Tag für ein Zimmer mit dem Blick zum Wald, dazu vier Mahlzeiten, alles inbegriffen. Außerhalb der Saison wären die Preise niedriger. Sie erzählte, die meisten ihrer Gäste wären Maler, und sie könnte vierundzwanzig mit ihren Frauen aufnehmen. Sie versuchte herauszubringen, ob ich Malerin sei, unterdessen kam mein Essen; ja, und warum ich denn so allein sei und nicht zu einer Gruppe gehöre nach Art der bürgerlichen Frauen. Vom Essen will ich nur sagen, es war sehr reichlich.

Der Roggen wuchs einen Meter weit von meinem Tisch und bildete einen zitternden goldenen Streifen von Licht gegen das blaue Funkeln der See. Darüber schaukelten weiße Schmetterlinge. Die Brise wehte süße ländliche Düfte in mein Gesicht. Die Kastanienblätter, die mich beschatteten, rauschten und flüsterten. Die ganze Welt war heiter und frisch und duftete.

»Frau Förster« wollte mir durchaus die Schlafzimmer zeigen. Sie sind einfach und sehr sauber, aus jedem hat man einen schönen Blick. Im Speisezimmer sah ich den langen Eßtisch, an dem die vierundzwanzig Maler mit ihren Frauen zu essen pflegen. Dafür benötigen sie beachtlich viel Zeit, und das nicht etwa wegen der vielen Gänge, sondern wegen der wenigen Aufwärter. Mindestens vierzig Personen lernten da Geduld – ein einziger Kellner und ein Junge brachten sie ihnen bei. Das Baden in Vilm ist nicht im gleichen Atem zu nennen mit dem köstlichen Baden in Lauterbach. Keine lächelnde Badefrau in weißer Sonnenhaube wartet darauf, dem Gast seine Sachen abzunehmen, sie zu trocknen, die Schwimmerin zu rubbeln, wenn sie fröstelnd aus dem Wasser kommt, und, falls nötig, auch hineinzuspringen, um zu helfen, falls jemand zu ertrinken droht. In Vilm liegt die Badehütte am Oststrand, man erreicht sie auf dem Weg durch eine Wiese – zugegeben, das himmlischste Wiesenstück mit weidenden Kühen und mit der See vor Augen. Jeden Augenblick könnten die Töchter des Lichts über den Butterblumen daherkommen und ihre Kleider in der Sonne noch weißer bleichen. Auf der Insel gibt es keinen richtigen Spazierweg, außer dem einen vom Landungssteg zum Gasthaus. Um die Badehütte zu erreichen, muß man stracks in das Wiesengras eintauchen und darf sich nichts daraus machen, wenn Heuschrecken in die Kleider hüpfen. Das Wasser ist so seicht, daß man eine gefährlich aussehende lange Strecke waten muß, ehe man schwimmen kann. Während man watet, ist es unmöglich, wie jedermann, der einmal gewatet ist, weiß, die Schritte zu beschleunigen. Man errötet, wenn man an die vierundzwanzig Maler denkt, die vermutlich auf den Felsen sitzen und zuschauen. Und watet man zurück, so errötet man natürlich noch mehr. Noch nie sah ich einen so freien und offenen Badeplatz. O ja, er ist wundervoll, doch wer ist schon gern ein so auffallendes Objekt, und zwar ein klägliches, das mutterseelenallein dasteht und aus dem Wasser ragt, das kaum die Knöchel bedeckt.

Ich saß im Schatten der Klippen, als zwei Mädchen herabkamen, um zu baden. Ich sah ihnen zu, sie schienen sich überhaupt nicht zu genieren und planschten mit Geschrei und Kreischen und Gelächter im Wasser herum. Die Mädchen legten keinen Wert auf Würde und waren nicht befangen. Wahrscheinlich waren ein oder zwei der vierundzwanzig Maler ihre Väter, und dadurch fühlten sie sich ganz zu Hause. Als ich sie beobachtete, kam mir der Verdacht, daß sie noch lieber von denen gesehen wurden, die nicht ihre Väter waren. Jedenfalls tanzten und lachten sie und schrien einander zu und sahen sich oft herausfordernd um, und wirklich waren sie sehr niedlich in ihren roten Badeanzügen in der azurblauen See.

Lange Zeit saß ich noch dort, nachdem die Mädchen sich angezogen hatten und lärmend die grasige Böschung hinauf in den Schatten der Buchen gegangen waren. Wieder herrschte nachmittägliche Stille, man vernahm nichts als das leise Plätschern am Fuß der Klippen. Hin und wieder hoppelte ein Kaninchen im Gras, einmal hörte man den Schrei eines Falken hoch droben in den Wolken. Die Schatten wurden länger, die Schatten der Felsen auf dem Wasser streckten sich beinah bis Thiessow, bevor die Sonne unterging. Draußen auf dem Meer, fern vom in Dunst gehüllten Festland, lag ein langer Rauchstreifen über der Fahrrinne eines Dampfers auf der Fahrt nach Rußland. Könnte ich doch meine Seele auf Vorrat anfüllen mit der heiteren Klarheit eines solchen Nachmittags.

Vilm besteht aus zwei bewaldeten Hügeln, die durch einen langen, schmalen Landstrich miteinander verbunden sind. Dieses Stück Land ist nur mit hartem Gras, Steinen und kleinen Muscheln bedeckt. Hier und da stehen wilde Obstbäume beisammen, als wüßten sie, wie hart der Lebenskampf ist. Im Winter überschwemmt sie das Wasser, der Wind weht hart aus Osten. Ich hatte mich durch dieses Stück gekämpft, hatte alle paar Schritte die Muscheln aus meinen Schuhen geschüttelt, da gelangte ich auf unebenen Grund mit weichem grünen Gras und wunderschönen Bäumen – eine wirklich liebliche Stelle am Fuß des Hügels im Süden. Ich setzte mich, nahm die letzten Muscheln aus meinen Schuhen und war einfach glücklich. Ich hatte keine Seele mehr gesehen nach den badenden Mädchen. Wie reizend war es, diesen lieblichen Platz ganz für mich allein zu haben, dachte ich, als ich einen jungen Mann erblickte; er stand auf einem Felsen unter der östlichen Klippe des Hügels und fotografierte die geschwungene Linie von Land und See, und mich in der Mitte.

Nun gehöre ich zu den Menschen, die sich nicht gern fotografieren lassen. Immer seltener unterziehe ich mich dieser Prozedur, und nur auf inständiges Bitten meiner Liebsten und Nächsten. Wer einen blitzschnell fotografiert, ehe man Zeit hatte, sein Lächeln zu arrangieren, wird von jeder Frau verabscheut, die sich nicht für unwiderstehlich hält.

»Was für ein junger Mann mag das sein?« fragte ich mich und betrachtete ihn entrüstet. Er stand auf dem Felsen, schaute sich einen Augenblick um nach einem guten Objekt, und schließlich traf sein Blick mich. Er kam von seinem Felsen herab und auf mich zu. Wahrscheinlich wollte er sich entschuldigen, nachdem er sein Bild gemacht hatte.

So war's auch. Ich saß da und starrte streng in Richtung Thiessow. Auf einer Insel kann man leeren Redensarten nicht entrinnen. Er war ein großer junger Mann, und sein Kragen hatte etwas Undefinierbares und Vertrauenswürdiges an sich.

»Ich bitte um Entschuldigung«, begann er äußerst höflich, »ich hatte Sie nicht bemerkt. Ich wollte Sie natürlich nicht fotografieren. Ich werde den Film vernichten.«

Dies kränkte mich ebenfalls. Es ist schon unangenehm, ohne sein Wissen fotografiert zu werden, aber zu hören, daß dieses Bild nicht erwünscht ist und vernichtet wird, ist noch schlimmer. Er sah sehr gut aus, und ich habe eine Schwäche für gutaussehende junge Männer. Nach der Art und Weise, wie er Deutsch sprach, und wegen seines Kragens hielt ich ihn für einen Engländer, und ich habe Engländer gern. Auch hatte er mich mit »gnädiges Fräulein« angeredet – welche Mutter einer wachsenden Familie hört das nicht gern?

»Ich hatte Sie nicht gesehen«, sagte ich nicht ohne Milde,

gerührt von so viel Jugend und Unschuld, »sonst wäre ich Ihnen natürlich aus dem Wege gegangen.«

»Ich werde den Film vernichten«, versicherte er mir nochmals, lüftete seine Mütze und kehrte zu den Felsen zurück.

Wenn ich nun blieb, wo ich war, konnte er dieses Stück der Landschaft nicht fotografieren, es war so schmal, daß ich immer ins Bild kommen würde. Er war offenbar erpicht darauf, ein Bild davon zu machen, er zögerte unruhig zwischen den Felsen und wartete darauf, daß ich wegginge. Und so ging ich und kletterte unter den Bäumen den Südhügel hinauf und sann dabei über die angenehm langsame Art der Engländer nach, die sich bewegen und sprechen, als sei das Leben grenzenlos und als könne die Zeit ja warten. Ich wunderte mich auch darüber, daß er diese abgelegene Insel überhaupt gefunden hatte, ja, ich wunderte mich eigentlich auch, daß ich sie gefunden hatte.

Am Südende von Vilm gibt es unter den Bäumen eine Menge Kaninchenbaue, und außerdem stöberte ich nicht weniger als drei Schlangen – eine nach der anderen – im langen Grase auf. Sie gehörten zu der harmlosen Sorte, doch sprang ich bei jeder erschreckt auf und schauderte. Nach der dritten hatte ich genug und kletterte an der Westseite die Klippen hinab und wanderte weiter bis zur äußersten Spitze der Insel, in der unschuldigen Absicht, auch die letzte Ecke zu erforschen. Der junge Mann stand in der letzten Ecke, und ich marschierte stracks in eine neue Aufnahme. Ich hörte die Kamera klicken in genau dem Augenblick, als ich um die Biegung kam. Diesmal sah er mich ein wenig ernst und fragend an.

»Sie können mir glauben – ich mag nicht fotografiert werden«, sagte ich schnell.

»Ich hoffe, Sie glauben mir, daß ich es nicht absichtlich wieder tat«, sagte er.

»Bitte entschuldigen Sie«, sagte ich.

»Ich werde den Film vernichten«, sagte er.

»Schade um die vielen Filme«, sagte ich.

Der junge Mann lüftete seine Mütze, ich setzte meinen Weg über die Felsen fort, nach Osten, in entgegengesetzter Richtung. Auf der anderen Seite des Hügels trafen wir einander wieder.

»Oh«, rief ich ehrlich erschrocken, »habe ich wieder einen Film verdorben?«

Der junge Mann lächelte – wirklich, ein sehr gut aussehender junger Mann – und erklärte, das Licht sei nicht mehr stark genug, um weiter zu fotografieren. Dabei nannte er mich wieder »gnädiges Fräulein«, und wieder war ich gerührt von soviel Unschuld. Auch sein Deutsch war rührend, es war so gewissenhaft grammatikalisch richtig, so mühsam zusammengesetzt, so wie Sätze von Goethe, auswendig gelernt. Nun sank die Sonne tiefer über die Häuser von Putbus, und der sandige Streifen mit seinem harten Gras und den sturmzerzausten Bäumen war von dem goldenen Schein in eine Feenbrücke verwandelt, die die beiden leuchtenden Inseln miteinander verband. Wir gingen geradeaus in all das Leuchten hinein. Ich hatte erkannt, daß es unmöglich ist, einander aus dem Weg zu gehen, wenn die Insel so klein ist. Da wir beide zum Gasthaus zurückgingen und der Streifen Landes schmal war, gingen wir nebeneinander, und der junge Mann sprach auf dem ganzen Weg im allerumständlichsten Deutsch über das Absolute.

Ich weiß wirklich nicht, was ich getan habe, daß ein netter junger Mann, der mich für ein Fräulein hält, zwanzig Minuten lang über das Absolute spricht. Offenbar glaubte er – o heilige Unschuld –, daß ich, weil ich Deutsche war, daran interessiert sein müsse, ganz gleich, welchen Geschlechts ich war. Ich kann auch nicht sagen, wie es eigentlich anfing. Bestimmt war es nicht meine Schuld; bis zu diesem Tag hatte ich keine feste Meinung über das Absolute. Natürlich sagte ich ihm das nicht. Mein Alter hat mich wenigstens Schlauheit gelehrt. Ein richtiges Fräulein hätte ihn verständnislos angeschaut und gefragt: »Bitte – was ist denn das Absolute?« Da ich aber eine verständige, verheiratete Frau war, schaute ich einfach nachdenklich drein und fragte: »Wie würden *Sie* es denn definieren?«

Er antwortete, er definiere es als die Negation des Vorstellbaren. Ich fuhr fort, schlau und listig zu sein, und sagte, dieser Standpunkt habe viel für sich, und wie er zu diesem logischen Schluß gekommen sei? Er erklärte es umständlich und wohldurchdacht, offenbar hielt er mich weiterhin für ein intelligentes Fräulein.

Es zeigte sich, daß er alles, was deutsch ist, überaus bewundert, ganz besonders deutsche Gelehrsamkeit. Na ja, die Deutschen sind zuweilen sehr gelehrt. Nur habe ich bisher auf meinem Lebensweg in Deutschland kaum Gelehrte angetroffen. Mein unbekannter Jüngling leitete selbstverständlich von Kant und den älteren Philosophen über zu den heute lebenden großen Deutschen und nannte die führenden Leuchten in Wissenschaft und Kunst und fragte mich, ob ich einen von ihnen kenne oder je gesehen habe? Ihm schien es eine große Vergünstigung, sie auch nur sehen zu können, worauf ich verneinend murmelte. Wie unmöglich wäre es, dem Abkömmling einer vorurteilsfreien Rasse die Einwände einer Klasse, Junker genannt – ich bin durch Heirat ein weiblicher Junker –, gegen die Schicht der Gelehrten klarzumachen. Wie sollte ich einen von ihnen kennen? Alle Großen, von denen der unbekannte Jüngling sprach, sind Liberale, und alle Junker sind Konservative. Und wie kann ein deutscher Konservativer sich mit einem deutschen Liberalen an einen Tisch setzen? Dies ist unvorstellbar. Wie der junge Mann das Absolute definierte, so ist es die Verneinung des Vorstellbaren.

Unterdessen waren wir bei den Kastanienbäumen vor

dem Gasthaus angekommen. Ich so schweigsam, daß mein Begleiter überzeugt war, ich sei eine der intelligentesten Frauen, die er je getroffen hatte. Ich weiß das daher, weil er, als wir an »Frau Försters« Waschhaus und Rosengarten vorübergingen, sich mir plötzlich zuwandte und sagte: »Wie kommt es nur, daß deutsche Frauen so unendlich viel intellektueller sind als Engländerinnen?«

Intellektuell! Wie hübsch. Und das alles nur, weil ich an den richtigen Stellen den Mund gehalten habe.

»Ich wußte das nicht«, sagte ich bescheiden, was der Wahrheit entsprach.

»O ja, das sind sie«, versicherte er mit großer Bestimmtheit und fügte hinzu: »Vielleicht haben Sie bemerkt, daß ich Engländer bin?«

Bemerkt, daß er Engländer war? Vom ersten Augenblick an, als ich seinen Kragen sah, vermutete ich's, als er den Mund auftat und redete, wußte ich's, und ebenso alle unter den Kastanienbäumen, die ihn im Vorbeigehen hörten. Doch warum sollte ich dem harmlosen jungen Mann nicht die Freude machen. Ich schaute ihn mit hocherstaunten Augen an und rief: »Oh – wirklich? Sie sind Engländer?«

»Ich bin ziemlich viel in Deutschland gereist«, sagte er beglückt.

»Dennoch – erstaunlich«, sagte ich.

»Es ist gar nicht so schwierig«, sagte er und sah noch glücklicher aus.

»Wahrhaftig – wirklich kein Deutscher? Fabelhaft.« Nun war seine Überzeugung, ich sei intelligent, unerschütterlich.

»Frau Förster«, die mich hatte landen und allein losgehen sehen und nun mit einem Begleiter des anderen Geschlechts zurückkommen sah, grüßte mich kühl. Ich fühlte, das war nicht unberechtigt. Im allgemeinen ist es nicht meine Art, allein einen Spaziergang zu machen und mit einem Jüngling, den ich vorher nie gesehen habe, zurückzukehren und ihm zu erzählen, seine Leistungen seien fabelhaft. Ein wenig plötzlich wandte ich mich dem jungen Mann zu und sagte ihm Lebewohl.

»Gehen Sie nicht hinein?« fragte er.

»Ich wohne nicht hier.«

»Das Motorboot geht erst in einer Stunde. Ich fahre auch hinüber.«

»Ich fahre nicht mit dem Motorboot. Ich bin mit einem Fischerboot gekommen.«

»Oh, tatsächlich?« Er dachte nach. »Aber wie herrlich selbständig«, fügte er hinzu.

»Haben Sie nicht bemerkt, daß deutsche Fräuleins ebenso selbständig wie intellektuell sind?« fragte ich.

»Nein, das habe ich nicht. Gerade hier, finde ich, sind die Deutschen weit hinter uns zurück. Deutsche Frauen haben nicht annähernd soviel Freiheit wie Engländerinnen.«

»Und wenn sie ganz allein in Fischerbooten umhersegeln?«

»Das allerdings ist ungewöhnlich unternehmend. Darf ich Sie sicher hinbegleiten?«

Hier kam »Frau Förster« und sagte ihm, das Essen, das er für acht Uhr bestellt habe, sei fertig.

»Machen Sie sich keine Mühe. Dort ist ein Fischer mit seinem Jungen, die helfen mir hinein. Es ist ganz einfach.«

»Oh, es macht mir wirklich keine Mühe –«

»Ich will Sie beim Abendessen nicht stören.«

»Werden Sie denn nicht hier essen?«

»Nein. Ich habe hier zu Mittag gegessen. Abends nicht wieder.«

»Hat das einen guten Grund?«

»Sie werden schon sehen. Leben Sie wohl.«

Damit ging ich den Weg hinunter. Er ist steil, das Korn steht zu beiden Seiten dicht und hoch, und nach ein paar Schritten war ich vom Haus aus nicht mehr zu sehen. Das

Fischerboot lag in einiger Entfernung draußen, und das Beiboot war am Heck befestigt. Ich sah den Kopf des Fischerjungen, aber er schien zu schlafen. Ich wußte, daß es schwierig ist, laut zu rufen, und peinlich obendrein, doch einer mußte es tun, und da niemand sonst da war, war ich es. Ich legte die Hände an den Mund, und da ich nicht wußte, wie der Fischer hieß, schrie ich: »Sie!« Das klang nicht nur schwächlich, sondern auch unhöflich. Ich stellte mir den Wikinger vor mit dem goldenen Bart, seine eindrucksvolle Gestalt und träumerische Würde und schämte mich, auf einem Felsen stehend, so laut ich konnte zu rufen: »Sie!«

Der Kopf des Jungen rührte sich nicht. Ich schwenkte mein Taschentuch. Nichts. Wieder schrie ich »Sie!«, und wieder fand ich es recht beleidigend. Der Junge schlief, und mein kläglicher Ruf verflog.

Gegen den Himmel, am Rande des Kornfelds, tauchte der Kopf des Engländers auf. Er sah meine Not, nahm die Hände aus den Hosentaschen und rannte herbei. »Gnädiges Fräulein ist in der Klemme«, bemerkte er in seinem wunderbar korrekten und dabei so mühsamen Deutsch.

»Stimmt«, sagte ich.

»Soll ich rufen?«

»Ja – bitte.«

Er rief. Der Junge fuhr erschrocken in die Höhe. Der riesige Fischer wuchtete sich aus den Tiefen des Boots empor. Innerhalb von zwei Minuten lag das Beiboot an den Planken des Landungsstegs, und ich war darin.

»Eine sehr gute Idee, dies romantische Boot zu chartern, um herüberzukommen«, sagte der junge Mann auf dem Steg und sah sehnsüchtig aus.

»Es riecht ziemlich nach Fisch«, antwortete ich lächelnd, als wir abstießen.

»Aber so romantisch!«

»Haben Sie nicht bemerkt, daß deutsche Fräuleins romantische Geschöpfe sind, eine schöne Mischung aus Intelligenz, Selbständigkeit und Romantik?«

»Wohnen Sie in Putbus?«

»Nein. Leben Sie wohl. Danke fürs Rufen. Ihr Abendbrot ist sicher ganz kalt und ungenießbar geworden.«

»Ich schloß aus dem, was Sie vorhin sagten, daß es ohnehin ungenießbar ist.«

Zwischen mir und dem jungen Mann auf dem Steg breitete sich immer mehr goldenes Wasser aus.

»Nicht alles«, sagte ich mit erhobener Stimme, »probieren Sie das Stachelbeergelee. Es ist, was man in England ›glorified gooseberry jam‹ nennt.«

»Glorified gooseberry jam?« wiederholte der junge Mann. Offenbar war er sehr betroffen von diesen drei englischen Wörtern.

»Wahrhaftig« – er sprach immer lauter, denn der goldene Streifen war nun sehr breit geworden –, »Sie sagten das eben ohne den leisesten fremden Akzent.«

»Wirklich?«

Das Beiboot schoß in den Schatten des Fischerboots. Der Wikinger und sein Junge nahmen die Ruder ins Boot, halfen mir hinein, befestigten das Beiboot am Heck, zogen das Segel auf, und so segelten wir langsam auf die sinkende Sonne zu.

Der junge Mann stand auf dem fernen Pier und lüftete seine Kappe. Wie er da stand, inmitten der goldenen Herrlichkeit, glich er einem Erzengel. Ein wirklich sehr gut aussehender junger Mann.

DER DRITTE TAG

Von Lauterbach nach Göhren

Am Lauterbacher Landungssteg hatte man mir angeboten, mich nach Baabe mitzunehmen, als ich nach Vilm fahren wollte, daher hatte ich abgelehnt. Als ich später auf meiner Landkarte nachsah, stellte ich fest, daß ich so oder so an Baabe vorbeikommen mußte, wenn ich meinen Plan, rund um Rügen zu fahren, ausführen wollte. Der Reiseführer schildert Baabe in begeisterten Worten und erklärt ihren merkwürdigen Namen: Er bedeutet *Die Einsame*. Man habe dort Kiefernwald, reine Ozon-Seeluft und ein Klima, das gleichzeitig mild und stärkend sei und geradezu Wunder wirke an Leuten, die mit der Lunge zu tun hätten. Er fährt fort, daß derjenige, der sich in dem weichen, trocknen Sand eingräbt und seinen Blick über die weite See mit ihren schaumgekrönten Wellen schweifen läßt und im übrigen die kräftige Luft genießt, zu beneiden sei. Schließlich schildert er sehr poetisch die Gefühle dessen, der sich eingegraben hat, aus eigener Erfahrung. Endlich kommt die praktische Information: In Baabe kann man für vier Mark pro Tag in voller Pension wohnen. Ein Ort, der *Die Einsame* heißt, lockte mich; ich verließ Lauterbach, das ich kannte und liebte, und machte mich hoffnungsvoll auf nach Baabe, bereit, auch dies zu lieben.

Es war ein heiterer Tag mit heller Sonne und einer leichten Brise. Ich war bis zur Ausgelassenheit fröhlich dort draußen in den Feldern zwischen dem griechischen Tempel und dem Dorf Vilmnitz – natürlich nur im geheimen ausgelassen wegen der nüchternen Gertrud. Ich habe beobachtet, daß süße Düfte, klares Licht und Vogelsingen, überhaupt alles, was im Leben lieblich ist, wenig Wirkung auf Leute wie

Gertrud hat. Kein Wetterwechsel ändert den gesetzten Ernst meiner Gertrud. Den Rosen im Juni zeigt sie dasselbe Gesicht wie dem beißenden Märzenwind. An eisigen Februar-Nachmittagen, wenn die Welt draußen in der kalten Nebelhülle naßkalter Stunden schaudert, ist sie nicht ernsthafter als an einem strahlend lebendigen Tag wie an diesem unserem dritten Reisetag. Der flüchtige Wind hob einzelne Haarsträhnen von ihrer Stirn und streichelte sie, eine verwegene Vertraulichkeit. Ihr Gesicht jedoch hatte denselben besorgten Ausdruck, als habe sie Schweres vor sich. Sind die Gertruds dieser Welt also unfähig, zwischen Alltag und Sonntag zu unterscheiden? Oder meinen sie, es nicht zeigen zu dürfen? Diese Frage beschäftigte mich mindestens drei Meilen, so daß ich sie am liebsten mit Gertrud selbst besprochen hätte. Doch ließ ich es bleiben, zu sehr fürchtete ich, Gertrud zu kränken.

Vilmnitz ist ein hübsches kleines Dorf; der Reiseführer lobt seine beiden Gasthäuser. Jedoch, der Reiseführer lobt alles, was er erwähnt. Es ist ein blumenreiches Dorf mit malerischen, wohlhabend aussehenden Häusern, und hoch droben auf einem Hügel liegt die älteste Kirche der Insel. Die Kirche stammt aus dem zwölften Jahrhundert, und ich wäre gern hineingegangen, aber sie war verschlossen, der Pastor hatte den Schlüssel, und da es zu der Zeit war, da Pastoren zu schlafen pflegen, befahl ich mir, ihn in Ruhe zu lassen. So kutschierten wir durch Vilmnitz voller Stolz und Würde und verlangten von niemandem eine Gunst. Von hier bis Stresow ist die Straße häßlich; mich stören häßliche Straßen nicht, wenn nur die Sonne scheint, und die häßlichen Straßen machen den Reisenden empfänglich für die Schönheit der hübschen. Es gibt viele Hünengräber rings um Stresow, große Erdwälle mit Bäumen darauf und vermutlich Hunnen darin. Ein Denkmal erinnert den Vorübergehenden an eine Schlacht hier zwischen den Preußen unter dem Alten Dessauer und den Schweden. »Wir« siegten. Da ich eine gute Deutsche geworden bin, war es meine Pflicht, beim Anblick dieses Denkmals in patriotischem Stolz zu erglühen.

Hinter Stresow ging die Straße bergauf und bergab und war reizend. Manchmal drangen Wälder bis an die Straße vor und beschatteten uns, manchmal zogen sie sich hinter Wiesen zurück. Es gab die ersten Felder voll gelber Lupinen in Blüte, und ich war entzückt darüber, denn jedes Jahr freue ich mich auf den Juli mit diesem besonderen köstlichen Duft. Schließlich kamen wir in den Bezirk von Baabe, zuerst durch die Umgebung von Sellin. Dieser Ort besteht aus Villen, die an der Ostküste von Rügen in den Wäldern erbaut wurden, auf der einen Seite liegt das Meer, auf der anderen ein großer See, der Selliner See. Wir fuhren um das nördliche Ende des Sees und lernten dort das bisher ödeste Stück Landstraße neben Eisenbahngeleisen kennen, holprig, mit Steinen gepflastert, Kiefernwälder zur Linken, die das Meer verdecken, und zur Rechten moorige Ebenen mit dem See und kahle und langweilige Hügel.

Das also waren die Wälder von Baabe. Neben der geraden Straße konnte ich neu erbaute Häuser sehen, die, wie mir schien, ziellos herumstanden – Mietwohnungen, die auf Lungenleidende warteten – die Pensionen auf der *Einsamen*. »Ich will nicht in Baabe bleiben«, befahl ich August, dem gesagt worden war, wir würden dort übernachten, »fahr weiter zum nächsten Ort!«

Der nächste Ort ist Göhren, der Reiseführer lobt ihn über alle Maßen. Voller Mißtrauen gegenüber dem Lob des Führers hoffte ich nur, man würde dort wenigstens schlafen können. Die Schatten waren lang geworden, und hinter Göhren kann man nur in Thiessow bleiben, dem südlichsten Punkt dieses Teils der Insel. So fuhren wir an den beiden Baabe-Hotels vorbei, kleinen, an der Straße erbauten Holzhäusern unmittelbar an der Eisenbahnlinie. Ein Zug wurde erwartet;

wartende Reisende saßen vor den Hotels und tranken Bier. Mehrere Transportfahrzeuge hielten auf ihrer Fahrt nach Göhren oder Sellin, und die *Einsame* kam mir sehr geräuschvoll und unruhig vor, als wir über die Pflastersteine ratterten. Ich war froh, als wir bei einem Wegweiser nach Göhren abbogen und auf sandige und stille Waldwege gelangten. Wir mußten wegen des tiefen Sandes im Schritt fahren. Diese sandigen Wege haben aber den Vorteil, daß man außer dem gedämpften Geräusch der Räder und Hufe noch anderes hören kann. Erst als wir nach Göhren kamen, erblickten wir wieder die See, doch ich hatte die Wellen im auffrischenden Wind seit langem gehört. Man fühlte den Wind kaum, aber ich sah, wie sich die Wipfel der Kiefern ächzend bogen. Wir sind sicher eine Stunde lang zwischen Kiefern gefahren, dann gelangten wir in Mischwald – Buchen und Fichten und Eichen mit Unterwuchs von Preiselbeeren. Dann sah man Touristen unter den Bäumen, die Körbe trugen und Beeren sammelten, also konnte Göhren nicht mehr fern sein. Ganz plötzlich stießen wir auf die Bahnstation, ein kleines Gebäude einsam im Walde, die Endstation der Linie, die in anderer Richtung nach Putbus führt. Auf der einen Seite der Geleise lagen weiße Dünen, auf denen junge Buchen sich im Winde wiegten, hinter diesen Dünen tobte das Meer. Buchen und Dünen waren vom glühenden Sonnenuntergang beleuchtet. Wir auf der anderen Seite lagen tief im Schatten, die Luft war frisch und beinah kalt. Ich ließ August anhalten, stieg aus und kletterte über die verlassenen Geleise hinauf auf die Dünen. Oh, was für ein großartiger Anblick auf dieser Seite. Das großartige, tobende, brüllende Meer. Bei Lauterbach war es wie ein Teich, ein kristallener Weiher, ein Spiegel, an dem man liegen konnte und träumen. Hier jedoch wurde man aufgewühlt, hier war heftiges, brausendes Leben. Ich stand oben auf der Düne, hielt meinen Hut mit beiden Händen fest, ich wurde vom Salzwind gestoßen und geschüttelt, meine Kleider klatschten und schlugen wie eine Fahne im Sturm an einem schwingenden Mast. Ich wurde von einer Besessenheit gepackt, unpassend und verrückt in meinem Alter, zu rennen und einen Spaten zu holen und einen Eimer und damit zu graben und zu buddeln, bis es dunkel wurde, und dann ins Haus zu gehen – müde und glücklich, und Muscheln und Krabben zum Tee zu essen. Und siehe da – Gertrud, kühle Ermahnerin an die Wirklichkeit, stand neben mir und holte mich in die Gegenwart zurück, sie sagte, es sei kalt, und legte mir den Umhang um die Schultern. Er war schwer vom Gewicht der Zeit und der Gewohnheit. In diesem Augenblick sank die Sonne hinter den Wald, und aller Glanz und alle Farbe erloschen. »Danke, Gertrud«, sagte ich, aber obgleich ich zitterte vor Kälte, war ich ihr nicht richtig dankbar.

Sie hatte ja recht, es war sicher nicht der Augenblick, sich auf Dünen herumzutreiben. Die Pferde hatten ihr Tagespensum reichlich erfüllt, lange Zeit waren sie durch tiefen Sand gestapft, und wir mußten unser Nachtquartier noch suchen. Lauterbach war fast leer gewesen, mit der aufgeklärten weiblichen Logik schloß ich daraus, auch Göhren werde viel Platz für uns haben. Jedoch, es hatte keinen. Die Ferien hatten gerade angefangen, und der ganze Ort wimmelte von vernünftigen Familien, die Wochen vorher ihre Zimmer bestellt hatten. Göhren liegt auf einem sehr steilen Hügel, der geradewegs hinunter zum Strand abfällt. Der Hügel ist so steil, daß wir aussteigen mußten und August die Pferde führen oder vielmehr hinaufziehen mußte. Glücklicherweise läuft die Waldstraße, auf der wir herkamen, am Fuß des Hügels entlang, und als wir aus den Bäumen hervortraten, fanden wir uns ohne jede Vorwarnung, ohne vorher einzelne Häuser oder auch nur Bänke gesehen zu haben, mitten im Herzen von Göhren. Als wir heil oben angelangt waren, ließen wir August und die Pferde zu Atem kommen und machten uns auf, um Zimmer zu finden in dem Hotel, das der Reiseführer das beste nennt. Göhren besitzt praktisch nur die eine Straße, sie ist von Hotels und Pensionen eingerahmt und unten, am Ende, von Bäumen überwölbt. Dort schlugen die bleifarbenen Wellen an den verlassenen Strand. Alle Leute saßen beim Abendbrot. Durch welchen Ort wir auch kamen, zu welcher Zeit auch immer – während der ganzen Reise trafen wir Leute beim Essen an. Das Hotel, das ich gewählt hatte, lag in einem Garten, aus den Fenstern hatte man sicher einen schönen Blick über den grünen Teppich der Wipfel der ebenmäßigen Bäume. Als ich zur Haustür ging, zeigte ich auf die Fenster des Zimmers, das mir am besten gefiel, und erklärte Gertrud, dies werde ich nehmen. Es war ein kalter Abend. Kein Portier war in der Halle, auch sonst niemand, den ich hätte fragen können. Wir mußten ins Restaurant gehen, wo offenbar sämtliche Hotelgäste versammelt waren. Der Raum war überfüllt und dunstig vom Geruch der Speisen. Ich war mit einemmal weniger zuversichtlich und erklärte meine Wünsche unsicher dem nächsten Kellner. Sämtliche Gäste hoben ihre Gesichter von den Suppentellern und lauschten. Der Kellner verwies mich an den Oberkellner. Ich wiederholte befangen meine Wünsche, und alle Gäste saßen, die Löffel in der Luft, mit offenem Mund dabei. Der Oberkellner sagte mir, ich könne am fünfzehnten August Zimmer haben – wir hatten den siebzehnten Juli –, wenn die Ferien zu Ende waren und die Familien abgereist.

»Oh, danke, danke, das paßt mir ausgezeichnet«, rief ich, nur zu dankbar, daß die Familien kein Eckchen unbesetzt gelassen hatten. Ich eilte zur Tür zurück und glaubte dabei zu hören, daß alle Gäste sich wieder ihren Suppentellern widmeten.

Bald jedoch sollte ich erfahren, daß meine Erleichterung, dort nicht bleiben zu müssen, töricht gewesen war. Irgendwo mußte ich bleiben, der Reiseführer hatte recht, wenn er dies für das beste Hotel erklärte. Draußen auf der windigen Straße wartete August geduldig mit seinen Pferden. Der Himmel über Göhren war von zartem Grün, die Sterne kamen hervor, doch von Osten her zog die Nacht hinter einem Vorhang von kalten schwarzen Wolken heran. Beinahe eine Stunde lang zogen Gertrud und ich von einem Hotel zum anderen. Alle versprachen Zimmer, wenn ich in vier Wochen wiederkommen wolle. Die Inhaber der Pensionen lachten nur bei der Frage nach Betten für eine Nacht. Sie nahmen nur Leute auf, die die ganze Saison blieben und die ihr eigenes Bettzeug mitbrachten. Ihr eigenes Bettzeug! Was für eine Last für den geduldigen Familienvater. Also mußte ein Feriengast mit Frau und vier Kindern sechs Garnituren Betten mitbringen? Sechs teutonische Bettgarnituren mit Federn gefüllt? Sechs Kopfkissen, sechs Stück jener Dinger, Keilkissen genannt, sechs Steppdecken, mit Daunen gefüllt, wenn dies die gesellschaftliche Stellung verlangte, und mit Watte, wenn man es sich leisten konnte, der öffentlichen Meinung zu trotzen. Immerhin, die Pensionen waren voll.

Schließlich fanden wir ein Zimmer. Es war im finstersten Hotel des Ortes. Und nur ein Zimmer, und das unterm Dach, in einer Art von Turm, in welchem acht Betten standen, sonst nichts. August bekam überhaupt kein Zimmer und mußte mit den Pferden im Stall schlafen. Es gab ein kleines eisernes Waschgestell, ein Ding mit drei Etagen, eine Schüssel oben, eine Seifenschale in der Mitte, darunter ein Wasserkrug, und sonst keinen Zoll Platz, wohin man einen Schwamm oder eine Zahnbürste hätte legen können. Im Gang draußen stand eine Kommode, die für die Bewohner dieses Zimmers reserviert war. Es war reiner Zufall, daß wir dieses Zimmer überhaupt bekamen, weil die Familie, die es für sechs Wochen gemietet hatte, ihre Ankunft einen oder zwei Tage verschoben hatte. Sie sollten am nächsten Tag kommen, acht Mann hoch, und würden alle miteinander sechs Wochen lang in diesem einen Raum schlafen. »Dies«, erklärte der Wirt, »ist der Grund für so viele Betten.«

»Aber es erklärt nicht, warum so viele Betten in einem Zimmer stehen«, warf ich ein. Ich staunte sie von der einzigen Ecke aus an, wo keines stand.

»Die Herrschaften sind zufrieden«, sagte er kurz, »sie kommen jedes Jahr wieder.«

»Und sie sind auch zufrieden mit so einem einzigen Ding?« fragte ich und zeigte auf den Waschtisch. Der Wirt starrte mich an. »Da ist die See«, sagte er.

Es ist nutzlos, Göhren zukünftigen Reisenden zu beschreiben, denn ich bin voreingenommen. Es war kalt dort, ich fror, war hungrig und müde und mußte auf dem Dachboden schlafen. In meiner Erinnerung bleibt es ein Ort mit schneidendem Wind, einem steilen Hügel und einem eisernen Waschgestell in drei Etagen. Eines Tages, wenn die Erinnerung an diese Dinge verblaßt ist, werde ich die besten Zimmer im besten Hotel ein paar Monate vorher bestellen und auf schönes, windstilles Wetter warten. Dann will ich wieder nach Göhren kommen. Denn ich glaube, der Ort ist wirklich schön. Jeder Ort mit so viel Meer und so viel Wald muß schön sein. Aber an diesem Abend waren seine Reize verdeckt. Ich verließ schleunigst den Tisch unter ein paar schäbigen Kastanienbäumen vor dem Hotel, wo ich versucht hatte, die feuchte Serviette, die Flecken auf dem Tischtuch und die Daumenabdrücke des Kellners auf meinem Tellerrand zu übersehen. Ich ging hinaus auf die Straße. Bei einem Bäcker kaufte ich Zwiebäcke – trockene Dinger, die keine Flecken haben – und wanderte den Hügel hinab zur See. Mitten im Juli kann es plötzlich bitterkalt werden, und es gibt keinen Ort, der einem dann ein so trostloses Gefühl der Verlassenheit vermittelt wie ein verlassener Sandstrand an einem bleiernen Abend. War es wirklich erst gestern gewesen, daß ich in Glanz und Freude von Vilm abgesegelt war und die Gestalt des seltsamen schönen Jünglings im goldenen Strahlenkranz stehen sah wie einen Engel? Da saß ich nun in den Dünen, aß meine Zwiebäcke und war unglücklich. Mein Sinn wehrte sich gegen dies elende Gefühl, dafür war ich nicht nach Rügen gekommen. Ich blickte auf die Wellen und schauderte. Ich betrachtete die Dünen und verabscheute sie. Wie im Alptraum sah ich die acht Betten vor mir, die in der Dachstube auf mich warteten, und nackte Stellen an der Wand, wo die Tapete abgerissen war, vermutlich im letzten Sommer von einem der acht beim ersten Anfall von Luftmangel.

Da kam, mit dem Wind kämpfend, im tiefen Sand watend, beide Arme voller warmer Sachen, angstvolle Besorgnis im Gesicht, meine Gertrud daher. »Ich habe das Bett der gnädigen Frau gemacht«, rief sie atemlos, »will sie nicht bald schlafen gehen?«

»O Gertrud«, rief ich, »welches Bett?«

»Ich habe mit dem Stubenmädchen zwei der acht auf den Gang geschafft«, sagte Gertrud und knöpfte mich in meinen Mantel ein.

»Und der Waschtisch?«

Sie schüttelte den Kopf. »Den konnte ich nicht fortschaffen, es gibt keinen anderen an seiner Stelle. Das Stubenmädchen sagte, in vier Wochen –«, sie hielt inne und sah mich forschend an. »Die gnädige Frau sehen verstimmt aus«, sagte sie, »ist etwas passiert?«

»Verstimmt? Meine liebe Gertrud, meine Gedanken wollen heute einfach nicht zu erfreulichen Erkenntnissen führen. Ich kann nicht immer lächeln.«

»Gnädige Frau sollten jetzt hereinkommen und zu Bett gehen«, sagte Gertrud entschlossen.

»O Gertrud«, rief ich, schaudernd bei der bloßen Erwähnung dieses Bettes. »Was für eine finstere und böse Welt ist das doch. Glaubst du, daß wir uns jemals wieder warm und gemütlich und glücklich fühlen werden?«

DER VIERTE TAG

Von Göhren nach Thiessow

Am nächsten Morgen verließen wir Göhren früh um sieben Uhr und frühstückten draußen im Wald, weitab von allen Fremdenpensionen. Gertrud hatte Brot, Butter und eine Flasche Milch gekauft, und damit saßen wir zwischen den Nachtschattengewächsen, die überall blühten, und frühstückten in Reinheit und Sauberkeit, während August auf der Straße wartete. Die reizenden kleinen Blüten sind halb purpurn und halb gelb, sie haben im Herbst rote Beeren, und *Keats* nennt sie die rubinfarbenen Trauben der Proserpina. Dennoch sind sie nicht giftig, und es besteht kein Grund, warum man ihren Kuß auf bleicher Stirne nicht dulden sollte. Sie sind ebenso unschuldig wie niedlich, und der Wald ist voll davon.

Gift, Tod und Proserpina schienen mir weit entfernt von diesem lauschigen Ort und der schlichten Biederkeit von Butter und Brot. Für den Fall, daß ich allzu glücklich würde und daher weniger fähig, irgendwelche Schocks, die mich etwa in Thiessow erwarteten, zu ertragen, sprach ich flüsternd und zu meiner Warnung und Belehrung die melancholische Ode. Ohne Wirkung. Meist ist sie durch ihre außergewöhnliche Schwermut ein unfehlbares Gegenmittel gegen jede übermäßige Fröhlichkeit, doch gegen den Wald, die Morgensonne und Butterbrot kam sie nicht an. Nein, die Freude saß zufrieden neben mir und teilte mit mir Brot und Butter, und als ich nach Thiessow fuhr, stieg sie mit mir in den Wagen und flüsterte mir zu, ich würde dort sehr glücklich sein.

Der sandige Weg außerhalb des Waldes führte zwischen Kornfeldern hindurch, die fröhlich bunt von Kornraden waren, heitere Anzeichen, daß die Ernte schlecht werden würde. Von hier bis Thiessow gibt es keine Bäume, nur rund um die Bauernhäuser von Philippshagen, einem hübschen Dorf mit einer altersgrauen Kirche. Dahinter besteht die Straße nur noch aus Sand und verläuft sich in vagen Spuren im flachen Weideland, das sich ganz bis Thiessow erstreckt. Der Reiseführer empfiehlt die Küstenstraße, wenn der Wind aus Osten weht – was er tat; dies sei die schnellste und zuverlässigste Route von Göhren nach Thiessow. Ich nahm aber lieber den Weg über die Ebene. Der Reiseführer enthielt nämlich ein Gedicht über den Weg an der Küste entlang und behauptete, es schildere ihn ausgezeichnet. Hier ist das Gedicht:

> Schäumende Wellen
> schwankendes Boot
> tauchende   Möwen
> Dünen.
>
> Tobende Winde,
> Fliegender   Schaum
> rasche Blitze
> Mond!
>
> Angstvolle Herzen
> Grauer Morgen
> Stürmische   Nächte
> Glaube nur!

Wer nach Thiessow fährt, tut es allein um Thiessows willen, dies zeigt ein Blick auf die Karte. Wer sich entschließt, die gesamte Länge der Ebene zu durchfahren, die es von allen übrigen Orten trennt, muß auch wissen, daß er die gesamte Länge wieder zurückkreisen muß, daß er noch einmal Göhren besuchen und Baabe durchfahren muß und Sellin näher kennenlernen wird, das am Wege zu den bisher nichtbesuchten Dörfern nach Norden liegt. Die Fahrt hinunter nach Thiessow ist einzigartig, und zwar deshalb, weil man denkt, sie höre niemals auf. Man sieht den Ort in der Ferne liegen und holpert im Schritt darauf zu in dem ausgefahrenen Geleise, und neben dem Geleise über Gras, über grasbedeckte Hügel. Die Sonne brennt, das Meer zur Linken rollt in langen Wellen, zur Rechten noch mehr Meer hinter dem welligen Grün, ein ferner Hügel mit einem Dorf im Westen, Segel von Fischerbooten, Leute in seltsamen Trachten mähen weit weg eine Wiese, und überall in der Ebene sind einsame Schafe und Kühe angepflockt, deren Erschrecken beim Nahen einer Kutsche nur durch ihr zurückgezogenes Leben zu erklären ist. Bäume wachsen hier nicht. Hätten wir nicht die ganze Zeit Thiessow liegen sehen, so hätten wir den Weg verloren, denn es gibt keine Straße. So fährt man einfach weiter, bis das Land zu Ende ist, und damit ist man in Thiessow. Im Sommer, glaube ich, kann man von Göhren oder von Baabe aus per Dampfer hingelangen, wenn aber die Wellen zu hoch sind für die kleinen Boote, die Gäste zum Dampfer bringen, hält er nicht, so daß es eben nur den Weg über die Ebene oder an der Küste entlang gibt. Das Holpern war so unerträglich, daß ich schließlich ausstieg und zu Fuß ging. Für die Pferde war es schwere Arbeit, und der Wagen hatte viel auszuhalten. Gertrud saß da und hielt die Hutschachtel fest, die bei jedem Schlingern herauszufallen drohte. August sah unglücklich aus. Seine Erfahrungen in Göhren waren noch schlimmer als unsere, und Thiessow lag ganz am Ende der Welt. Es hatte zudem den sichtbaren Nachteil, daß wir es, ganz gleich, wie es dort auch sei, ertragen mußten. Über die Ebene zurückzufahren, nur um eine zweite Nacht in Göhren zuzubringen, das kam weder für die Pferde noch für uns in Frage. Ungerechterweise: ich war vollkommen glücklich. Die weite Ebene, das weite Meer, der weite Himmel strahlten, selbst das Gras federte unter meinen Füßen, die Gänseblümchen, die es bedeckten, sahen lustiger aus als anderswo, und hoch droben zwischen den großen aufgetürmten Wolken waren die glückseligen kleinen Lerchen wie trunken vor Entzücken. Ich ging, um mich allein zu fühlen, ein Stück vor dem Wagen her. Ewig hätte ich so in dieser strahlenden Frische wandern können. Die schwarzgesichtigen Schafe rannten wild im Kreise herum und rissen an ihren Stricken in erschreckter Aufregung. Wenn ich ihnen zu nahe kam, wurden selbst die Kühe unruhig. In der Wiese weit draußen hielten die Mäher inne und beobachteten uns, bis wir zu kleinen Punkten dahinschwanden. Durch mein Fernglas sah ich zu meiner Verwunderung, daß die männlichen Mäher lange, gebauschte weiße Dinger anhatten wie Frauen-Unterröcke, an jedem Bein einer. Die Sonne stand unterdessen sehr hoch am Himmel und schien fast senkrecht auf unsere Köpfe, und doch waren wir Thiessow anscheinend nicht näher gekommen. Nun, das machte nichts. Das ist das Schönste an einer Tour wie dieser, daß nichts eine Rolle spielt. Wenn man keinen Zug zu erwischen braucht, wird alles wundervoll einfach. Allerdings, so war meine mittägliche Stimmung, bevor die Müdigkeit auf mir lastete und der Hunger Löcher in meine Fröhlichkeit nagte. Der nach der See und frisch gemähtem Gras duftende Wind hatte jede Erinnerung daran weggeblasen, wie finster das Leben noch am Abend vorher ausgesehen hatte. Mir war, als trüge ich alle himmlische Heiterkeit in meinem Herzen. Ungefähr um ein Uhr endete dieser Spaziergang, der mir im Gedächtnis geblieben ist als einer der allerschönsten, die ich je gemacht habe. Zu dieser Stunde, als der morgendliche Glanz vergangen war und die heitere Klarheit des Nachmittags noch nicht begonnen hatte, gelangten wir zu einem kleinen grauen Hotel aus Holz. Es war im Osten von der See durch einen Streifen Tannenwald getrennt, ungefähr zwanzig Minuten zu Fuß von Thiessow selbst entfernt. Es sah sauber aus, und ich ging hinein. August und Gertrud brieten in der Sonne in der schattenlosen sandigen Straße vor dem lilienbewachsenen Garten. Ich hegte keinen Zweifel daran, aufgenommen zu werden, und sogleich wurde ich von einer blitzsauberen Wirtin in ein blitzsauberes kleines Zimmer geführt. Es war ein Eckzimmer im Südwesten des Hauses; ein Fenster sah nach Süden auf ein Stück Gemeindeland, das andere nach Westen auf die Ebene. Das Bett stand unter diesem Fenster, und wenn man dort lag, konnte man das westliche Meer sehen, den fernen Hügel an der Küste mit seinem Dorf und sonst nichts als Gras, Gras, nur Gras. Es wogte direkt von der Hausmauer bis hinaus in die Unendlichkeit. Das Zimmer war winzig. Hätte ich mehr gehabt als die Reisetasche, es wäre nicht hineingegangen. Eine verschlossene Tür führte in ein anderes Schlafzimmer, das, wie das Stubenmädchen berichtete, von einer ruhigen Dame bewohnt wurde. Gertruds Zimmer lag meinem gegenüber. Augusts Miene heiterte sich auf, als ich ihm sagte, er könne sich im Stall einquartieren. Gertrud war angenehm überrascht von der Sauberkeit unserer beiden Zimmer. Ich aß zu Mittag auf einer Veranda, die auf die Wiese hinaus ging. Der kleine Garten mit den Madonnenlilien war in Reichweite meiner Hand, das Tischtuch, die Löffel und der Kellner waren ebenso sauber wie die Wirtin. Da das Haus klein war, hatte es wenig Gäste, und alle, die ich sah, speisten an anderen kleinen Tischen in der Veranda, es schienen ruhige Leute zu sein, wie man sie an einem so stillen, abgelegenen Ort erwarten durfte. Man konnte das Meer nicht sehen, ich hörte es aber jenseits des Tannenwäldchens, und mich packte die Sehnsucht, ins kalte Wasser zu springen. Der Kellner sagte, die Badehütten seien nachmittags von vier bis fünf Uhr geöffnet. So ging ich zu Gertrud aufs Zimmer und bat sie, meine Sachen um vier Uhr an den Strand zu bringen, wo sie mich finden würde. Während ich sprach, fing die ruhige Dame im Nebenzimmer ebenfalls an zu sprechen, vermutlich mit dem Stubenmädchen, denn sie sagte etwas von heißem Wasser. Ich schwieg augenblicklich. Die trennende Wand war so dünn, daß es schien, die ruhige Dame sei im selben Zimmer wie ich, und mir war einen Augenblick, als kenne ich diese Stimme. Ich sah Gertrud an. Ihr Gesicht war bar jeden Ausdrucks. Die Dame sprach weiter, sie sagte dem Stubenmädchen, es solle die Sonnenblenden herablassen. Der Ton in ihrer Stimme, der mich hatte aufhorchen lassen, war nicht mehr zu hören. Erleichtert steckte ich ›The Prelude‹ in meine Tasche und ging aus. Im Tannenwäldchen war es schwül und stickig, ich rechnete mit Mücken, doch mehrere Badegäste hatten ihre Hängematten dort festgemacht und waren darin eingenickt, also konnte es wohl keine geben. Unvermittelt betrat ich den sandigen Strand, und jeder Gedanke an Stickigkeit verflog vor dem strahlenden, wogenden, glitzernden, spritzenden Blau, das ich schon am Abend vorher bei Sonnenuntergang von den Dünen von Göhren aus gesehen hatte. Das Badehaus war einfach, es hatte nur zwei Kabinen und eine lange Bretterbrücke, die bis ins tiefe Wasser führte. Es war verschlossen und verlassen. Auch der Sandstrand lag verlassen, die Touristen schlummerten alle in ihren Hängematten oder in ihren Betten. Ich grub mir eine Mulde im sauberen trockenen Sand unter der letzten Tanne, machte es mir dort bequem und war glücklich. Thiessow war so ruhig und primitiv, der Nachmittag so leuchtend, die Farben des Meeres und des Strandes und der Tannen im Hintergrund so wunderschön. Der Wald zu meiner Rechten reichte wohl bis ans Ende der Halbinsel. Dies alles wollte ich mir später am Nachmittag nach dem Bad anschauen. Wie gern erkunde ich die kleinen Pfade in einem unbekannten Wald, finde Winkel mit Immergrün und Anemonen, entdecke Vogelnester, warte regungslos auf Igel und Eichhörnchen und erfreue mich sogar an den üppigen Schlupfwinkeln, schlammfeucht und grün, wo sich zahllose Schnecken verbergen. Man sagt, daß Schnecken nicht wirklich glücklich seien, daß die Natur grausam sei und daß man nur die angenehme Oberfläche der Dinge anzukratzen brauche, um auf haarsträubende Grausamkeiten zu stoßen. Wenn man weitergrübelt, gelangt man am Ende wieder zu Tröstungen und Wohltaten – aber wozu überhaupt kratzen und grübeln? Warum nicht die Schönheit hinnehmen und dankbar sein? Ich mag meine eigene Mutter nicht kritisieren, die mich so lange an ihrer breiten Brust beschützt hat und die mir so lange mein sicherster Führer war zu allem, was gütig und lieblich ist.

Ich muß geschlafen haben, das Rauschen der Wellen war leiser geworden, und Gertruds Stimme drang zu mir. Sie sagte, es sei vier Uhr vorbei, eine Dame sei schon dort, um zu baden, es gäbe nur zwei Kabinen, und wenn ich nicht bald hinginge, könne ich überhaupt nicht baden. Ich setzte mich in meiner Mulde auf und schaute zu den Badehütten hinüber. Die Badefrau in ihrer weißen Sonnenhaube wartete auf der Bretterbrücke, niemand war bisher im Wasser. Wie lästig, daß dort ausgerechnet jetzt noch jemand baden wollte, denn deutsche Touristen neigen dazu, im Wasser zutraulich zu werden. An Land, in einengende Korsetts geschnürt, gekleidet, mit trocknem und gelocktem Haar, müssen sie sich in den Grenzen der Konvention halten; je mehr Kleider sie jedoch ablegen, desto mehr scheinen sie zu glauben, die letzten Barrieren müßten fallen, und sie benehmen sich im gemeinsamen Element Wasser, als ob sie einander seit Jahren übermäßig schätzten. Ich war überzeugt, daß es mir unmöglich sein würde, den Annäherungsversuchen der anderen Badewilligen zu entkommen. Jedoch die Kabinen wurden um fünf geschlossen, und ich konnte nicht warten, bis sie fertig war. Ich ging also in eine Kabine und fing an, mich auszuziehen.

Während ich das tat, hörte ich, wie sie ihre Kabine verließ und die Badefrau ängstlich fragte, ob das Meer sehr kalt sei. Dann streckte sie anscheinend einen Fuß hinein, denn ich hörte sie aufschreien. Dann beugte sie sich wohl hinab, schöpfte mit der Hand Wasser und bespritzte sich damit das Gesicht, denn ich hörte sie nach Luft ringen. Dann versuchte sie es mit dem anderen Fuß und schrie wiederum auf. Die Badefrau fürchtete, daß sie um fünf Uhr immer noch im Dienst sein müsse, und redete mit honigsüßen Worten auf sie ein. Unterdessen war ich fertig, hatte aber keine Lust, die unbekannte Frierende auf der Bretterbrücke zu treffen. Also wartete ich und schaute aus dem kleinen Fenster. Nach einem längeren Palaver wirkte die Überredung der Badefrau, und mit einem wilden Aufschrei stürzte sich die Unbekannte in die Flut, die sofort über ihr zusammenschlug. Als sie wieder auftauchte und zu Atem gekommen war, packte sie das Seil und schrie ohne Unterbrechung mindestens eine Minute lang. »Es muß furchtbar kalt sein«, sagte ich zu Gertrud, nicht ohne geheimes Schaudern. Als ich über die Bretter rannte und unter mir die Unglückliche sich festhielt und schrie, sah sie zu meinem Erstaunen mit nassem, aber strahlendem Gesicht zu mir auf, unterbrach ihr Gekreisch und stieß hervor: »Prachtvoll!«

»Also wirklich – diese Badegäste...«, dachte ich entrüstet. Wie kam diese Person dazu, mich anzulächeln und *prachtvoll* zu sagen? Verblüfft über diesen unerwarteten Ausruf einer Frau, die eben noch die Gegend mit ihrem Wehklagen erfüllt hatte, rutschte mein Fuß auf den nassen Brettern aus; ich hörte gerade noch, wie die Badefrau mir riet, vorsichtig zu sein, als ich schon durch die Luft flog. Kälte, Nässe und Atemnot überfielen mich, und ich prustete und rang nach Atem, genau wie es der andere Badegast getan hatte, nur mit dem Unterschied, daß er das Seil erwischt hatte und dabei kreischte, während ich in Panik schrie und den Badegast packte. »Prachtvoll, nicht wahr?« hörte ich die Frau begeistert rufen, nur gedämpft durch das Sausen in meinen Ohren. Mein Mund war voller Wasser, meine Augen blind von Gischt. Ich hielt mich weiter mit einer Hand an ihr fest, dabei war mir kläglich bewußt, daß ich sie nun nicht mehr loswerden konnte. Ich rieb mir die Augen mit der freien Hand und sah sie an. Mein Geschrei gefror mir auf den Lippen. Wo nur hatte ich dieses Gesicht schon gesehen? Sie trug eine von diesen Gummibadehauben, fest anliegend bis an die Augen, die das Wasser so gut abhalten und so hoffnungslos scheußlich sind. Wieder lächelte sie mich mit äußerster Freundlichkeit an und fragte mich wieder, ob ich's nicht wundervoll fände?

»Ach jaja«, prustete ich, ließ sie los und tastete blind nach dem Seil. »Danke, danke, bitte verzeihen Sie, daß ich Sie so grob gepackt habe.«

»Bitte, bitte«, rief sie und strampelte fröhlich.

Wahrscheinlich war sie eine entfernte Bekannte. Vielleicht meine Schneiderin, die ich längst hätte aufsuchen müssen. Das schlechte Gewissen und eine schwache Ähnlichkeit mit jemandem, der wie meine Schneiderin mit einer Gummibadehaube aussehen könnte, hatte mir diesen Gedanken in den Kopf gesetzt. Wie höchst unerfreulich: den ganzen Weg nach Rügen gekommen zu sein, in Göhren gelitten zu haben, in der Mittagshitze meilenweit nach Thiessow gewandert zu sein, nur um beim Baden ein Tête-à-tête mit der Schneiderin zu haben. Noch dazu war ich auf sie draufgepurzelt und hatte mich an ihr festgeklammert. Ich stieg aus dem Wasser und lief in meine Kabine, um mich so schnell wie möglich anzuziehen und fortzurennen. Trotz aller Eile kam die andere Frau, als ich gerade aus meiner Kabine trat, angekleidet aus ihrer, und wir standen einander direkt gegenüber. Beide blieben wir wie angewurzelt stehen und sahen einander mit offenem Mund an.

»Was«, rief sie, »du bist's?«
»Was«, rief ich, »du bist's?«
Es war meine Cousine Charlotte, die ich vor zehn Jahren zuletzt gesehen hatte.

Der vierte Tag – Fortsetzung

In Thiessow

Meine Cousine Charlotte ist Deutsche, und sie war zwanzig, als ich sie zuletzt gesehen hatte. Nun war sie dreißig, und eben hatte sie noch eine Gummibadehaube auf. Diese beiden Dinge verändern eine Frau, doch sie schien sich dessen nicht bewußt zu sein und konnte sich vor Staunen nicht fassen, daß ich sie nicht sofort erkannt hatte. Ich schob alles auf die Badekappe. Darauf drückte ich mein Erstaunen darüber aus, daß sie mich nicht sofort erkannt hatte, und nach einem kurzen Zögern sagte sie, ich hätte so viele Grimassen geschnitten. So vermieden wir mit unendlichem Zartgefühl jede Anspielung auf diese nicht zu verheimlichenden zehn Jahre.

Charlotte hatte eine wechselvolle Laufbahn hinter sich, verglichen jedenfalls mit meinem beschaulichen Leben muß es von Ereignissen förmlich gestrotzt haben. Als sie ganz jung war, hatte sie zur Bestürzung ihrer Eltern darauf bestanden, auf ein englisches College für Mädchen zu gehen – es war in Oxford, ich habe den Namen vergessen –, was höchst ungewöhnlich für ein deutsches Mädchen ihres Standes war. Sie war so entschlossen und machte ihrer Familie das Leben so ungemütlich, daß sie schließlich siegte, was entferntere Verwandte, die nicht den ganzen Tag mit ihr leben mußten, eine Verderben bringende Schwachheit nannten. In Oxford gewann sie alles, was an Preisen und Ehren zu gewinnen war, und wurde die Freude und der Stolz ihrer Universität. Im letzten Jahr ihres Aufenthalts kam ein sechzigjähriger deutscher Gelehrter, ein außerordentlich heller Stern am Firmament europäischer Gelehrsamkeit, nach Oxford und wurde sehr gefeiert. Als Charlotte sah, wie die dortigen großen Leute, die sie bisher als die größten Männer ihrer Zeit zu bewundern gewohnt war, miteinander wetteiferten, ihren Landsmann zu ehren – da kannte ihre Bewunderung keine Grenzen mehr. Schließlich wurde sie ihm vorgestellt, und da ihre Familie in Deutschland wohlbekannt war, sie selbst in der Frische ihrer einundzwanzig Jahre und überdies sehr hübsch, war der große Mann sehr interessiert, er strahlte wohlwollend auf sie herab und streichelte sie liebkosend unterm Kinn. Der Direktor, in dessen Haus er wohnte, war ein Mann, der ausgezeichnet aussah und vorzügliche Manieren hatte. Er mußte vieles übersehen, was bei seinem Gast weniger hervorragend war, und er tat es bereitwillig. Er konnte nicht umhin, seines Gastes Interesse für Charlotte zu bemerken, und erzählte ihm liebenswürdig von ihrer vielversprechenden Laufbahn. Der Professor schien aufmerksam zuzuhören und sah erfreut und anerkennend drein. Als der Direktor schwieg und erwartete, daß er sich zu ihren Talenten äußere oder über ihren lobenswerten Fleiß, mit dem sie diese entwickelt hatte, war alles, was er sagte: »Ein niedliches, rundliches kleines Ding. Ein sehr niedliches, rundliches kleines Ding. Kolossal appetitlich.« Dies wiederholte er zum deutlichen Mißbehagen des Direktors mehrere Male, während sein Blick ihr wohlwollend in die entfernte Ecke folgte, welche den weniger Bedeutenden zur Verfügung gestellt worden war.

Sechs Monate später heiratete sie den Professor. Ihre Familie weinte und flehte sie an, malte ihr vergeblich aus, wie schrecklich es sei, einen Witwer mit sieben Kindern zu heiraten, die alle älter waren als sie selbst. Charlotte aber sonnte sich in ihrem Ruhm. Ihr fernes deutsches Zuhause und seine geistlosen Bewohner brachten sie nur zu einem herablassenden Achselzucken. Sie hatte mir geschrieben, sie werde die Lebensgefährtin des erhabensten Denkers der Gegenwart. Ihre Angehörigen, voller Vorurteile, könnten natürlich ihre herrlichen Zukunftsaussichten nicht würdigen. Sie könne sich nichts Himmlischeres vorstellen, als den Mann zu heiraten, den sie in der ganzen Welt am tiefsten bewundere, erwählt zu sein, seine Gedanken zu teilen und an seinen geistigen Hochgefühlen teilzuhaben.

Danach hörte ich wenig von ihr. Sie lebte in Süddeutschland, und der Ruhm ihres Professors wuchs von Jahr zu Jahr. Jedes Jahr brachte sie einen potentiellen Professor zur Welt, aber jedes Jahr holte der Tod das kleine Wesen nach einer Frist, die zwischen zehn und vierzehn Tagen lag. Die Kreuzzeitung meldete einmal jährlich: »*Heute früh ist meine liebe Frau Charlotte von einem strammen Jungen leicht und glücklich entbunden worden*«, und »*Heute starb unser Sohn Bernhard im zarten Alter von zwei Wochen.*« Keins der Kinder lebte lange genug, um den nächsten Bruder zu sehen. Sie wurden beharrlich Bernhard getauft, nach einem Vater, der offenbar danach dürstete, seinen Namen zu verewigen. Schließlich wurde es richtig beunruhigend. Charlotte kam überhaupt nicht mehr aus der Kreuzzeitung. Sechs Jahre lang ging es so mit ihr und den armen kleinen Bernhards weiter, sie geisterten durch die Geburts- und Todesanzeigen, bis sie plötzlich aus ihnen verschwanden. Das nächste, was ich von ihr hörte, war, daß sie in England sei – in London, Oxford und anderen intellektuellen Zentren – und daß sie dort Vorträge halte zum Thema Frau. Wieder stand sie in der Kreuzzeitung, aber auf einer anderen Seite. Die Kreuzzeitung war schockiert, denn Charlotte war emanzipiert. Ihre Familie war so schockiert, daß es an Hysterie grenzte. Charlotte, nicht zufrieden damit, Vorträge zu halten, schrieb nun Artikel, auf deutsch und englisch, die man tagtäglich in den Schaufenstern der Buchhandlungen *Unter den Linden* liegen sehen konnte. Charlottes Familienmitglieder fielen fast in Ohnmacht, wenn sie dort vorbeigehen mußten. Die linken Zeitungen, die sie nur lasen, wenn es niemand sah, nahmen Charlotte unter ihre Fittiche und schrieben lobpreisende Artikel über sie. Es sei, schrieben sie, erstaunlich und erfrischend, solche Ansichten und solche Intelligenz bei einer Frau zu finden, die aus der stickigen Atmosphäre des Landadels kam. Dem lähmenden Einfluß zu vieler Ahnen sei im allgemeinen nicht leicht zu entfliehen, besonders nicht von weiblichen Abkömmlingen. Wenn er jedoch abgeschüttelt werde, wie in diesem Falle, sollte es jedem Grund zur Freude sein, dem der Fortschritt der Zivilisation am Herzen liege. Ein Staat könne nur wirklich fortschrittlich sein, wenn seine Frauen ... usw.

Mein Onkel und meine Tante starben fast an diesem Lob. Ihre Geschwister blieben zu Hause auf dem Land und lehnten Einladungen ab. Nur der Professor war so heiter wie eh und je. Auf einer Gesellschaft in Berlin, auf der er herumgereicht wurde, erklärte ich ihm, Charlotte sei meine Cousine, wie stolz müsse er auf eine so gescheite Frau sein. Ich hatte ihn noch nie vorher gesehen und habe keinen netteren, rosigeren, freundlicheren kleinen alten Mann kennengelernt.

Er strahlte mich durch seine Brille hindurch an. Fast sah ich die schmale Trennlinie, die ihn vom Kinn-Streicheln abhielt. Es fehlte nicht viel dazu. »Ja, ja«, sagte er, »das sagen mir alle. Die kleine Lotte macht viel Getöse. Leere Töpfe klappern. Aber ich kann wohl sagen, was sie schreibt, ist ein hübscher kleiner Unsinn. Nun, man darf in solchen Fällen nicht allzu kritisch sein.« Und er ergriff die Gelegenheit, mich zu duzen.

Ich fragte ihn, warum sie so allein durch die Welt wandere. Er sagte, das könne er sich nicht vorstellen. Zu meinem Pech bemerkte ich, zweifellos voller Begeisterung, daß ich einige seiner einfacheren Werke gelesen hätte, zu meinem großen Nutzen und mit grenzenloser Bewunderung. Er schaute wohlwollender drein denn je und meinte, er habe keine Ahnung gehabt, daß etwas von ihm in Töchterschulen gelehrt werde.

Kurz und gut, ich erlitt eine tüchtige Schlappe. Niedergeschmettert zog ich mich zurück; das hatte ich nicht verdient. Er folgte mir, tätschelte meine Hand und erkundigte sich teilnehmend, warum er mich noch nie gesehen hätte. Meine erneuten Versuche, wie eine Biene vom Honig seiner Weisheit zu naschen, beantwortete er lediglich mit Tätscheln. Tätscheln wollte er, aber keine Weisheit von sich geben, und je länger er tätschelte, desto größer wurde seine gelassene Heiterkeit. Kamen Leute zu uns und zeigten Neigung, an den Lippen des großen Mannes zu hängen, so blickte er mit seelenvergnügtem Lächeln auf und sagte: »Dies ist meine kleine Cousine – wir haben einander viel zu sagen«, und wandte ihnen den Rücken zu. Als ich später gefragt wurde, ob ich nicht einen denkwürdigen, einen erhebenden Abend verlebt habe, da der berühmte Nieberlein so viel mit mir gesprochen habe, konnte ich nur ein tiefernstes Gesicht aufsetzen und sagen, nie würde ich ihn vergessen.

»Nun sag mir eines«, fragte ich Charlotte, als wir langsam zusammen am Strand entlang zu den Klippen und zum Buchenwald gingen, »warum warst du so – warst du so freundlich zu mir im Wasser, obgleich du mich für eine Fremde hieltest?«

Gertrud war, beladen mit unseren Badesachen, ins Hotel zurückgegangen. »Sie kann ja ebensogut meine auch mitnehmen«, hatte Charlotte bemerkt und ihre Sachen auf Gertruds widerstandslose Arme gehäuft. Zweifellos konnte sie es, doch sie zog ein schiefes Gesicht, und ebenso war ihr Lächeln, mit dem sie Charlottes achtlosen Gruß beantwortet hatte. »Du hast sie also immer noch, wie ich sehe«, sagte Charlotte, »mich würde es verrückt machen, immer eine so devote Person um mich zu haben.«

»Es würde mich noch viel verrückter machen, eine Person um mich zu haben, die mir die Schuhe zuknöpft und mich dabei verachtet«, erwiderte ich.

»Warum ich so freundlich zu dir im Wasser war?« wiederholte Charlotte meine Frage, die ich nicht ohne Spannung gestellt hatte, denn man möchte doch seine eigene Cousine von den durchschnittlichen Badegästen unterscheiden können, »nun, das will ich dir sagen. Ich hasse die steife, eisigkalte Art, mit der Frauen anderen Frauen, die sie nicht kennen, den Rücken kehren.«

»Oh, sie sind gar nicht so sehr steif«, bemerkte ich und dachte dabei an vergangene Badeerfahrungen, »und außerdem, im Wasser ...«

»Es ist nicht nur unfreundlich, es ist einfach unrecht. Wie sollen wir etwas anderes sein als Handlanger und Aschenputtel, wenn wir nicht zusammenhalten, wenn wir nicht Schulter an Schulter stehen? Oh! Ich fühle mit allen Frauen! Ich kann keine sehen ohne das Gefühl, ich müsse alles Menschenmögliche tun, sie kennenzulernen, ihr zu helfen, ihr zu raten, was sie tun muß, damit, wenn ihre Jugend vorbei ist, noch etwas bleibt – ein anderes Glück, eine wahrere Freude.«

»Als was?« fragte ich verdutzt.

Charlotte sah mir in die Augen, als läse sie in meiner Seele. Doch was sie dachte, stimmte nicht. »Als das, was sie vorher gehabt hat, natürlich«, sagte sie mit einer gewissen Schroffheit.

»Vielleicht aber ist das, was sie vorher gehabt hat, gerade schön gewesen.«

»Es war nur die Art von Freude, mit der jede junge und hübsche Frau überhäuft wird. Aber macht sich diese Freude nicht in dem Augenblick davon, wenn die Frau hager wird oder verzagt oder krank?«

Es war, wie ich's gefürchtet hatte: Charlotte war anstrengend. Und anstrengenden Frauen gehe ich immer aus dem Wege. Aus Charlottes Schriften und Vorträgen wußte ich natürlich, daß sie nicht zu denen gehörte, die daheim sitzen und friedlich schnurren, aber ich hatte geglaubt, sie würde mich als ihre Verwandte mit ihren Theorien verschonen. »Im Wasser warst du sehr vergnügt«, sagte ich, »warum bist du plötzlich so todernst?«

»Nur im Wasser«, erwiderte Charlotte, »kann ich vergessen, wie ernst das Leben ist.«

»Meine liebe Charlotte – wollen wir uns hinsetzen? Das Baden hat mich müde gemacht.«

So setzten wir uns, ich lehnte mich mit dem Rücken gegen einen Felsen und zog den Hut in die Stirn. Ich schaute hinaus auf die See und auf die wolligen Haufen kleiner weißer Wolken darüber, die das Wasser zu berühren schienen. Unterdessen sprach Charlotte. Ja, gewiß, sie hatte recht, fast immer recht, mit allem, was sie sagte, und es war sicherlich verdienstvoll, seine Kräfte und Gaben zu nutzen, wie sie es tat, und zu versuchen, Vorurteile loszuwerden. Ich verstand, daß das, wofür sie kämpfte, gleiche Rechte waren und gleiche Vergünstigungen für Männer und Frauen. Von solchen Versuchen hatte ich schon früher gehört, und bisher haben sie kein befriedigendes Ergebnis gebracht. Charlotte war so klein, und die Welt, die sie herausforderte, war so riesig und so gleichgültig und brachte all solche Anstrengungen – die an sich heldenhaft waren – mit Äußerlichkeiten wie mit kurzgeschnittenen Haaren und Pumphosen in Zusammenhang. Die Vorstellung, daß Charlotte in all diesen Jahren, die so schön hätten sein können, gegen eine Mauer von Gleichgültigkeit angerannt war, schien mir so tragisch, daß ich versucht war, um ihr einen Gefallen zu tun, mitzukommen und mit ihr gegen diese Mauer zu rennen. Jedoch, ich bin keine Heldin. Die Härte und Kälte der Mauer erschreckt mich. Welche Erfahrungen mit ihrem großen Denker mögen sie veranlaßt haben, sich so völlig von dem lichten und beschützten Land der Ehe abzuwenden? Vielem, was sie sagte, mußte ich zustimmen. Wenn die Frauen nur wollten, würde es nicht beim Protest einiger weniger bleiben. Und zuerst müßte diese geheime Gegnerschaft unter Frauen überwunden werden, ehe eine wirkliche Zusammenarbeit zustande kommen könnte. Wenn Charlotte von Zusammenarbeit sprach, dachte sie offenbar nur an diejenigen, denen die Jahre, anstelle der Macht der Jugend, die traurige Vernünftigkeit verliehen haben, die aus wiederholter Enttäuschung kommt – eine Zusammenarbeit also der Ältergewordenen. Und die deutsche Ältergewordene bleibt in den allermeisten Fällen zurückgezogen in ihrer Küche und denkt nicht im Traum an Zusammenarbeit. Hat sie nicht die Streitereien ihrer ersten Ehejahre hinter sich gebracht, hat sie nicht die Kinderstuben gefüllt, und ist sie nicht ein wenig unförmig geworden? Wenn rebellische Gedanken je in ihrem Kopf entstehen, wird sie sich im Spiegel betrachten, und sie wird denken, daß Frauen wie sie, die irgend etwas anderes tun, als ihr Heim in Ordnung zu halten und ihre Familie zu füttern, sich auf beinah rührende Weise lächerlich machen.

»Du solltest dich nicht nur um die Alten kümmern«, murmelte ich und sah dem kleinen weißen Dampfer zu, der das Festland von Göhren umrundete, »bring die Jungen dazu, zusammenzuarbeiten, meine liebe Charlotte. Bringst du all die hübschen Frauen zwischen zwanzig und dreißig auf deine Seite, so hast du's geschafft. Kein Druck wäre notwendig. Die Zugeständnisse vom anderen Geschlecht würden nur so herabregnen.«

»Ich hasse das Wort Zugeständnisse«, sagte Charlotte.

»Ja – wirklich? Es gibt sie aber. Wir leben von den Zugeständnissen derer, die du vermutlich den Feind nennst. Und schließlich leben wir alle gar nicht so schlecht.«

»Übrigens«, antwortete Charlotte und wandte sich mir plötzlich zu, »was hast denn du in all den Jahren getan?«

»Getan?« wiederholte ich etwas verwirrt. Ich weiß zwar nicht, warum ich so verwirrt war, nur klang in Charlottes Stimme ein Ton mit, der ihre Frage wie eine strenge Prüfung klingen ließ. »Als ob du nicht sehr gut wüßtest, was ich getan habe. Ich habe eine Reihe Babys bekommen und sie alle ganz ordentlich aufgezogen.«

»Darauf brauchst du dir nichts einzubilden.«

»Das tu ich auch nicht.«

»Deine Katze vollbringt genau dasselbe.«

»Meine liebe Charlotte, ich habe keine Katze.«

»Und jetzt? Was tust du jetzt?«

»Du siehst ja, was ich tue. Offenbar dasselbe wie du.«

»Das meine ich nicht. Natürlich weißt du, daß ich das nicht meine. Was fängst du jetzt mit deinem Leben an?«

Ich sah Charlotte vorwurfsvoll an. Wie hübsch war sie einmal gewesen. Wie reizend hatten sich ihre Mundwinkel nach oben gebogen, als lächle ihre Seele immer. Und sie hatte dieses allerliebste Kinn gehabt mit einem Grübchen darin, und sie hatte klare, erwartungsvolle Augen, und alle Linien ihres Körpers waren reizend und anmutig gewesen. Solche natürlichen Vorteile sollte niemand leichten Herzens aufgeben. Wenig war davon übriggeblieben. Ihr Gesicht war schmal, und der entschlossene Ausdruck darin machte es hart. Zwischen ihren Augenbrauen lief eine gerade tiefe Linie, so als ob sie finsterer ins Leben schaute als nötig. Ihre Augen waren ebenso hell und intelligent wie je, sie schienen größer geworden zu sein. Irgend etwas hatte Charlotte vollständig verändert. War es der Kummer um die sechs Bernhards, war es ihr gegenwärtiger Enthusiasmus oder die ungewöhnliche Verbindung von beidem? Nie habe ich jemanden gesehen, der weniger der Ehefrau eines berühmten Professors glich als sie. Sollte die Frau einer deutschen Berühmtheit nicht ruhig, gemütlich, breit und langsam sein? Ist nicht er das Hirn, sie die willige Dienerin? Das ist völlig gerecht. Wenn es große Männer geben soll, so muß sich auch jemand finden, der sich um sie kümmert. Dies muß jemand sein, der geduldiger, treuer und verehrender ist als ein Dienstbote, der aber nicht wie ein Dienstbote in der Lage ist, bei der geringsten Veränderung den ganzen Kram hinzuwerfen. Eine Ehefrau ist die Hecke zwischen den kostbaren Blüten des männlichen Geistes und der Hitze und dem Staub der gemeinen alltäglichen Plackerei. Sie ist der schützende Flanell, wenn die Winde des Alltags kalt wehen. Sie ist Prellbock, Trösterin und Köchin, und solange sie diese verschiedenen Rollen freudig übernimmt, ist alles in Ordnung. Erst wenn sie Widerstand leistet, wenn sie so weit geht, auf dem Pfad erhitzter Rebellion durchaus klug sein zu wollen, aus eigener Kraft und in der Öffentlichkeit, so hat sie, jedenfalls in Deutschland, gegen jedes Gesetz von Religion und Anstand verstoßen. Dies aber hatte Charlotte, wenn alles stimmte, was ich gehört hatte, während der letzten drei Jahre getan, und deshalb dünkte mich ihre strenge Frage, an eine so nüchterne Frau wie mich, ungewöhnlich unpassend. Was hatte ich mit meinem Leben angefangen? Wenn ich auf der Suche nach einer Antwort zurückschaute, kam es mir sehr weit, sonnig und ruhig vor. Da gab es Kinder und einen Garten und einen Ehemann, aber ich hatte nichts »getan«. Aber wenn ich auch keine Flugschriften oder Vorträge vorweisen konnte, so brauchte ich auch keine Falte zwischen meinen Augenbrauen vorzuweisen.

»Zu seltsam«, fuhr Charlotte fort, als ich schwieg, »daß wir einander hier so treffen. Ich war im Begriff, dir zu schreiben, ob ich zu dir kommen und dich besuchen dürfe.«

»Oh, wirklich?«

»Oft habe ich in letzter Zeit gedacht, daß gerade du mir eine Hilfe sein könntest, wenn ich dich nur wachrütteln könnte.«

»Mich wachrütteln, meine liebe Charlotte?«

»Oh, ich habe von dir gehört, ich weiß, daß du auf dem Lande wohlverpackt eine Art Traumleben führst. Versuche nur nicht, meine Frage zu beantworten, was du getan hast. Du kannst sie nicht beantworten. Du hast in einem Traum gelebt, warst völlig von deiner Familie und deinen Pflanzen eingenommen.«

»Meine Pflanzen, meine liebe Charlotte?«

»Du siehst nicht weiter oder willst nicht weiter sehen als bis zum Graben am Ende deines Gartens. Alles, was draußen vor sich geht, draußen, in der großen, wirklichen Welt, wo Menschen ernsthaft leben, wo sie sich mühen und sich sehnen und leiden, wo sie unentwegt ihr Ideal von einem offenen Leben, von reicheren Erfahrungen, von höherem Wissen verfolgen – all das ist dir vollkommen egal. Deine Existenz – niemand kann es Leben nennen – ist gänzlich negativ und gefühlsarm wie –«, sie unterbrach sich und blickte mit einem schwachen, mitleidigen Lächeln zu mir hin.

»Wie was?« fragte ich voller Angst, das Schlimmste zu hören.

»Offen gesagt – wie eine Auster.«

»Also wirklich, meine liebe Charlotte«, rief ich, selbstverständlich aufgebracht. Wäre ich eine Auster – komisch, daß dieses Wort mich so aus der Fassung brachte –, so war ich wenigstens eine glückliche Auster, und dies war sicherlich besser, als unglücklich und überhaupt keine Auster zu sein. Charlotte war bestimmt eher traurig als glücklich. Glückliche Menschen haben nicht den Ausdruck in ihren Augen wie sie, auch ist ihr Gesicht nicht ununterbrochen fest entschlossen. Und warum sollte ich mir eigentlich eine Predigt anhören? Wenn ich in der Laune bin, einem Vortrag zuzuhören, kaufe ich mir ein Billett, gehe hin und höre zu, und wenn ich kein Billett gekauft habe, ist dies ein Zeichen, daß ich keinen Vortrag zu hören wünsche. Ich hatte keine Lust, diese herrlich einfache Situation Charlotte auseinanderzusetzen, aber ich wollte unter allen Umständen ihre Beredsamkeit dämpfen, sonst würde sie mich bis zur Dunkelheit im Freien unterhalten. Ich stand auf, räusperte mich und sprach mit salbungsvoller Stimme, so wie Leute auf einem Podium ihre Ansprachen beginnen: »Geehrte Anwesende.«

»Willst du mir einen Vortrag halten?« fragte Charlotte erstaunt.

»Jawohl, als Gegenleistung für deinen.«

»Liebe Seele, kann man denn über nichts als über Pflanzen mit dir sprechen?«

»Ich weiß wirklich nicht, warum du meinst, daß nur Pflanzen mich interessieren. Bisher habe ich keine auch nur erwähnt. Und du bist wahrhaftig die letzte Person, mit der ich meine Gemüsesorgen teilen würde. Doch das war's nicht, was ich sagen wollte. Ich habe die Absicht, Ihnen, geehrte Anwesende, ein paar Worte über Ehemänner zu sagen.«

Charlotte runzelte die Stirn.

»Jawohl, über Ehemänner«, wiederholte ich mit sanfter Stimme, einer Stimme aus Milch und Honig, »Geehrte Anwesende, im Verlauf einer ereignislosen Existenz hatte ich Zeit, viel nachzudenken, und mein Nachdenken führte mich zu der Erkenntnis, daß man, wenn man einen Ehemann hat, den man aus eigenem freien Willen – ja manchmal sogar gegen eine Opposition – genommen hat, dann doch wenigstens zu ihm halten sollte. Nun, Charlotte, wo ist deiner? Was hast du mit ihm gemacht? Ist er hier? Und wenn nicht, warum ist er nicht hier? Wo ist er?«

Charlotte erhob sich eilig und bürstete sich den Sand aus

den Falten ihres Kleides. »Ach, du hast dich kein bißchen verändert«, sagte sie mit einem kleinen Lachen, »du bist immer noch ebenso ...«

»Albern?« schlug ich vor.

»Oh, das hab ich nicht gesagt. Was aber Bernhard angeht, so ist er dort, wo er immer war, auf dem Weg zu unsterblichem Ruhm. Nun, das weißt du ja. Du fragst bloß, weil deine Vorstellungen von den Pflichten einer Frau mittelalterlich sind – und weil du entsetzt bist. Nun, da mußt du eben über mich entsetzt sein. Ich habe ihn ein volles Jahr lang nicht mehr gesehen.« Zum Glück kam in diesem Augenblick Gertrud, denn ich war wirklich entsetzt. Gertrud watete durch den Sand auf uns zu mit einem Packen Briefe. Sie war auf dem Postamt gewesen, und da sie wußte, wie gern ich Briefe bekomme, hatte sie mich gesucht. Ungeduldig öffnete ich die Briefe und vergaß alles um mich her.

DER FÜNFTE TAG

Von Thiessow nach Sellin

Schon oft habe ich mich gewundert über die unwürdigen Wege des Schicksals, mit welch kleinlichem Vergnügen es Pläne durchkreuzt, die klein und unschuldig sind, über seine einzigartige Gehässigkeit, über seine Ähnlichkeit mit dem Verhalten einer Person schlechten Charakters – doch nie habe ich mich so gewundert wie in dieser Nacht in Thiessow.

Wir hatten nach dem Tee einen Spaziergang durch den Buchenwald gemacht, waren einen Hügel hinaufgestiegen und dahinter bis zur Signalstation gegangen. Dann waren wir auf einem Fußpfad am Rande der Klippen gewandert, wo das blaue Meer auf der einen Seite durch windbewegte blaue und purpurne Blumen glänzte und durch Roggenfelder auf der anderen Seite. Wir hatten dort gestanden und auf das Dorf Thiessow hinabgeblickt, das tief unter uns lag, ein Häufchen malerischer Dächer, an drei Seiten von sonnenhellem Wasser umgeben. Wir hatten über die weite Ebene zum entfernten Hügel und dem Dorf Groß-Zickow geschaut, hatten die Schatten beobachtet, die Meilen entfernt über die Wiesen wanderten, hatten das Meer im Westen in den sanften Farben einer Perle gesehen und tiefblau leuchtend, wogend und schaumgefleckt hinter den Wipfeln der Buchen. Alles war sehr weit und offen. Ein Ort, um Gott darin zu preisen und sich nichtiger Worte zu enthalten. Und als die Sterne hervorkamen, stiegen wir hinab in die Ebene und wanderten über das tauige Gras in die fallende Nacht, unsere Gesichter dem roten Himmelsstreifen zugewandt, wo die Sonne untergegangen war.

Charlotte hatte nicht die ganze Zeit geschwiegen, im Gegenteil, sie hatte leidenschaftlich vieles verständlich machen wollen. Leidenschaftlich hatte sie von der Unerträglichkeit ihres Lebens mit dem berühmten Nieberlein gesprochen, leidenschaftlich hatte sie den Bruch gerechtfertigt. Ich hörte schweigend zu und hatte bald die wahre Wunde herausgefunden, die Stelle, die sie zwar nicht nannte, doch wo sie am tiefsten verletzt worden war. Denn soviel sie auch reden und erklären mochte, es war klar, daß ihr Hauptgroll der war, daß der große Mann sie niemals ernst genommen hatte. Sie war energisch, sie hatte ernsthafte Vorstellungen von Fragen, die ihr auf der Seele brannten, und nur wie ein flüchtiges Nichts, wie ein reizendes Nichts vielleicht, doch immer wie eine Null behandelt zu werden, das muß einen doch im ganzen aus der Fassung bringen. Ich glaube, ich hätte es nicht so tragisch genommen. Man braucht ja nicht sein Blickfeld völlig von der Person, mit der man nun einmal lebt, verstellen zu lassen, so groß auch sein intellektuelles Übergewicht sein mag. Man kann um ihn herumsehen, kann sehen, daß die Sterne und der Himmel noch da sind, und man braucht nicht, um dies wahrzunehmen, vor ihm davonzulaufen. Wenn der große Nieberlein Charlotte nicht ernst genug nahm, so hatte sie ihn zweifellos viel zu ernst genommen. Viel besser ist's, über seinen Nieberlein zu lachen, als sich über ihn zu ärgern, vor allem ist es für einen selbst unendlich viel tröstlicher und bekömmlicher. Und endlich, denke ich, wenn man zusammen alt geworden ist, findet man, daß sein Nieberlein unerklärlich kostbar geworden ist und daß man überhaupt nicht mehr lachen will, oder wenn man lacht, so ist's ein sehr liebevolles Lachen, zart, beinah voll Tränen.

Als wir dann über die wundervolle, sternenhelle Ebene dahingingen in dem großen Schweigen der über uns schwebenden Nacht, war die Luft schwer von Tau und dem Duft des Grases, das am Nachmittag in entfernten Wiesen gemäht worden war. Mir schien, es müßte jede Spur unserer

Unstimmigkeit vom Nachmittag getilgt worden sein. Hier begann Charlotte: »Übrigens, was ich noch sagen wollte, ich könnte eigentlich gut mit dir fahren, wenn du hier weggehst. Ich habe nichts Besonderes vor. Ich war nur für ein bis zwei Tage hierhergekommen, um ein paar Engländern zu entgehen, mit denen ich in Binz war und die mir recht auf die Nerven gingen. Und dir hätte ich noch viel zu sagen, das wäre eine gute Gelegenheit. Wir können den ganzen Tag reden während der Fahrt.«

Den ganzen Tag reden während der Fahrt! Wenn Hazlitt keinen Witz darin sah, zu wandern und dabei zu reden, so sehe ich gar keinen darin, zu fahren und dabei zu reden. Hier, bei Charlottes Vorschlag, dachte ich wieder nach über die Niederträchtigkeit des Schicksals. Da war nun ich, die harmloseste der Frauen, mit der harmlosesten kleinen Unternehmung beschäftigt, ich verlangte und wünschte nichts weiter, als in Ruhe gelassen zu werden, eine Person mit einem so bescheidenen Vorhaben, daß ich mich des kindischen Schicksals schämte, das seine Energie darauf verschwendete, es zu vereiteln. Und nun, noch bevor der vierte Tag zu Ende ging, wurde ich der altbekannten Unerbittlichkeit gegenübergestellt, die diesmal darin bestand, einer Cousine, die ich zehn Jahre lang nicht mehr gesehen hatte, das Zusammensein zu verweigern.

»O Charlotte«, rief ich, in den Fängen des Schicksals zappelnd, »was – was für eine gute Idee. Und was für ein Jammer, daß wir sie nicht ausführen können! Siehst du, ich habe eine Victoria, und sie hat nur zwei Sitzplätze wegen all des Gepäcks, so daß wir den kleinen Sitz nicht benutzen können, auf dem Gertrud hätte sitzen können …«

»Gertrud? Schick sie nach Hause. Wozu brauchst du Gertrud, wenn ich da bin?«

Im Halbdunkel blickte ich entsetzt in Charlottes entschlossenes Gesicht. »Aber – sie packt«, sagte ich.

»Sei doch nicht so unselbständig. Als ob zwei gesunde Frauen nicht ihre Haarbürsten selbst einpacken könnten.«

»Oh, es sind nicht nur die Haarbürsten«, fuhr ich fort, »es ist einfach alles. Du kannst dir nicht vorstellen, wie ich's hasse, Stiefel zuzuknöpfen – nie würde ich sie selbst zuknöpfen, ich würde sie offen lassen, und du würdest dich meiner schämen, und das möchte ich doch nicht. Aber das ist's nicht wirklich«, fuhr ich eilig fort, denn Charlotte öffnete bereits den Mund, um mir, davon war ich überzeugt, zu sagen, daß sie sie für mich zuknöpfen würde, »sondern mein Mann würde mich niemals ohne Gertrud irgendwohin lassen. Weißt du, sie war schon bei seiner Mutter, und er glaubt, daß furchtbare Sachen ohne sie passieren könnten. Es tut mir sehr leid, Charlotte. Was für ein Pech. Ich wünschte – ich – wünschte, ich hätte den Omnibus mitgebracht.«

»Aber ist denn dein Mann so ein unglaublicher Tyrann?« fragte Charlotte. In ihrer Stimme klang hörbare Verachtung für meinen schwächlichen Gehorsam mit.

»Oh – Tyrann!« rief ich aus und blickte vielsagend in die Sterne, während ich im geheimen den ahnungslosen Unschuldigen um Verzeihung bat.

»Nun, dann müssen wir einen Packwagen nehmen und alles hineintun.«

»Oh«, schrie ich und ergriff ihren Arm. Ich suchte fieberhaft nach einem Ausweg, »was für – was für eine neue Idee!«

»Und Gertrud kann auch im Packwagen sitzen.«

»Was für eine erfinderische Person du bist! Ich glaube, du kämpfst gern und liebst es, Schwierigkeiten zu überwinden.«

»Ja, ich glaube schon«, sagte Charlotte selbstzufrieden. Ich ließ ihren Arm los und gab es auf, mich zu sträuben. Besiegt ging ich weiter. Hinfort würde Charlotte, falls keine weiteren interessanten Schwierigkeiten auftauchen sollten, ihre Zeit damit verbringen, mich fertigzumachen. Außer einer redseligen Charlotte neben mir würde den ganzen Tag ein Karren hinter uns her rattern. Ich hätte weinen können, wie plötzlich aller Frieden und die völlige Freiheit meiner Reise zu Ende waren. So ging ich zu Bett, in ein sauberes, hübsches Bett, das mir zu jeder anderen Zeit gefallen hätte, und hatte das deutliche Gefühl, daß das Leben nicht der Mühe wert sei. Es tröstete mich auch nicht, daß ich von meinem Kopfkissen aus auf die geheimnisvolle dunkle Ebene mit seinem Sternendach sehen konnte, denn Charlotte hatte die Tür zwischen unseren Zimmern geöffnet und fragte mich hin und wieder, ob ich schon schlafe. Ich lag und schmiedete Pläne, wie ich Charlotte doch noch entkommen könnte, und verwarf sie sämtlich als zu un-cousinenhaft. Schließlich tat mir der Kopf weh, es war zu schwierig, ein passendes cousinenhaftes Verhalten zu vereinen mit kaltblütigem Abschütteln. Ich verbrachte meine Zeit damit, das Übermaß von Cousinen in der Welt zu beklagen. Gab es deren nicht viel zu viele? Sicher hat fast jedermann mehr, als er bequem verkraften kann? Es muß schon weit nach Mitternacht gewesen sein, als Charlotte, selbst sehr ruhelos, zum x-ten Male herüberrief, ob ich schon schlafe.

»Ja, ich schlafe«, antwortete ich, nicht allzu freundlich, fürchte ich. Es war wirklich eine aufreizende Frage.

Um zehn Uhr am nächsten Morgen verließen wir Thiessow unter einem grauen Himmel. Wir fuhren, auf dringliche Empfehlung des Hotelwirts hin, auf dem harten Sand bis zu dem kleinen Fischerort *Lobberort*, von wo aus wir nach links und wieder auf die Ebene ausscherten. So gelangten wir wieder nach Philippshagen und auf die Landstraße, die von dort nach Göhren, Baabe und Sellin führt. Ich folgte dem Rat des Wirts gern, denn ich hatte keine Lust, an diesem grauen Morgen unter meinen veränderten Umständen über die Ebene zu fahren, über die ich erst vor einem Tag so überaus glückselig gewandert war. Der Wirt war ebenso gefällig, wie seine Frau tüchtig war, er hatte uns einen Packwagen verschafft mit zwei langschwänzigen, grobknochigen Pferden davor, die uns bis Binz, meinem nächsten Aufenthalt, begleiten sollten. Gertrud saß neben dem Kutscher auf dem Karren und sah finster drein. Ihre Aussichten waren düster, denn der Sitz war hart, der Kutscher war schmutzig, der Wagen war ungefedert, und außerdem hatte sie Charlottes Kleider einpacken müssen. Gertrud las ihre Kreuzzeitung ebenso regelmäßig wie ihre Bibel und glaubte alles blind; sie wußte Bescheid über die Flugschriften, und zwar nur vom Standpunkt der Kreuzzeitung aus. Und dann machte Charlotte den Fehler, den kluge Leute manchmal machen: Sie vermutete gar zu schnell, daß andere Leute dumm seien. Es war nicht viel Scharfsinn von seiten Gertruds nötig, um zu bemerken, daß die Frau Professor ihrem Kopf nur wenig zutraute.

Die Fahrt durch den nassen Sand war uninteressant, Himmel und Meer waren grau. Die Wellen machten soviel Getöse, daß Charlotte von mir nichts als Kopfschütteln und Auf-meine-Ohren-Weisen herausbekam, so gab sie es auf zu sprechen. Der Packwagen folgte dicht hinter uns, die mageren Pferde waren launisch. Einmal versuchten sie durchzugehen und kamen so nah ans Wasser, daß Gertruds düsteres Gesicht völlig bleiern wurde. Wir erreichten Lobberort jedoch unbeschädigt, pflügten uns durch den tiefen Sand zur Wagenspur zurück, und hinter Philippshagen klarte der Himmel auf, die Sonne kam hervor, und plötzlich fing die Welt wieder an zu funkeln.

Göhren sahen wir nicht wieder. Gerade hier wurde die Straße sehr hügelig, sie führte hinter Göhren zwischen steilen Grasböschungen hindurch, die blau waren von Glockenblumen; darüber ein Streifen blauen Himmels, leuchtend zwischen den Buchenwipfeln. Wiederum ratterten wir über die Steine der *Einsamen*, passierten das hölzerne Gasthaus, wo dieselben Leute dasselbe Bier zu trinken schienen und immer noch auf denselben Zug warteten. Wir fuhren dasselbe gerade Stück zwischen Baabe und den ersten Kiefern von Sellin entlang. In Sellin wollten wir zu Mittag essen und die Pferde rasten lassen, später, am Nachmittag, wollten wir nach Binz weiterfahren. Von dieser Seite aus hat Sellin einen Kiefernwald mit einer versandeten Straße. Hin und wieder erscheinen Villen zwischen den Bäumen. Dann gelangten wir zu einer breiten geschotterten Straße, an der Gasthäuser und Villen lagen. Ordentliche eiserne Laternenpfosten in Reih und Glied und junge Kastanienbäume faßten sie ein, und am Ende lag, unterhalb der Klippen, die See.

Dies war das eigentliche Sellin, diese heiße, breite Straße mit ihren blendendweißen Häusern, und gleich dahinter auf beiden Seiten der Wald. Es war ein Uhr. Gäste strömten vom Strand in die verschiedenen Hotels, Geschirr klapperte, es roch nach Essen. Auf jedem Balkon saßen Familien und warteten auf die Dienstboten, die das Essen vom Restaurant heraufholten. »Sollen wir nicht August ausspannen lassen, in den Wald gehen und Gertrud etwas zu essen holen lassen?« fragte ich Charlotte, »meinst du nicht, daß es ziemlich scheußlich ist, in einem dieser Gasthäuser zu essen?«

»Was für Essen wird Gertrud denn kaufen?« fragte Charlotte vorsichtig.

»Oh, Brot und Eier und Obst und so was. Genug für einen so heißen Tag wie heute.«

»Meine Liebe, das ist nicht genug. Es ist bestimmt unklug zu hungern. Natürlich, ich komme mit, wenn du es willst, aber es hat keinen Sinn, sich nicht ordentlich zu ernähren. Außerdem wissen wir gar nicht, wo und wann wir wieder eine Mahlzeit bekommen.« So fuhren wir bis zum letzten Hotel, von dessen Terrasse wir auf den verlassenen Strand und das wundervoll farbige Wasser sehen konnten. August und der Kutscher des Packwagens spannten aus, Gertrud zog sich in ein Café zurück, und wir saßen unter dem

Glasdach der Veranda, wo wir nach Luft schnappten und ein erhitzter Kellner uns kochendheiße Suppe brachte.

Dieses Essen um ein Uhr ist eine barbarische Sitte. Selbst unter den allergünstigsten Umständen ist etwas besonders Bedrückendes an dieser Stunde, ich glaube, alle Lebensgeister haben die tiefste Ebbe erreicht, und man sollte sich hüten, sie ganz und gar unter der Last eines riesigen Menüs zu ersticken. Mein Geist ermattete völlig beim Anblick all der Teller mit dampfender Suppe und beim Geruch der anderen Gerichte, die wir hinterher noch bekommen sollten. Charlotte aß ruhig und zufrieden ihre Suppe. Offenbar wurde es ihr nicht heißer dadurch. Sie aß auch alles andere mit der gleichen Seelenruhe und bemerkte, daß ein waches Hirn nie mit einem leeren Magen einhergehe.

»Ja, aber ein voller Magen wird oft mit einem leeren Hirn zusammen angetroffen«, sagte ich.

»Niemand hat das Gegenteil behauptet«, sagte Charlotte und nahm noch etwas Rinderbrust.

Ich glaubte, dieses Mittagessen würde kein Ende nehmen. Das Hotel war überfüllt, und der große Speisesaal war voller Menschen, ebenso die Veranda, auf der wir saßen. Alle Leute sprachen gleichzeitig, und der Lärm war wie der im Papageienhaus im Zoo. Das Hotel sah teuer aus, hatte Parkettböden, und auf den Tischen standen Blumen. Als die Rechnung kam, stellte ich fest, daß es nicht nur teuer aussah, sondern auch war. Um so erstaunter war ich, daß da eine so große Anzahl von Familien mit vielen Kindern war, und das übliche Fräulein war auch dabei. Wie konnten sie sich das leisten? Auf dem Tisch lag ein Gästeverzeichnis, und als ich es durchlas, meinte ich, daß keiner unter ihnen in übermäßig guten Verhältnissen sein konnte. Alle hatten ihren Beruf angegeben, viele waren Apotheker und Fotografen. Es gab zwei Herren Pianofabrikanten, mehrere Lehrer, einen Herrn Geheimkalkulator – was das auch sein mag, viele Bankbeamte oder Rechnungsführer, und einer war da, ein Herr Schriftsteller, über dessen Verhältnisse dieses Hotel bestimmt ging. Alle reisten mit Frauen und Kindern.

»Ich kann das nicht begreifen«, sagte ich zu Charlotte.

»Was kannst du nicht begreifen?«

»Wie diese Leute es einrichten können, wochenlang in einem so teuren Hotel zu leben.«

»Oh, ganz einfach. Die Badereise ist das große Ereignis des Jahres. Sie sparen das ganze Jahr darauf. Daheim leben sie so sparsam wie möglich, damit sie einen herrlichen Monat lang vor Kellnern und Stubenmädchen und den anderen Gästen so tun können, als wären sie reich. Das ist sehr töricht, traurig und töricht. Ich versuche immer, die Frauen davon abzubringen.«

»Aber du selbst tust es ja auch.«

»Es ist doch ein großer Unterschied. Außerdem war ich gesundheitlich schlecht dran.«

»Na, ich glaube, den armen Familienmüttern geht es ebenso, nachdem sie ihren Haushalt ein Jahr lang so sparsam geführt haben. Wenn es sie glücklich macht – warum nicht?«

»Das gerade ist eine Sache, die ich ihnen ausreden will.«

»Was – glücklich zu sein?«

»Nein, Familienmütter zu sein.«

»Meine liebe Charlotte«, murmelte ich und gedachte dabei im stillen der sechs Bernhards.

»Ich meine übertrieben große Familien, natürlich.«

»Und was verstehst du unter übertrieben großen?« fragte ich, immer noch in Gedanken an die sechs Bernhards.

»Jede Anzahl über drei. Und die meisten dieser Frauen sind damit schon überfordert.«

Die Vorstellung von den sechs Bernhards überwältigte mich dermaßen, daß ich nichts sagen konnte.

»Sieh mal«, sagte Charlotte, »alle diese Frauen hier. Alle, oder jede einzelne. Die zum Beispiel am Tisch gegenüber.

Siehst du, wie dick sie ist? Siehst du, wie schwer ihr allein dadurch das Leben werden muß? Wird nicht ihr Leben ein ununterbrochenes Keuchen sein?«

»Vielleicht geht sie zu wenig zu Fuß«, meinte ich, »sie sollte jedes Jahr einmal rund um Rügen laufen, statt bei den Fleischtöpfen von Sellin Anker zu werfen.«

»Sie sieht aus wie fünfzig«, fuhr Charlotte fort, »und warum, glaubst du?«

»Vielleicht weil sie fünfzig ist.«

»Unsinn. Sie ist ganz jung. Aber diese schrecklichen vier Kinder – und zweifellos hat sie noch ein Baby oder zwei vielleicht oben, die haben sie fertiggemacht. Wie soll eine solche Frau sich verwirklichen? Wie kann sie ihre eigene Seele retten? Was sie an Energie besitzt, wendet sie ihren Kindern zu. Wenn sie je versucht, nachzudenken, muß sie aus reinem Stumpfsinn einschlafen. Warum darf sie ihre Seele nicht entwickeln?«

»Charlotte, siehst du nicht zu schwarz? Hier, nimm meinen Pudding. Ich mag ihn nicht.«

Ich hoffte, der Pudding würde ihren Redeschwall eindämmen. Ich fürchtete einen Vortrag, denn sie hatte ihre Flugschriften-Miene vom letzten Nachmittag wieder aufgesetzt, und ich fühlte mich sehr hilflos. Sie nahm den Pudding, und ich war bestürzt, daß er, obwohl sie ihn aß, keinerlei Wirkung tat. Sie schien nicht einmal zu merken, daß sie ihn aß, und fuhr fort, mir mit rasch wachsender Heftigkeit eine Rede zu halten über die richtige Behandlung weiblicher Seelen. Aber warum konnte sie über dieses Thema nicht sprechen, ohne so heftig zu werden? Heftigkeit wirkt auf mich so, daß sie jede Empfindsamkeit in mir einfriert, dies ist es vermutlich, was Charlotte den Austern-Charakter nennt. Jedenfalls, als der Kellner Käse und filzige Radieschen brachte und jene garstigen schwarzen ledrigen Scheiben, Pumpernickel genannt, saß ich schweigend da, und Charlotte beugte sich über den kleinen Tisch und schleuderte feurige Worte zu mir hin. Die dicke Dame hingegen, die all das heraufbeschworen hatte, aß Mandeln und Rosinen in äußerster Geruhsamkeit. Sie warf die Mandeln auf den Steinboden, knackte sie mit dem Absatz ihres Schuhs auf und bewies beim Aufheben der Kerne unerwartete Gelenkigkeit.

»Glaubst du nicht, daß sie, wenn sie nicht diese zahllosen Kinder hätte, ein ganz anderer Mensch wäre?« fragte Charlotte. Sie hatte die Ellbogen auf den Tisch gestemmt, richtete ihre Augen auf mich und funkelte mich an. »So unterschiedlich wie Tag und Nacht? Wie Gesundheit und Krankheit? Sie würde um zehn Jahre jünger aussehen und sich auch so fühlen. Sie wäre Herr über ihre Seele, ihre Zeit, ihre Persönlichkeit. Nun ist es zu spät. Alles in ihr ist erstickt durch die elende tägliche Plackerei. Was würde denn ihr Mann, ihr geschniegelter Ehemann dort drüben, sagen, wenn er bei der seelentötenden Arbeit helfen sollte, die ganz selbstverständlich einer Frau aufgebürdet wird? Warum aber sollte er ihr nicht helfen, ihre Last zu tragen? Warum nimmt er sie nicht auf seine starken Schultern? Komm mir nicht mit der abgedroschenen Antwort, daß er seine eigene Arbeit tun müsse. Wir kennen seine Arbeit, Männerarbeit, die, auch wenn sie hart ist, voller Erfüllung, Befriedigung und Freude ist, voller Hoffnung und Streben, die außerdem jeden Tag zu einer bestimmten Stunde beendet ist, während die Frau alt wird in ihrer hoffnungslosen, häßlichen täglichen Schufterei. Der Unterschied bringt mein Blut zum Kochen.«

»Oh, laß es nicht kochen«, rief ich aufgeregt, »wir sind schon heiß genug.«

»Ich will dir was sagen: Man kann kaum etwas Traurigeres sehen als diese Frau dort drüben. Ich könnte über sie weinen – das arme, stumme, halb bewußtlose Wesen, das übrig blieb von dem, was als Bild Gottes erschaffen wurde.«

»Meine liebe Charlotte«, murmelte ich beklommen. Charlotte hatte tatsächlich Tränen in den Augen. Ich sah drüben nur eine umfangreiche Dame seelenruhig Mandeln knacken auf eine Art, die der Wohlerzogene ablehnt, während Charlottes ernster Blick durch die Hülle des Fleisches drang zu ihrer vertrockneten, verkümmerten Seele. Und Charlotte meinte es so tiefernst, sie war so ehrlich bekümmert über das, was einst das fröhliche Versprechen eines jungen Mädchens gewesen war, daß auch ich anfing, betrübt zu werden, und ich warf Blicke mitfühlender Sympathie auf die arme Person. Wenig fehlte, und ich hätte auch geweint, doch ich wurde von etwas Unerwartetem davor bewahrt. Der Kellner erschien mit eben angekommenen Briefen für die Gäste, und als er zwei auf den Teller der mandelessenden Dame legte, sagte er ganz deutlich: »Zwei für Fräulein Schmidt«, und das älteste der vier Kinder, ein keckes kleines Mädchen mit abstehenden Zöpfen, rief laut: »Ei ei, Tante Marie, du hast heute Glück«, und da wir mit dem Essen fertig waren, standen wir auf und gingen schweigend hinaus, und als wir an der Tür waren, sagte ich mit milder und sanfter Stimme, um sie zu versöhnen: »Wollen wir in den Wald gehen, Charlotte? Ich hätte dir ein paar Worte über die Seelen unverheirateter Tanten zu sagen«, und Charlotte sagte ziemlich verdrossen, es sei im Prinzip dasselbe, sie habe Kopfschmerzen, und ich möge bitte den Mund halten.

DER FÜNFTE TAG – FORTSETZUNG

Von Sellin nach Binz

Nehmen wir an, es gäbe ein Wesen, weder Mann noch Frau, ein Geschöpf also, das völlig frei ist von den Versuchungen, die das eine oder andere Geschlecht bedrängen, ein Wesen also, unberührt vom Ehrgeiz des Mannes und von den Wünschen der Frau. Was würde ein solches Wesen von der allgemein verbreiteten Ansicht halten, gegen die viele unruhige Frauen wie Charlotte ihre Stimme erheben, die da lautet, der Mann dürfe nie von den Sorgen des Haushalts und der Kinder belästigt werden, sondern solle seinen täglichen Geschäften und Vergnügungen ebenso nachgehen wie früher, als er noch kein Haus und keine Kinder hatte?

Ich wünsche mir, daß die einzelnen Punkte des Lebens gerecht geregelt werden, daß all seine kleinen Lasten mit äußerster Anständigkeit unter die verteilt werden, die sie zu tragen haben. Ich stelle mir vor, daß dieses Wesen, das mehr als ein Mensch und weniger als Gott ist, dies alles versteht und vor nichts zurückschreckt. Ich stelle mir vor, daß dieses Wesen es für falsch hielte, dem Starken eine doppelte Last aufzuerlegen, nur weil er stark ist, und es richtig fände, daß er seinen genauen Anteil trage und seine überschüssigen Kräfte nicht benutze, um die Last eines schwachen Freundes mitzutragen, der, unbelastet, im Leben keine Rolle spielt.

So waren meine Gedanken, als ich schweigend neben Charlotte im Selliner Buchenwald dahinging. Um nichts in der Welt hätte ich meine Betrachtungen ausgesprochen, ich wußte wohl, daß sie mich stärkten, Charlotte jedoch vergiften würden. Die unverheiratete Tante, dazu das Mittagessen hatten Charlotte Kopfweh gemacht, und ich respektierte es und schwieg. Zwei Stunden lang wanderten wir oder saßen unter Buchen, manchmal auf dem grasigen Rand der Klippen, den Rücken gegen einen Baumstamm gelehnt, den Blick über das leuchtendblaue Wasser mit den leuchtendgrünen Untiefen gerichtet, oder wir lagen im Gras und beobachteten die Schönwetter-Wölkchen, die über den glänzenden Buchenwipfeln dahinschwebten.

Wundervolle Stunden waren das. Charlotte döste die meiste Zeit, und es war beinah so still, als wäre sie gar nicht da. Keine Badegäste bogen die Zweige auseinander, um uns anzustarren. Keine Fußgänger mit Ferngläsern kamen, um die Aussicht zu genießen und um einander zu fragen – mit einem höflichen Seitenblick auf uns –, ob sie nicht kolossal sei. Wer an der Table d'hôte gespeist hatte, konnte sich unmöglich in einer solchen Hitze bewegen. So kam es, daß Charlotte und ich den Wald nur mit Vögeln und Eichhörnchen teilten.

Gegen fünf Uhr meinte ich, ein sanftes Schütteln von Charlotte sei nicht länger zu vermeiden, damit wir Binz noch am selben Abend erreichen könnten, und wollte es gerade mit cousinenhafter Behutsamkeit tun, als eine gefällige Hummel, die schon seit einigen Minuten genußvoll am Rande der Klippen die purpurnen Blüten eines Fingerhuts umschwebte, plötzlich rückwärts herauskroch und so nahe an Charlottes Gesicht vorbeiflog, daß sie sie mit ihren Flügeln berührte. Charlotte setzte sich augenblicklich auf, öffnete die Augen und sah mich scharf an. Als mißtrauische Cousine war sie felsenfest davon überzeugt, ich habe sie gekitzelt, obgleich ich einen Meter von ihr entfernt lag. Dies ärgerte mich, denn die letzte in der Welt, die ich hätte kitzeln wollen, war Charlotte. Auch muß man, um jemanden zu kitzeln, gut Freund miteinander sein. Charlotte und ich waren zwar Cousinen, aber eben keine Freundinnen. Ich stand auf, setzte meinen Hut auf und bemerkte ziemlich kühl – denn sie sah mich immer noch scharf an –, es sei Zeit zu gehen.

Stumm gingen wir zurück, beide grollend, und verweilten, kurz bevor wir nach Sellin kamen, bei einem kleinen Restaurant aus buntem Glas, einem runden, häßlichen Bau, der, wie wir herausfanden, der besondere Stolz von Sellin war, denn später, als wir durch den Wald nach Binz fuhren, zeigten alle Wegweiser in seine Richtung und trugen die Inschrift: »Glaspavillon, schönste Aussicht von Sellin.« War es nicht geschmacklos, den herrlichsten Platz zu wählen, um seine Schönheit mit einem bunten Glasrestaurant zu ruinieren? Jedoch, da steht es und erfüllt den umliegenden Wald mit Suppengerüchen. Leute, die wir beim Mittagessen gesehen hatten, tranken bereits Kaffee und aßen dazu Kirschtorte mit einem Berg Schlagsahne auf jedem Stück, als hätten sie seit dem Frühstück nichts gegessen. Deutlich sichtbar saß an einem Tisch die unverheiratete Tante, noch rosig vom Schlaf. Auch sie hatte Kirschtorte bestellt, die der Kellner ihr gerade brachte, und sie saß eine Weile still da und betrachtete sie liebevoll, sie drehte den Teller, um ihre ganze Schönheit in sich aufzunehmen, und wenn je eine Frau glücklich aussah, so war sie's. Charlotte schien meine Gedanken zu lesen, sie wandte den Kopf ungeduldig von Kuchen und Dame ab und sagte wieder herausfordernd: »Im Prinzip ist es dasselbe, natürlich.«

Die Fahrt von Sellin nach Binz war bei weitem die schönste bisher. Vorher war keine Fahrt ununterbrochen schön gewesen, diese jedoch war entzückend vom Anfang bis zum Ende. Sie dauerte eineinhalb Stunden und führte durch wundervollen Mischwald, der dem Fürsten Putbus gehört. Als wir uns Binz näherten, fuhren wir dicht an der See entlang, und durch die herabhängenden Zweige konnten wir sehen, daß wir eine weitere Landspitze umrundet hatten und in einer anderen Bucht waren. Wir hatten keine Lebewesen außer Rudeln von scheuem Rotwild gesehen, aber nun begegneten wir immer mehr Badegästen. Langsam wandelten sie dahin und machten sich ein wenig Bewegung vor dem Abendessen. Charlotte war ziemlich still. Offenbar tat ihr noch der Kopf weh, doch plötzlich fuhr sie zusammen und rief: »Da sind die Harvey-Brownes!«

»Und wer sind, bitte, die Harvey-Brownes?« fragte ich und folgte ihrem Blick.

Es war nicht schwer zu erkennen, wer in der Touristengruppe die Harvey-Brownes waren. Sie gingen in unserer Richtung, ein hochgewachsenes Paar in unübertrefflich einfacher und eleganter Kleidung. Kurz darauf überholten wir sie, Charlotte verbeugte sich kalt, die Harvey-Brownes verbeugten sich freundschaftlich, und ich sah, daß der junge Mann mein philosophischer Freund vom Nachmittag in Vilm war.

»Und wer sind, bitte, die Harvey-Brownes?« fragte ich wieder.

»Die Engländer, von denen ich dir erzählte, die mir so auf die Nerven gingen. Ich dachte, sie wären jetzt abgereist.«

»Und warum gingen sie dir auf die Nerven?«

»Oh, sie ist die Frau eines Bischofs und ungefähr die beschränkteste Frau, die ich kenne. Wahrscheinlich gehen wir einander gegenseitig auf die Nerven. Aber sie vergöttert diesen Sohn und täte alles in der Welt, um ihm Freude zu machen, und er verfolgt mich.«

»Verfolgt dich?« schrie ich so ungläubig, daß es unhöflich war, wie ich sogleich erkannte. Schnell versuchte ich, es wiedergutzumachen, und schüttelte in sanftem Widerspruch den Kopf. »Meine Güte, Charlotte«, sagte ich, »du meine Güte.« Gleichzeitig empfand ich eine gewisse Enttäuschung über den jungen Harvey-Browne.

»Was glaubst du wohl, warum er mich verfolgt?« fragte sie und sah mich an.

›Keine Ahnung‹, wollte ich gerade sagen, hielt aber rechtzeitig inne.

»Aus dem lächerlichsten Grunde. Er quält mich mit Aufmerksamkeiten, weil ich Bernhards Frau bin. Er ist ein Heldenverehrer und sagt, Bernhard sei der größte lebende Mann.«

»Nun, ist er das nicht?«

»Er kann seiner nicht habhaft werden, deshalb umkreist er mich und spricht stundenlang von nichts als von Bernhard. Aus diesem Grunde bin ich nach Thiessow gegangen. Er macht mich ganz verrückt.«

»Er hat also, armes Unschuldslamm, keine Ahnung davon, daß du nicht – daß ihr nicht mehr –«

»Ich habe Mut wie andere auch, aber ich glaube, ich habe nicht genug, um seiner Mutter alles zu erklären. Weißt du, sie ist die Frau eines Bischofs.«

Ich kenne mich nicht so gut aus mit den Eigenheiten von Frauen von Bischöfen, daher sah ich es nicht ein, Charlotte fand jedoch, es erkläre alles.

»Weiß sie was über deine Schriften?« erkundigte ich mich.

»O ja, sie war in einem Vortrag, den ich in Oxford hielt – der Junge ist in Balliol –, und sie las ein paar meiner Flugblätter. Er hat sie dazu veranlaßt.«

»Nun, und?«

»Oh, sie machte die üblichen Bemerkungen, die mir zeigten, wie beschränkt sie ist, und dann fing sie von Bernhard an. Für diese Leute besitze ich keine eigene Persönlichkeit, keine eigene Lebensberechtigung, kein eigenes Hirn – ich interessiere lediglich als Frau von Bernhard. Oh, es ist zum Verrücktwerden. Ich weiß nicht, was für Ideen der Junge seiner Mutter in den Kopf gesetzt hat. Sie hat tatsächlich versucht, ein Werk von Bernhard zu lesen, und sie gibt vor, es erhaben zu finden. Ja, sie zitiert daraus. Nein, ich will nicht in Binz bleiben. Laß uns morgen gleich weiterfahren.«

»Ich finde aber, Binz sieht aus, als wäre es reizend, und die Harvey-Brownes sehen sehr nett aus. Ich bin ganz und gar nicht sicher, daß ich morgen gleich weiterfahren möchte.«

»Nun, dann fahre ich allein weiter und warte in Saßnitz auf dich.«

»Oh, warte nicht auf mich, vielleicht komme ich gar nicht nach Saßnitz.«

»Nun gut, ich lese dich bestimmt irgendwo wieder auf. Die Insel ist nicht groß, und du fällst überall auf, wenn du so herumfährst.«

Das stimmte. Ich konnte, solange ich auf der Insel war, Charlotte nicht entrinnen. Ich betrat Binz verstimmt und ergeben. Alle Hotels waren ausgebucht, und jedes Zimmer in den Villen war besetzt. Es war genau wie in Göhren. Endlich hatten wir Glück – durch reinen Zufall –, im hübschesten Haus am Ort. Wir hatten nicht gewagt, dort anzufragen, weil wir sicher waren, daß seine Zimmer zuallererst besetzt wären – ein kleines Haus am Strand. Seine Fenster waren mit leuchtendgelben Damastvorhängen geschmückt, sein Dach war rot, die Mauern weiß. Ein höchst vergnügtes, schmuckes kleines Haus, im Hintergrund Buchenwälder. Ein Ziegelweg führte bis zur Haustür, und Geranientöpfe standen auf den Fensterbrettern. Eine gepflegte Frau, sicher auch eine Witwe, hieß uns mit einer Freundlichkeit willkommen, die angenehm abstach von der Gleichgültigkeit jener Witwen, deren Zimmer alle vergeben waren. Das gesamte Erdgeschoß, sagte sie, stünde zu unserer Verfügung. Jeder von uns hatte ein Schlafzimmer mit einer Veranda, die unmittelbar über dem Meer zu liegen schien; dann gab es ein Speisezimmer und eine wunderhübsche blau-weiße Küche für den Fall, daß wir kochen wollten, und ein geräumiges Zimmer für Gertrud. Der Preis war niedrig. Auch dann, als ich sagte, wir würden voraussichtlich nur ein oder zwei Nächte bleiben, erhöhte sie den Preis nicht. Sie erklärte uns, die Zimmer seien für die ganze Saison gemietet worden, aber der Herr aus Berlin sei kurzfristig verhindert worden, und so könnten wir sie haben. Es sei sonst nicht ihre Gewohnheit, Passanten aufzunehmen.

Ich fragte, ob es möglich sei, daß der Herr aus Berlin doch plötzlich auftauche und uns vertreibe. Einen Augenblick lang sah sie mich starr an, als sei sie von meiner Frage betroffen, und schüttelte dann den Kopf. »Nein, nein«, sagte sie entschieden, »er kann nicht kommen.« Das sehr niedliche Stubenmädchen, das unser Gepäck hereinbrachte, war von meiner harmlosen Frage so verstört, daß sie die Sachen fallen ließ.

»Hedwig, sei nicht so töricht«, sagte die Witwe streng. »Der Herr«, fuhr sie fort und wandte sich mir zu, »kann nicht kommen, er ist gestorben.«

»Oh«, sagte ich, von diesem triftigen Grund zum Schweigen gebracht. Charlotte, schneller gefaßt, sagte: »Ach, wirklich?«

Der Grund war überzeugend, doch kamen mir die hübschen Zimmer mit den bezogenen Betten und allem, was für den Erwarteten bereitgemacht worden war, plötzlich irgendwie schrecklich vor. Freilich war es schon nach acht Uhr, die Sonne war untergegangen, und die Dunkelheit senkte sich über die Bucht. Ich ging durch die hohe Glastür hinaus auf die kleine Veranda. Sie hatte weiße Säulen, die außerordentlich massiv aussahen, so als ob sie schweres Mauerwerk zu tragen hätten, zwischen ihnen konnte ich das Meer sehen, das in stahlgrauen Wellen träge an den Strand rollte und diesen ganz besonderen Klang hatte, den es wohl nur an einem stillen Abend an einem weltabgeschiedenen Ort hat.

»Wann sollte er kommen?« hörte ich Charlotte im Zimmer mit gedämpfter Stimme fragen.

»Heute«, sagte die Witwe.

»Heute?« wiederholte Charlotte.

»Ja. Daher sind die Betten schon zurechtgemacht. Ein Glück für Sie, meine Damen.«

»Sehr«, stimmte Charlotte zu. Ihre Stimme klang hohl.

»Er starb gestern – ein Unglücksfall. Ich bekam das Telegramm erst heute früh. Ein schwerer Schlag für mich. Wollen die Damen Abendbrot essen? Ich habe einige Vorräte im Haus, die der Herr geschickt hatte für sein heutiges Abendessen. Arme Seele, nie mehr wird er zu Abend essen.«

Die Witwe seufzte schwer. Dann stellte sie die in solchen Fällen üblichen Betrachtungen an, daß es eine seltsame Welt sei und daß man heute hier und morgen fort sei, oder, sich verbessernd, daß man gestern noch hier sei und heute tot. Das einzige, was ganz sicher sei, wäre das schöne Essen in der Speisekammer auf den Regalen. Wollten die Damen nicht die glänzende Gelegenheit ergreifen und zu Abend essen?

»Nein, nein, wir wollen nichts essen«, rief Charlotte sehr entschieden, »nicht wahr, du willst heute abend nicht hier essen?« fragte sie mich durch den gelben Vorhang hindurch, der sie sehr blaß machte. »Es ist in Pensionen so einsam. Wollen wir in das ziegelrote hübsche Hotel gehen, an dem wir vorbeikamen und vor dem die Leute unter dem großen Baum saßen und so glücklich aussahen?« Schweigend gingen wir zu dem ziegelroten Hotel, bahnten uns unseren Weg zwischen überfüllten Tischen unter einer riesigen Buche, wenige Meter vom Wasser entfernt. Wir setzten uns an den einzigen Tisch, der unbesetzt war, und fanden uns in der Nachbarschaft von den Harvey-Brownes.

»Liebste Frau Nieberlein, wie reizend, Sie wiederzusehen und hier zu haben«, rief die Frau des Bischofs in äußerster Herzlichkeit, lehnte sich über den kleinen Raum zwischen den Tischen und drückte Charlottes Hand. »Brosy hat das Land mit seinem Fahrrad durchstreift, um Sie zu entdecken in Ihrem Schlupfwinkel, und war ganz untröstlich, Sie nicht zu finden.«

Das Land durchstreifen, um Charlotte zu suchen. O Himmel! Ich hingegen war geradewegs auf Charlotte hinabgefallen in den Gewässern von Thiessow, ohne jede Anstrengung. So versagt das Schicksal seinen Segen dem Suchenden und häuft ihn unaufgefordert auf den Ahnungslosen.

Unterdessen war Brosy Harvey-Browne wie ein wohlerzogener junger Mann, vertraut mit deutschem Brauch, aus seinem Stuhl aufgestanden und wartete, daß Charlotte ihn mir vorstellte. »Jaja, mein junger Philosoph«, dachte ich, nicht ohne ein schwaches Bedauern, »jetzt wirst du erfahren, daß dein vielversprechendes, intellektuelles Fräulein keineswegs eines ist.«

»Bitte stellen Sie mich vor«, sagte Brosy. Charlotte tat es.

»Bitte stelle mich vor«, sagte ich meinerseits und verbeugte mich in Richtung auf die Frau des Bischofs. Charlotte tat es. Während dieser Vorstellerei nahm die Frau des Bischofs einen Gesichtsausdruck an, der besagte, es sei wirklich nicht nötig, in atemloser Eile neue Bekanntschaften zu machen. Man konnte ihr ansehen, daß sie zwar eine Nieberlein in ihre Herzlichkeit einschloß wegen des Ansehens ihres berühmten Ehemannes, aber nicht einsah, warum eine obskure Verwandte der Nieberleins ebenfalls zugelassen werden sollte. Somit wurde ich nicht zugelassen, saß abseits und studierte die Speisekarte.

»Es ist zu seltsam«, bemerkte Brosy in seinem wunderbar einwandfreien Deutsch und ließ sich in einen freien Stuhl an unserem Tisch fallen, »daß Sie mit den Nieberleins verwandt sind.«

»Tja – man ist immer mit irgend jemandem verwandt«, erwiderte ich und wunderte mich über meinen eigenen Scharfsinn.

»Und wie sonderbar, daß wir einander hier wiedertreffen.«

»Man trifft einander immer wieder auf einer Insel, wenn sie nur klein genug ist.«

Dies ist nur ein Beispiel meiner Unterhaltung mit Brosy, von meiner Seite voll gewichtiger Wahrheiten, während unser Abendessen bereitet wurde und Charlotte die Fragen seiner Mutter beantwortete – wo sie gewesen sei, wo sie mich getroffen habe, wie wir verwandt seien und wer mein Mann sei.

»Ihr Mann ist Landwirt«, hörte ich Charlotte sagen mit der trübseligen Stimme hoffnungsloser Langeweile.

»Oh, wirklich. Wie interessant«, sagte Mrs. Harvey-Browne und war sofort nicht mehr interessiert.

Die Lichter von Saßnitz funkelten auf der gegenüberliegenden Seite der Bucht. Ein Dampfer kam über das ruhige graue Wasser daher, fröhlich geschmückt mit farbigen Lichtern. Das Rauschen seiner Schaufelräder war in der Abendstille seit langem zu hören. Auf der Straße, zwischen unseren Tischen und der See, ergingen sich Badegäste – arglose Familiengruppen: Papa und Mama Arm in Arm, vor ihnen die Tochter mit ihrem Verehrer, Schwärme von Mädchen im Backfischalter, die einander kichernd herumschubsten, ruhige, unverheiratete Tanten, die gelassen vorübergingen und friedfertig die Freuden der wenigen Wochen priesen, die sie am Busen von Mutter Natur verbrachten, in Frieden und Ruhe und bei frischem Gemüse. Und während die Sterne zwischen den zitternden Buchenblättern funkelten, schwärmte Mrs. Harvey-Browne der angeödeten Charlotte von dem großen Nieberlein vor. Brosy versuchte ein verständiges Gespräch über Dinge wie Seelen zu führen mit einer Frau, die ein Omelett verspeiste.

Ich war in einer völlig anderen Stimmung als an jenem Nachmittag in Vilm; einer Stimmung, in der ich am liebsten allein gelassen werde. Wenn ich von ihr befallen bin, können die schönsten jungen Männer der Welt, und wenn sie Erzengeln gleichen und die erlesensten Kragen tragen, mich nicht davon befreien. Brosy hingegen war anscheinend in derselben

Stimmung wie damals. War das sein Dauerzustand? Wollte er immer nur sprechen über das Unerfahrbare, das Undenkbare und das Unaussprechliche? Ich bin ganz sicher, daß ich diesmal nicht intelligent aussah, nicht nur, weil ich es gar nicht versuchte, sondern weil ich mich durch und durch dumm fühlte. Und doch machte er so weiter. Es gab nur eins, was ich wirklich wissen wollte, das war, warum er Brosy genannt wurde. Während ich mein Abendbrot aß und er redete und seine Mutter ihm lauschte in den Pausen ihrer wechselvollen Unterhaltung mit Charlotte, zerbrach ich mir darüber den Kopf. Warum Brosy? Seine Mutter nannte ihn immer wieder so. Mit Charlotte sprach sie fortwährend nur von Brosy, nachdem das Thema Nieberlein erledigt war. War es ein richtiger Name oder die Abkürzung eines langen Namens, oder gehörte er zu den Kosenamen? Hatte er vielleicht eine Zwillingsschwester namens Rosy? In diesem Falle, wenn seine Eltern Reime liebten, war sein Name unvermeidlich.

Unser Tisch war abgeräumt worden. Brosy bemerkte zum zweiten Male – als er es zum ersten Mal erwähnte, hatte ich gefragt: »Was?« –, daß grundlegende religiöse Ideen bloß Symbole des Eigentlichen seien, keine Wahrnehmungen davon. Seine Mutter wußte nicht so recht, was er meinte, fürchtete aber, es sei etwas, das der Sohn eines Bischofs nicht denken durfte, und sie sagte mit sanftem Vorwurf: »Mein lieber Brosy«, worauf ich den Mut faßte und ihn fragte: »Wieso Brosy?«

»Es ist die Abkürzung von Ambrose«, antwortete er.

»Er wurde nach Ambrosius getauft«, sagte seine Mutter, »einer der ersten Kirchenväter, wie Sie zweifellos wissen.«

Ich wußte es aber nicht, weil sie es auf deutsch sagte, damit es, glaube ich, leichter für mich zu verstehen war, und sie nannte die Kirchenväter »Frühzeitige Väter«.

»Frühzeitige Väter?« wiederholte ich verständnislos, »wer ist das?«

Die Frau des Bischofs nahm die Sache von der freundlichsten Seite. »Vielleicht haben Sie sie nicht in der Lutherischen Kirche«, sagte sie. Danach aber sprach sie nicht mehr mit mir, drehte mir den Rücken ganz zu und widmete sich völlig der einsilbigen Charlotte.

Ambrose erklärte mit gedämpfter Stimme: »Meine Mutter wollte sagen *Kirchenväter*.«

»Oh, Verzeihung«, sagte ich höflich, »daß ich so schwer von Begriff war.«

Und dann fuhr er fort mit dem Paragraphen – mir schien, als spreche er immer in ganzen Paragraphen statt in Sätzen –, den er angefangen hatte, als ich ihn unterbrach. Zu meiner Erholung fing ich Stücke auf von Mrs. Harvey-Brownes Unterhaltung mit Charlotte.

»Ich soll Ihnen eine Botschaft ausrichten, liebe Frau Nieberlein«, hörte ich sie sagen, »eine Botschaft vom Bischof.«

»Ja?« sagte Charlotte ohne Wärme.

»Wir bekamen heute Briefe von zu Hause, und in einem erwähnt er Sie.«

»Ja?« sagte Charlotte, undankbar kühl.

»Sage ihr, schreibt er, sage ihr, ich hätte ihre Schriften gelesen.«

»Oh, wirklich?« sagte Charlotte sichtlich erwärmt.

»Der Bischof hat wenig Zeit zum Lesen, und es ist ganz ungewöhnlich, daß er etwas liest, was eine Frau geschrieben hat, es ist daher eine wirkliche Ehre, die er Ihnen erweist.«

»Ja, natürlich ist es das«, sagte Charlotte, nunmehr ganz erwärmt.

»Und er ist ein alter Mann, liebe Frau Nieberlein, und hat reife Erfahrungen gemacht und ist bewunderungswürdig weise, wie Sie zweifellos gehört haben, und so bin ich sicher, Sie werden es gut aufnehmen, was er sagt.«

Dies klang unheilvoll. Charlotte sagte nichts.

»Sage ihr, schreibt er, sage ihr, daß ich mich um sie sorge.«

Hier entstand eine Pause. Charlotte sagte hochmütig: »Das ist sehr freundlich von ihm.«

»Und ich kann Ihnen versichern, der Bischof sorgt sich niemals ohne Grund, sonst würde er es in einer so großen Diözese immer tun müssen.«

Charlotte schwieg.

»Er bat mich, Ihnen zu sagen, er wolle für Sie beten.« Eine neue Pause. Dann sagte Charlotte: »Danke.«

Was sollte sie auch sonst sagen? Was antwortet man in so einem Fall? Unsere Gouvernanten hatten uns gelehrt, was für ein angenehmer und liebenswerter Schmuck Höflichkeit ist, aber keine hat mir je gesagt, was ich antworten solle, wenn mir jemand verkündet, ich sei in seine Gebete eingeschlossen. Hätte Charlotte versucht, höflich zu sein und zu sagen: »O bitte, machen Sie sich nicht die Mühe –«, wäre die Frau des Bischofs entsetzt gewesen. Hätte sie aber gesagt, was sie empfand, und hätte völlig zurückgewiesen, daß fremde Bischöfe für sie beteten, wäre Mrs. Harvey-Browne empört gewesen. Es ist eine interessante Frage, die mich die ganze Zeit, als wir dort saßen, beschäftigte. Und wir saßen dort noch lange, denn obwohl Charlotte von Mrs. Harvey-Browne sichtlich schmerzlich verletzt war, hatte ich große Mühe, sie von dort wegzubringen. Alle Welt schien zu Bett gegangen zu sein, und selbst Ambrose, der den ganzen Tag geradelt war, schien sichtlich zusammenzusinken, bevor ich Charlotte bewegen konnte, endlich heimzugehen. Langsam wandelte sie am stillen Strand entlang, langsam schlich sie ins Haus, noch langsamer in ihr Schlafzimmer. Gerade als Gertrud mich gesegnet und die Kerze mit einem Atemzug ausgeblasen hatte, kam sie mit einem Licht zu mir herein, bemerkte, sie sei noch gar nicht schläfrig, setzte sich ans Fußende meines Bettes und fing an zu reden. Sie hatte einen weißen Schlafrock an, ihr Haar fiel ihr lose übers Gesicht, sie war sehr bleich.

»Ich kann nicht reden, ich bin viel zu müde«, sagte ich, »und auch du siehst schrecklich erschöpft aus.«

»Ja, meine Seele ist müde – völlig übermüdet von dieser Frau. Ich möchte dich fragen, ob du morgen mit mir fortfahren willst?«

»Ich kann nicht fortgehen, ehe ich nicht diese himmlischen Wälder ausgekundschaftet habe.«

»Ich kann nicht bleiben, wenn ich meine Zeit mit dieser Frau verbringen muß.«

»Diese Frau? O Charlotte, gebrauche nicht schlimme Worte. Überlege, was sie sagen würde, wenn sie dich hören könnte.«

»Ach was, das ist mir egal.«

»Pst«, flüsterte ich, »die Fenster sind offen, vielleicht ist sie draußen am Strand. Mir läuft es kalt über den Rücken, wenn ich daran denke. Sag es nicht noch mal, sei nicht eine so verwegene Deutsche. Denk lieber an Oxford – denke an so ehrwürdige Dinge wie Kathedralen, denk an bischöfliche Paläste. Denk an die Würde und Ehrfurcht, die Mrs. Harvey-Browne zu Hause umgeben. Und willst du denn nicht zu Bett gehen? Du ahnst nicht, wie müde ich bin.«

»Wirst du morgen mit mir abfahren?«

»Wir wollen morgen darüber sprechen. Ich bin jetzt längst nicht wach genug.« Charlotte stand widerstrebend auf und ging zur Tür, die in ihr Schlafzimmer führte. Dann kam sie zurück, ging zum Fenster hinüber und spähte zwischen den gelben Vorhängen hindurch. »Es ist heller Mondschein, und so still«, sagte sie. »Das Meer ist wie ein Teich. Wie hell leuchten die Lichter von Saßnitz.«

»Ja? – Leuchten sie?« murmelte ich verschlafen.

»Willst du wirklich dein Fenster offen lassen? Jeder kann hereinkommen. Wir sind beinah auf gleicher Höhe mit dem Strand.« Hierzu gab ich keine Antwort. Mein kleiner Reise-

wecker auf dem Tisch antwortete auf mein Schweigen und schlug zwölfmal. Charlotte ging langsam fort, die Kerze in der Hand. Vor ihrer Tür blieb sie stehen und sah zurück.
»Es scheint, daß ich das Bett dieses unglücklichen Mannes habe«, sagte sie. Also war es der Herr aus Berlin, der sie beunruhigte.
»Und du«, fuhr sie fort, »hast das Bett, das seine Tochter haben sollte.«
»Lebt sie?« fragte ich verschlafen.
»O ja, freilich lebt sie.«
»Na, das ist immerhin gut so. – Ich glaube, du fürchtest dich«, murmelte ich, als sie immer noch herumhing.
»Fürchten? Wovor?«
»Vor dem Herrn aus Berlin.«
»Unsinn«, sagte Charlotte und ging hinaus.
Ich hatte einen heiteren Traum: Ich versuchte mühevoll, mich an die genauen Worte Herbert Spencers zu erinnern, die er gebrauchte, um vergangene religiöse Überzeugungen zu schildern, die heute noch in der Stola um den Hals der Priester und in den Gamaschen und um die Beine von Bischöfen geistern. Ich wiederholte diese Worte über die Bischöfe in entzücktem Vergnügen – und es war tatsächlich ein schöner Satz –, als ein plötzlicher Schrecken meinen Traum zerriß und ich fühlte, daß noch jemand im Zimmer war.
Immer war die Finsternis für mich voller Schrecken gewesen. Wenn ich zurückdenke, erinnere ich mich an vergangene Jahre, übersät mit schrecklichen schwarzen Nächten, in denen ich aufwachte und mich ängstigte, bis ich meine Kerze angezündet hatte – wie kann ich da annehmen, daß ich nicht an Geister glaube oder an namenlose Schrecken, die noch unendlich viel entsetzlicher sind als Geister? Doch wieviel Mut brauchte ich, um mich in all der dichten, bedrückenden Schwärze aufzusetzen, eine ungeschützte Hand auszustrek-

ken und nach den Streichhölzern zu tasten – entsetzt von den Geräuschen, die ich machte, und kalt vor Angst, meine Hand könne etwas Fremdes und Schreckliches berühren. Und so war's in Binz. Als ich aus meinem angenehmen Traum gerissen wurde, konnte ich mich einen Augenblick nicht rühren vor äußerster Furcht. Als ich es tat, als ich eine bebende Hand ausstreckte, da wurde die Furcht von Jahren zur Wirklichkeit: Ich berührte eine andere Hand. Ich finde, es war ganz unglaublich von mir, daß ich nicht schrie. Wahrscheinlich wagte ich es nicht. Als nächstes fand ich mich unter der Bettdecke und überlegte. Wessen Hand hatte ich berührt? Und was tat sie auf meinem Nachttisch? Es war eine scheußliche, kalte Hand, und sie hatte meine gepackt, als ich sie wegzog. Oh – da war sie, kam mir nach –, sie tastete sich an der Bettdecke entlang, glitt bis zu der Ecke, wo ich mich zusammengekauert hatte – warum war ich auf diese schreckliche Insel gekommen? Ich stöhnte entsetzt und hilflos auf, und sofort flüsterte Charlottes Stimme: »Sei still. Keinen Ton. Draußen vor deinem Fenster steht ein Mann.«

Hier kehrten meine Sinne plötzlich zurück. »Du hast mich beinah umgebracht«, flüsterte ich und legte in mein Flüstern soviel heiße Empörung wie nur möglich. »Wenn ich ein krankes Herz hätte, wäre ich gestorben. Laß los – ich will die Kerze anzünden. Was kümmert mich ein Mann, ein wirklich lebendiger Mann?« Charlotte hielt mich fester. »So schweig doch«, flüsterte sie in Todesangst. »Sei still – er ist nicht – er sieht nicht aus – ich glaube, er ist nicht lebendig.«

»Was?!« flüsterte ich.

»Pst, pst – dein Fenster ist offen –, er braucht bloß ein Bein übers Fensterbrett zu heben, um hereinzukommen.«

»Aber wenn er nicht lebendig ist, kann er kein Bein übers Fensterbrett heben«, flüsterte ich ungläubig zurück, »es ist irgendein armer ertrunkener Seemann, der an Land gespült wurde.«

»O sei doch still«, flehte Charlotte und verbarg ihr Gesicht an meiner Schulter. Ich hatte meine Angst überwunden und staunte über ihre verächtliche Furchtsamkeit.

»Laß mich los. Ich will ihn mir ansehen«, sagte ich und versuchte, mich freizumachen.

»Pst, pst – rühr dich nicht, er hört uns –, er ist genau draußen vorm Fenster«, und sie preßte sich weiter an mich.

»Aber wie kann er denn hören, wenn er nicht lebendig ist? Laß mich aufstehen –«

»Nein, nein – er sitzt ja dort – gerade draußen – seit Stunden sitzt er dort und rührt sich nicht – oh, es ist dieser Mann, ich weiß es – ich wußte ja, daß er kommen würde.«

»Welcher Mann?«

»Oh, dieser schreckliche, schreckliche Berliner, der gestorben ist –«

»Meine liebe Charlotte«, wies ich sie zurecht, da ich mich nun angesichts eines solchen Zusammenbruchs vollkommen ruhig fühlte. »Jetzt laß mich gehen. Ich gucke durch den Vorhang, so daß er mich nicht sehen kann. Dann erzähle ich dir gleich, ob er lebendig ist oder nicht. Du wirst mir doch zutrauen, daß ich einen lebendigen Mann erkenne, wenn ich ihn sehe?«

Ich entwand mich ihren Armen und schlich auf nackten, leisen Füßen bis zum Fenster, teilte vorsichtig die Vorhänge und spähte durch einen kleinen Schlitz hindurch. Ganz klar, draußen war ein Mann, er saß auf einem Felsen gerade vor meinem Fenster, das Gesicht dem Meer zugewandt. Wolken zogen langsam vor dem Mond hin, ich wartete, bis sie fort waren, um ihn deutlicher zu sehen. Er rührte sich nicht. Und als das Mondlicht auf ihn fiel, beleuchtete es einen anständig gekleideten Rücken mit zwei glänzenden Knöpfen darauf – keineswegs der Rücken eines Einbrechers, noch weniger der eines Gespensts. Nie hatte ich mir ein Gespenst mit Knöpfen vorgestellt, und ich weigerte mich, ein solches jetzt zu erblicken.

Ich schlich zurück zu der zusammengeduckten Charlotte. »Es ist keiner, der tot ist«, flüsterte ich heiter, »und ich glaube, er will nur im Wasser planschen.«

»Planschen?« wiederholte Charlotte und setzte sich auf, dieses Wort schien sie wieder zur Vernunft zu bringen. »Warum sollte er mitten in der Nacht planschen wollen?«

»Nun, warum nicht? Das ist das einzige, was ich mir vorstellen kann, wenn einer auf einem Felsen sitzt.«

Charlotte war dermaßen erleichtert und froh darüber, daß sie hysterisch kicherte. Augenblicklich vernahm man draußen ein leichtes Geräusch, und der Schatten eines Mannes tauchte auf dem Vorhang auf. Ängstlich klammerten wir uns aneinander.

»Hedwig«, flüsterte der Mann und schob die Vorhänge etwas auseinander, um in das dunkle Zimmer zu schauen, »kleiner Schatz – endlich da? Läßt mich so lange warten –«

Dann wartete er, zögerte und versuchte hineinzuschauen. Charlotte erfaßte die Lage sofort. »Hedwig ist nicht hier«, sagte sie höchst würdevoll, »und Sie sollten sich schämen, Damen in dieser Weise zu belästigen. Ich muß Sie ersuchen, sofort wegzugehen oder mir Ihren Namen und Ihre Adresse zu geben, damit ich Sie bei den zuständigen Behörden anzeigen kann. Ich sehe es als meine Pflicht an, um ein Beispiel zu setzen.«

»Das war eine bewunderungswürdige Ansprache«, bemerkte ich und ging zum Fenster und schloß es, »nur blieb er nicht so lange, um sie anzuhören. So, jetzt können wir die Kerze anzünden.« Und als ich die Vorhänge zuzog, sah ich, wie das Mondlicht auf entfliehenden Knöpfen glänzte.

»Wer hätte gedacht«, sagte ich zu Charlotte, die, vor Entrüstung bebend, mitten im Zimmer stand, »wer hätte gedacht, daß die zimperliche kleine Hedwig uns eine so schreckhafte Nacht verursachen würde.«

»Wer hätte sie auch für so sittenlos gehalten?« fragte Charlotte wütend.

»Höre, wir wissen ja gar nicht, ob sie so ist.«

»Sieht es nicht ganz so aus?«

»Armes kleines Ding.«

»Armes kleines Ding! Was sagst du da für Unsinn?«

»Ach – ich weiß nicht – brauchen wir nicht alle Vergebung – so kommt's mir vor – Hedwig nicht weniger als du und ich. Und wir brauchen sie soviel mehr als Strafen, und doch werden wir immer nur bestraft, und uns wird kaum je vergeben.«

»Ich weiß nicht, wovon du redest«, sagte Charlotte.

»Es ist auch nicht sehr klar«, gab ich zu.

DER SECHSTE TAG

Das Jagdschloß

Als ich am nächsten Morgen in Charlottes Schlafzimmer schaute, schlief sie; so machte ich die Tür sachte wieder zu, beauftragte Gertrud, sie nicht zu stören, und ging hinaus, um einen Spaziergang zu machen. Es war noch nicht ganz acht Uhr, und die Leute saßen noch beim Kaffee, so hatte ich den Weg unter den Buchen am Strand für mich allein. Der Weg verläuft ein Weilchen dicht am Wasser entlang am Fuß des steilen, buchenbewachsenen Hügels, der Binz vor den Westwinden beschützt. Der Hügel ist so steil und so hoch, daß jemand, der ihn nach dem Essen besteigt, sicher außer Atem kommt. Auf der rechten Seite führt eine tiefe, schmale Schneise hinauf in die Wälder, die, so scheint es, ganz und gar aus dem samtigsten, grünsten Moos geschnitten ist, so völlig sind alle Seiten damit bedeckt. Als ich in dieser Schneise stand, im sanften Dunkel seiner grünen Wände, unter den Zweigen der Buchen, die sich hoch über mir schlossen, glaubte ich, daß dies unbedingt das stillste Stückchen Erde sei, das ich jemals betreten habe. Es war wundervoll. Kein Geräusch kam von den Buchenblättern herab, obwohl sie sich regten, kein Ton vom Wasser, kein Wellenschlag, kein Plätschern, auch hörte ich keinen Vogel, als ich dort stand, noch das Summen eines Insekts. Es war wie der Eingang zu einem Heiligtum, so seltsam und feierlich war die Stille. Ich blickte aus dem Schatten hinauf zum Licht, wo die Sonne die Farne mit Morgenstrahlen übergoß, und fühlte plötzlich, daß meine Wanderung nichts Alltägliches war, sondern daß ich aufstieg zum Tempel Gottes, um zu beten.

Wenn man alles Gewicht abwerfen will, das auf der Seele

lastet, nachdem man versucht hat, seine Pflicht zu tun, oder wenn man geduldig ertragen mußte, daß andere ihre Pflicht einem selbst gegenüber erfüllt haben, so kenne ich keinen sichereren Weg, als alleine hinauszugehen – entweder am Tagesanfang, wenn die Erde noch unberührt ist und nur Gott überall ist, oder am Abend. Dann herrscht das Schweigen bis hin zu den Sternen, und zu ihnen hinaufschauend erkennt man die Armseligkeit des vergangenen Tages, die Wertlosigkeit der Dinge, um die man sich gemüht hat, und die Torheit, ärgerlich, ruhelos und angstvoll gewesen zu sein. Was bedeuten nachlässige, hastige Bett-Gebete, die eilig in einer Atmosphäre von Wolldecken gesprochen wurden, verglichen mit der tiefen Demut vor der Erhabenheit des Himmels?

Als ich mein Te Deum gesprochen hatte, ging ich leichten Herzens meinen Weg. Der Wald war an jenem Morgen so fröhlich, so funkelnd, so voll von emsigen, glücklichen Geschöpfen, daß nur ein sehr freudloses Herz nicht froh werden könnte. Es war einfach kein Platz für Reue, und ich glaube, wir verschwenden viel zuviel Zeit mit Reue. Die gesunde Einstellung, die einzig vernünftige, einem Fehler oder einer begangenen Sünde gegenüber, ist sicherlich die, seine moralischen Schultern kräftig zu schütteln. Wie können wir das Leben ertragen, wenn wir dauernd in Sümpfe bitterer und oft ungerechtfertigter Selbstbeschuldigung fallen? Allmorgendlich kehrt das Licht wieder und damit auch die Möglichkeit, uns zu bessern.

Das Moos entlang des Weges war von Tau durchtränkt. Das Laub der schlanken, jungen Buchen funkelte, und der Farn, der sich von beiden Seiten über den Pfad neigte, befeuchtete mein Kleid, als ich hindurchging. Hin und wieder wurde der Pfad schmaler, und die Bäume verdeckten den Himmel; dann wieder führte er in den Sonnenschein auf einer offenen Lichtung. Auf dem Weg begleiteten mich Eichhörnchen, die herumsprangen und sich vergnügten, wie es eben vernünftige Eichhörnchen tun, und über meinem Kopf sangen in sorgloser Glückseligkeit die Lerchen. Als ich droben heraustrat, befand ich mich auf einem Rasen im Sonnenschein, darauf standen Tische, und in der Mitte war ein Kellner mit einer Kaffeekanne in der Hand.

Dieser Kellner erschreckte mich. Meine Gedanken waren auf nichts weniger als auf einen Kellner gerichtet. Jedoch, da stand er, einsam, mitten auf dem besonnten Grün. Ein zerknitterter Kellner obendrein. Sein Blick jedoch war ermunternd, dazu dampfte seine Kaffeekanne. Ich hatte vorgehabt, zum Frühstück zu Charlotte zurückzukehren, aber in seinen Augen lag etwas so Zwingendes, daß ich mir unsagbar verächtlich vorgekommen wäre, wenn ich seinen Kaffee abgelehnt hätte. So setzte ich mich an einen der zwölf Tische unter den Buchen; außer mir war nur ein einziger Gast da, ein Mann mit Brille. Der Kellner brachte ein Tischtuch, das mich schaudern ließ, goß mir eine Tasse Kaffee ein und brachte eine Semmel von enormer Zähigkeit – es war sicherlich eine von gestern, da der Brotwagen von Binz noch keine Zeit gehabt hatte, den Hügel heraufzukommen. Der Kellner holte diese Semmel aus einem hübschen Haus mit Gitterwerk vor den Fenstern, das seitlich auf der Wiese stand. Er heftete seine bezwingenden Augen auf mich und erzählte, das Haus sei ein Gasthaus, und es sei nicht nur bereit, sondern wünsche mich dringend als Gast aufzunehmen, solange ich nur wollte. Ich lehnte ab unter dem Vorwand, es sei zu weit vom Wasser entfernt. Gerade diese Entfernung, sagte er, sei der Reiz. Die Dame, fuhr er fort und bewegte seine Kaffeekanne, die Dame könne selbst sehen, wie idyllisch die Lage sei. Die Dame murmelte etwas Bejahendes. Um seinem hungrigen Blick zu entgehen, beschäftigte ich mich damit, meine Semmel an einige erwartungsvolle Hühner zu verteilen, die offensichtlich an so etwas gewöhnt waren und sich um mich versammelt hatten. So kam die Semmel schließlich ganz und gar dem Gasthaus zugute.

Mit der Zeit wollten die Hühner mehr haben; der Kellner, in Ermangelung anderer Gäste, war schließlich so lästig geworden, daß ich ihn nicht mehr ertragen konnte. So bezahlte ich, stand auf, lehnte nochmals mit fester Stimme ab, die Zimmer des Gasthauses auch nur anzusehen, und wünschte ihm kühl und würdevoll einen guten Morgen.

»Die Dame wird jetzt natürlich das Jagdschloß besichtigen«, sagte der Kellner und ließ ein Päckchen Eintrittsbilletts hervorschnellen.

»Das Jagdschloß?« wiederholte ich und folgte seinen Blicken. Ich erspähte ein Gebäude zwischen den Bäumen, gerade hinter dem Tisch, an dem ich gesessen hatte, auf der Höhe einer steilen Auffahrt. Hierher also hatte mich meine Wanderung geführt. Der Reiseführer widmet diesem Jagdschloß mehrere feurige Seiten. Es gehört dem Fürsten Putbus. Sein runder Turm, der aus einem grünen Meer von Wald auftaucht, ist ein Wahrzeichen, das ich schon lange kannte. Wo man in Rügen auch eine Höhe besteigt, um die Aussicht zu genießen, sieht man das Jagdschloß. Welchen Weg man auch nimmt, immer ist es der Mittelpunkt der Landschaft. Nur in einigen nördlichen Teilen der Insel muß man ein Fernglas nehmen, um es erscheinen zu lassen. Nun stand ich unter seinen Mauern. Ich hatte nicht die Absicht, es zu besichtigen, ich wollte bloß den Kellner loswerden und meine Wanderung fortsetzen. Es war jedoch einfacher, ein Billett zu nehmen, als es zurückzuweisen und seine Proteste anzuhören. Ich zahlte daher fünfzig Pfennige, erhielt einen Zettel und machte mich daran, die äußerst steile Rampe hinaufzuklettern. Die Örtlichkeit war offensichtlich gewählt, ohne im geringsten Rücksicht auf die Lungen oder Beine von Touristen zu nehmen. So kommen sie oben erhitzt und atemlos an und sinken zwischen zwei aus Kupfer bestehenden Wölfen nieder, wo sie zunächst einmal nach Luft ringen. Danach läuten sie an einer Glocke, geben Billett und Regenschirm ab und werden in Gruppen von einer ältlichen Person herumgeführt.

Als ich oben anlangte, traf ich den anderen Besucher, den Mann mit Brille; er saß auf den Stufen und rang noch nach Atem. Da ich meinen eher wiederhatte – er war ein Mann von beträchtlichem Umfang –, läutete ich die Glocke. Der Aufseher erschien. Er hatte ein ungewöhnliches Talent, mit einem einzigen Blick auszudrücken, was für ein Wurm man sei.

»Ich kann nicht jeden von Ihnen getrennt herumführen«, sagte er und zeigte auf den Mann, der noch immer auf der untersten Stufe nach Atem rang, »oder will Ihr Gatte das Schloß nicht ansehen?«

»Mein Gatte?« wiederholte ich erstaunt.

»Also, mein Herr«, fuhr er ungeduldig fort, sich an den Rücken dort unten wendend, »kommen Sie, oder kommen Sie nicht?«

Der Mann mit der Brille machte eine große Anstrengung, packte das eine geeignete Bein des kupfernen Wolfs, zog sich daran hoch und erklomm langsam die Stufen.

»Das Publikum ist ersucht, die Kunstwerke nicht zu berühren«, fuhr ihn der Aufseher an und warf einen Blick auf das Bein des Wolfs, um zu sehen, ob es Schaden genommen hatte. Der Mann mit der Brille sah regelrecht beschämt aus ob seines Betragens. Auch ich fühlte mich beschämt, doch mehr ganz allgemein, auch solch ein Wurm zu sein. Gemeinsam folgten wir dem Führer ins Haus, gaben gleichzeitig unsere Eintrittskarten ab und legten Stock und Schirm Seite an Seite auf den Tisch. Der Mann mit der Brille erhielt eine Nummer.

»Und meine Nummer?« fragte ich höflich.

»Eine dürfte wohl genügen«, sagte der Aufseher und sah

mich mißbilligend an. Da er mich für die Frau des Mannes mit der Brille hielt, empfand er meinen Wunsch, eine Nummer allein für mich zu bekommen, als ein Beispiel mehr für das Übermaß an Ansprüchen, die die moderne Frau in ihrem Kampf um Emanzipation stellt. Stock und Schirm wurden entsprechend zusammengebunden.

»Wünschen Sie den Turm zu besteigen?« fragte er meinen Begleiter und wies auf die eiserne Wendeltreppe, die sich im Innern des Turms bis zur Spitze dreht.

»Gott du Allmächtiger, nein«, war die Antwort nach einem schaudernden Blick nach oben. Da der Aufseher es für selbstverständlich hielt, daß ich ohne meinen Ehemann keinen Turm besteigen wollte, fragte er mich gar nicht, sondern leitete uns sogleich durch eine sehr schöne Halle, die mit dem geschmückt war, was man Jagdtrophäen nennt, bis zu einer verschlossenen Tür, vor der eine Reihe enorm großer Filzpantoffeln stand.

»Dem Publikum ist nicht gestattet, die fürstlichen Gemächer zu betreten, bevor es diese Pantoffeln über die Schuhe gezogen hat«, sagte der Aufseher, als ob er aus einem Buche zitiere.

»Alle?« fragte ich. Wieder beäugte er mich, diesmal schweigend. Der Mann mit der Brille zwängte seine Füße in das nächstbeste Paar. Sie waren reichlich weit, sogar für ihn, und er war ein großer Mann mit entsprechenden Füßen. Ich blickte suchend die Reihe entlang und hoffte, ein etwas kleineres und vielleicht neueres Paar zu finden, doch alle hatten dieselbe Größe, und alle waren häufig von anderen Touristen benutzt worden.

»Wenn ich das nächste Mal ins Jagdschloß komme«, bemerkte ich nachdenklich, als ich sah, wie meine Füße in den gähnenden Öffnungen dieser Ungetüme verschwanden, »werde ich meine eigenen Pantoffeln mitbringen. Diese Einrichtung mag nützlich sein, aber fein ist sie nicht.«

Keiner der beiden nahm die geringste Notiz von mir. Der Aufseher sah uns nun sicher in unseren Pantoffeln und wollte gerade die Tür aufschließen, als die Glocke läutete. Er ließ uns stumm vor der geschlossenen Tür stehen, lehnte sich über das Treppengeländer, denn, Leser – würde Charlotte Brontë sagen –, wir waren hinaufgestiegen, und rief dem Fräulein, das für Schirm und Stock zuständig war, zu, es möge die Besucher einlassen. Das tat es, und als es die Tür aufriß, sah ich zwischen den Säulen der Balustrade Brosy auf der Schwelle stehen, und am Fuß der Stufen lehnte sich des Bischofs Frau gegen einen der kupfernen Wölfe und rang nach Atem.

Bei diesem Anblick stürzte der Aufseher hinunter. Der Mann mit der Brille und ich standen stumm, verschüchtert und regungslos in unseren Filzpantoffeln da und lauschten.

»Das Publikum wird ersucht, die Kunstgegenstände nicht zu berühren«, schrie der Aufseher.

»Spricht er mit mir, Liebling?« fragte Mrs. Harvey-Browne und sah zu ihrem Sohn auf.

»Ja, ich glaube schon, Mutter«, sagte Ambrose, »ich fürchte, du darfst dich nicht auf diesen Wolf stützen.«

»Wolf?« fragte seine Mutter erstaunt und betrachtete interessiert das Tier durch ihre Lorgnette.

»Ja, wahrhaftig. Ich hielt diese Tiere für preußische Adler.«

»Jedenfalls darfst du sie nicht berühren, Mutter«, sagte Ambrose mit leichter Ungeduld in der Stimme, »er sagt, das Publikum darf nichts berühren.«

»Spricht er wirklich von mir als vom Publikum? Findest du nicht, daß er ein Grobian ist?«

»Wünscht die Dame das Schloß zu besichtigen oder nicht?« unterbrach der Aufseher. »Drinnen wartet noch eine andere Gesellschaft.«

»Komm, Mutter – du möchtest doch, nicht wahr?«

»Ja, aber nicht, wenn er so unhöflich ist, Liebling«, sagte

Mrs. Harvey-Browne, während sie langsam die Stufen hinaufstieg. »Vielleicht wäre es gut, du sagtest ihm, wer Vater ist.«

»Das würde ihm, glaube ich, wenig Eindruck machen«, sagte Brosy lächelnd. »Geistliche kommen dafür zu oft her.«

»Geistliche! Jawohl, aber keine Bischöfe«, sagte seine Mutter und betrat die Halle, die das Echo ihrer letzten Worte laut wie eine Trompete zurückwarf.

»Er würde nicht wissen, was ein Bischof ist, die gibt es hier nicht.«

»Keine Bischöfe?« rief seine Mutter aus und starrte ihren Sohn betroffen an.

»Bitte um die Eintrittskarten«, unterbrach sie der Aufseher und warf die Tür zu. Damit riß er Brosy die Billette aus der Hand.

»Keine Bischöfe?« fuhr Mrs. Harvey-Browne fort, »und keine Kirchenväter, wie das gestern abend diese bankrott aussehende Person, die Cousine von Frau Nieberlein, erzählte? Mein lieber Brosy, was für Zustände.«

»Ich glaube, sie hat das nicht ganz so gesagt. Sie haben auch Kirchenväter, sicher. Sie hat bloß nicht verstanden, was du meintest.«

»Stock und Schirm, bitte«, fuhr der Aufseher dazwischen und riß ihnen beides aus ihren widerstandslosen Händen, »hier, nehmen Sie diese Nummer, bitte. Hier entlang, bitte.«

Er scheuchte sie, oder besser, er versuchte es, aber die Frau des Bischofs hatte sich seit Jahren nicht beeilt und dachte auch nicht im Traum daran, es jetzt zu tun. Als sie unter dem Turm standen, fragte er, ob sie hinaufsteigen wollten. Sie schauten hinauf, schauderten und sagten nein.

»Dann wollen wir die andere Gesellschaft einholen«, sagte der Aufseher und hastete voran.

»Die andere Gesellschaft?« rief Mrs. Harvey-Browne aus. »Hoffentlich keine unangenehmen Touristen. Ich bin extra so zeitig gekommen, um ihnen aus dem Weg zu gehen.«

»Bloß zwei«, sagte der Aufseher, »ein anständiger Herr mit seiner Frau.«

Der Mann mit der Brille und ich, bisher stumm, bescheiden und regungslos in unseren Filzpantoffeln, fuhren gleichzeitig zusammen. Ich warf ihm vorsichtig einen Blick aus den Augenwinkeln zu und stellte zu meiner Verlegenheit fest, daß auch er mich vorsichtig aus den Augenwinkeln musterte. Im nächsten Augenblick standen die Harvey-Brownes vor uns. Der angenehme Ambrose warf einen Blick leichten Erstaunens auf meinen Begleiter, dann begrüßte er mich wie einen alten Freund, dann verbeugte er sich mit großer Höflichkeit vor der Person, die er für meinen Mann halten mußte, nannte dabei seinen Namen und bemerkte, wie sehr er erfreut sei, seine Bekanntschaft zu machen.

»Es freut mich sehr, Ihre Bekanntschaft zu machen«, sagte der liebenswürdige Ambrose.

»Gleichfalls, gleichfalls«, murmelte der Mann mit der Brille, indem er sich mehrfach verbeugte. Offensichtlich war er erstaunt. Auch vor der Gattin des Bischofs machte er mehrere hastige und bestürzte Verbeugungen, er hörte damit auf, als er sah, daß sie über ihn hinwegsah.

Sie hatte meine Gegenwart nur mit der Andeutung eines Nickens zur Kenntnis genommen, das ich mit eisiger Gleichgültigkeit erwiderte. Was mich jedoch, mehr als ihr Nicken, merkwürdigerweise kränkte, war der flüchtige Blick, mit dem sie den Mann mit der Brille maß, ehe sie über seinen Kopf hinwegsah. Er gehörte wahrhaftig nicht zu mir, und dennoch war ich gekränkt. Warum? Dies kam mir so unerklärlich vor, daß ich darüber nachdenklich wurde.

»Dem Publikum ist nicht gestattet, die fürstlichen Gemächer zu betreten, bevor es diese Pantoffeln über die Schuhe gezogen hat«, sagte der Aufseher. Mrs. Harvey-Browne sah ihn kritisch an.

»Er hat eine sehr unhöfliche Ausdrucksweise, nicht wahr, Liebling?« bemerkte sie zu Ambrose.

»Er zitiert nur die Dienstvorschriften. Das muß sein, weißt du, Mutter. Und wir sind zweifellos das Publikum.«

Ambrose sah auf meine Füße, dann auf die Füße meines Begleiters, und dann stieg er ohne Umstände in ein Paar Filzpantoffeln. Er trug Knickerbocker und lange Strümpfe, und seine Beine waren sehr schlank. Diese enormen Pantoffeln am Ende dieser klassischen Beine wirkten auf mich derart komisch, daß ich um ein Haar in schallendes Gelächter ausgebrochen wäre. Mit größter Anstrengung unterdrückte ich es und erstarrte in unnatürlichem Ernst. Mrs. Harvey-Browne hatte jetzt die Reihe von Pantoffeln erspäht. Sie hielt ihre Lorgnette vor die Augen und betrachtete sie gründlich:

»Wie sehr deutsch«, bemerkte sie.

»Zieh sie an, Mutter«, sagte Ambrose, »wir warten alle auf dich.«

Sie zögerte.

»Sind sie neu?« fragte sie.

»Die Dame muß die Pantoffeln anziehen, sonst darf sie die fürstlichen Gemächer nicht betreten«, sagte der Aufseher streng.

»Muß ich wirklich, Brosy?« fragte sie. Sie sah äußerst unglücklich aus. »Ich fürchte mich so schrecklich vor Ansteckungen oder ... oder was anderem. Meinen sie denn, wir ruinieren ihre Teppiche?«

»Ich stelle mir vor, die Böden sind poliert«, sagte Ambrose, »und der Besitzer fürchtete wahrscheinlich, die Besucher könnten ausrutschen und sich weh tun.«

»Wirklich nett und recht rücksichtsvoll von ihm – wenn sie bloß neu wären.«

Ambrose schlurfte in seinen bis zum Ende der Reihe und nahm zwei auf.

»Schau her, Mutter«, sagte er und trug sie zu ihr hin. »Das ist ein ganz neues Paar. Noch nie getragen. Zieh sie an, sie können dir unmöglich schaden.«

Sie waren nicht neu, aber Mrs. Harvey-Browne dachte, sie wären es, und erklärte sich bereit, sie anzuziehen. Kaum waren sie an ihren Füßen und ragten in ihrer ganzen Riesenhaftigkeit weit unter den Volants ihres Rockes hervor und zwangen sie, zu gleiten statt zu gehen, wurde sie huldvoll. Ihr Lächeln, mit dem sie an mir vorüberglitt, war liebenswürdig und gleichzeitig abbittend. Die Pantoffeln hatten sie offensichtlich zugleich auf die Ebene anderer Sterblicher heruntergebracht. Diese Wirkung schien mir wiederum so schwer zu deuten, daß ich wieder nachdenklich wurde.

»Frau Nieberlein ist heute morgen nicht mit Ihnen unterwegs?« fragte sie liebenswürdig, als wir Seite an Seite in die fürstlichen Gemächer schlurften.

»Sie ruht sich aus. Sie hatte eine ziemlich schlechte Nacht.«

»Nerven, vermutlich.«

»Nein, Gespenster.

»Gespenster?«

»Es kommt aufs gleiche heraus«, sagte Ambrose, »habe ich nicht recht, mein Herr?« fragte er liebenswürdig den Mann mit der Brille.

»Vielleicht«, sagte der Mann mit der Brille vorsichtig.

»Doch kein wirkliches Gespenst?« fragte Mrs. Harvey-Browne interessiert.

»Ich glaube, die Hauptsache an einem Gespenst ist die, daß es niemals wirklich ist.«

»Der Bischof glaubt auch nicht daran. Aber ich – ich weiß wirklich nicht. Man hört so merkwürdige Geschichten. Die Frau eines Geistlichen in unserer Diözese glaubt ganz fest daran. Sie ist Vegetarierin und ißt eine Menge Gemüse, und dann sieht sie Geister.«

»Der Kaminsims«, sagte der Aufseher, »wurde ausschließlich aus römischem Marmor hergestellt.«

»Tatsächlich?« fragte Mrs. Harvey-Browne und beäugte ihn geistesabwesend durch ihre Lorgnette. »Sie behauptet, daß es im Pfarrhaus spukt, und was, glauben Sie, spukt dort? Das seltsamste Ding der Welt. Der Geist einer Katze spukt dort.«

»Die Figur rechts ist von Thorwaldsen«, sagte der Aufseher.

»Ja, der Geist einer Katze«, wiederholte Mrs. Harvey-Browne nachdrücklich. Sie schien zu erwarten, daß ich etwas sagte, so sagte ich: »Tatsächlich.«

»Diese hier links ist von Rauch«, sagte der Aufseher.

»Und diese Katze tut gar nichts. Ich meine, sie prophezeit kein zukünftiges Familienunglück. Sie schleicht nur durch ein bestimmtes Zimmer – den Salon. Ich glaube, ganz wie eine wirkliche Katze. Und nichts passiert.«

»Aber vielleicht ist es eine wirkliche Katze.«

»O nein, sie ist übernatürlich. Niemand außer der Frau des Geistlichen kann sie sehen. Sie geht ganz langsam, den Schwanz hoch in der Luft. Einmal ging die Frau ihr nach und versuchte, sie am Schwanz zu ziehen, um sich von ihrer Existenz zu überzeugen, da griff sie in leere Luft.«

»Die Fresken, mit denen dieser Raum geschmückt ist, sind von Kolbe und Eybel«, sagte der Aufseher.

»Wollen Sie sagen, sie rannte fort?«

»Nein, sie spazierte ganz bedächtig weiter. Da der Schwanz jedoch nicht aus Fleisch und Blut war, konnte sie natürlich an nichts ziehen.«

»Wir fangen von links nach rechts an: Als erstes haben wir eine Darstellung vom Eintreffen König Waldemars I. auf Rügen«, sagte der Aufseher.

»Das allerseltsamste aber war, was eines Tages passierte, als sie die ganze Nacht darüber nachgedacht hatte und zu dem Schluß gelangt war, daß kein Geist Rahm aufschlecken würde, aber keine lebendige Katze es unterlassen würde, ihn aufzuschlecken. So würde sie in dieser oder jener Weise einen klaren Beweis haben. Die Katze kam, sah den Rahm und leckte ihn sofort auf. Meine Freundin war hocherfreut, denn natürlich hat man lebendige Katzen am liebsten ...«

»Das zweite stellt die Einführung des Christentums auf der Insel dar«, sagte der Aufseher.

»Und als sie damit fertig war und die Untertasse leer war, ging sie hin ...«

»Das dritte stellt das Legen des Grundsteins der Kirche in Vilmnitz dar«, sagte der Aufseher.

»Und was meinen Sie, was dann geschah? Sie ging mitten hindurch!«

»Durch was?« fragte ich voll tiefsten Interesses. »Den Rahm oder die Katze?«

»Oh, das war eben so wunderbar. Sie ging mitten durch den Körper der Katze. Nun, was war aus dem Rahm geworden?« Ich muß gestehen, diese Geschichte beeindruckte mich mehr als jede andere Geistergeschichte, die ich je gehört habe. Das Verschwinden des Rahms war außergewöhnlich.

»Und war nichts – absolut nichts an ihrem Kleid geblieben?« fragte ich eifrig. »Ich meine, nachdem sie durch die Katze hindurchgegangen war? Man möchte meinen, daß etwas wenigstens, von dem Rahm ...«

»Keine Spur.« Ich stand vor der Frau des Bischofs, starrte sie in Nachdenken versunken an. »Wie seltsam, wahrhaftig«, murmelte ich endlich, nachdem ich vergebens bemüht war, den Grund für den fehlenden Rahm zu finden. »*Nicht wahr!*« rief Mrs. Harvey-Browne, sehr zufrieden mit der Wirkung ihrer Geschichte. Tatsächlich hatte die Liebenswürdigkeit, die die Filzpantoffeln in ihr erweckt hatten, rasch zugenommen, und das unerklärliche Verhalten des Rahms schien unsere Freundschaft zu zementieren. Sie bemerkte noch, daß es zwischen Himmel und Erde mehr Dinge gebe, die unsere Schulweisheit nicht ergründen könne, und ich hatte, um meine Kenntnis mit den Klassikern anderer Länder darzulegen, hinzugefügt: »Wie Chaucer so richtig beobachtet hat«, worauf sie sagte: »Ach ja – so schön – nicht wahr?« Da plötzlich ließ uns eine Stimme hinter uns zusammenfahren. Wir drehten uns um und erblickten an unseren Ellbogen den Mann mit der Brille. Ambrose war in Begleitung des Aufsehers auf der anderen Seite des Raums, wo er die Werke von Kolbe und Eybe studierte. Der Mann mit der Brille hatte offensichtlich die ganze Geschichte von der Katze gehört, denn er sagte folgendes:

»Diese Erscheinung, Madame, falls sie überhaupt irgendeinen Sinn hat, was ich bezweifle, da ich dazu neige zu glauben, sie habe ihren Grund in der gestörten Verdauung dieser Dame, scheint auf ein Leben jenseits des Grabes von Seelen der Katzen hinzudeuten. Will man dies als Beweis eines ebensolchen Lebens für die Seele des Menschen ansehen, welche einzig und allein unser Interesse beansprucht, so ist es selbstverständlich völlig wertlos.«

Mrs. Harvey-Browne starrte ihn einen Augenblick durch ihre Lorgnette an. »Christen«, sagte sie dann kühl abweisend, »bedürfen keines weiteren Beweises davon.«

»Darf ich fragen, Madame, was Sie präzis unter Christen verstehen?« fragte der Mann mit der Brille lebhaft, »definieren Sie das, bitte.«

Nun war die Frau des Bischofs nicht gewohnt, Dinge definieren zu müssen, und mochte das ebensowenig wie alle Leute. Außerdem trug der Mann nicht nur abgetragene, sondern auch eigenartige Kleider, obwohl Strahlen eines intelligenten Interesses durch seine Brillengläser schossen, und seine ganze Erscheinung sprach mit lauter Stimme von viel Arbeit und wenig Lohn. Sie sah daher nicht nur hilflos, sondern entrüstet aus.

»Mein Herr«, sagte sie eisig, »hier ist nicht der Augenblick, Christen zu definieren.«

»Wiederholt höre ich dieses Wort«, sagte der Mann mit der Brille, verbeugte sich jedoch unerschrocken, »und wenn ich mich umsehe, frage ich mich, wo sie sind?«

»Mein Herr«, sagte Mrs. Harvey-Browne, »sie sind in jedem christlichen Land zu finden.«

»Und welche, bitte sehr, Madame, würden Sie die christlichen Nationen nennen? Ich sehe mich um, und ich sehe Nationen, bis an die Zähne bewaffnet, bereit, und manchmal sogar begierig, einander an den Hals zu springen. Diese Haltung mag patriotisch, männlich, ja vielleicht notwendig, unter Umständen sogar löblich sein, jedoch, Madame, würden Sie das christlich nennen?«

»Mein Herr«, sagte Mrs. Harvey-Browne.

»Wie ich an Ihrer Aussprache, Madame, bemerke, ist das ausgezeichnete Deutsch, das Sie sprechen, nicht ursprünglich in unserem Vaterland erworben worden, sondern muß das Ergebnis eines lobenswerten Fleißes sein, wie es in den Schulzimmern Ihrer Jugend und Ihres Geburtslandes ausgeübt wird, und, wie ich weiterhin an unmißverständlichen Anzeichen bemerkte, das in Frage stehende Geburtsland muß England sein. Daher hat es ein ganz besonderes Interesse für mich, gütigst mit der exakten Bedeutung bekannt gemacht zu werden, welche Menschen die Bewohner dieses erleuchteten Landes mit dieser Bezeichnung meinen. Mein Einkommen hat mir bisher nicht erlaubt, seine gastlichen Küsten zu besuchen. Daher begrüße ich mit Vergnügen diese Gelegenheit, Fragen, die uns alle wichtig sind, mit einer seiner zweifellos hervorragendsten Töchter zu erörtern.«

»Mein Herr«, sagte Mrs. Harvey-Browne.

»Auf Anhieb«, fuhr der Mann mit der Brille fort, »könnte man dazu neigen zu sagen, daß ein Christ eine Person sei, die an die christlichen Dogmen glaubt. Der Glaube jedoch, wenn er aufrichtig ist, muß seinen praktischen Ausdruck in Werken finden. Wie aber erklären Sie sich, Madame, die Tatsache, daß, wenn ich mich umsehe in der kleinen Stadt, in welcher ich den ehrenvollen Beruf eines Erziehers ausübe, ich zahlreiche Christen sehe, aber keine Werke?«

»Mein Herr, dafür bin ich nicht verantwortlich«, sagte Mrs. Harvey-Browne aufgebracht.

»Bedenken Sie, Madame, den lebendigen Glauben, den andere Bekenntnisse erwecken. Stellen Sie neben diese Trägheit die Tatkraft anderer Gläubiger. Beachten Sie den Derwisch, wie er tanzt, beobachten Sie den Fakir, wie er von seinem Haken hängt ...«

»Mein Herr«, sagte Mrs. Harvey-Browne, schon so erbost, daß sie es nicht mehr ertrug, »ich will nicht, und ich kann nicht begreifen, wieso Sie ausgerechnet diesen Ort und diese Zeit wählen, um Ihre Meinung über geheiligte Dinge einer Fremden und einer Dame aufzudrängen.«

Mit diesen Worten drehte sie ihm den Rücken zu und schlurfte so hoheitsvoll davon, wie es ihre Filzpantoffeln erlaubten. Der Mann mit der Brille stand bestürzt da. Ich versuchte, ihn zu trösten.

»Die Dame«, sagte ich, »ist die Frau eines Geistlichen –« (O Himmel, wenn sie das gehört hätte!) – »und ist daher ängstlich bemüht, nicht über Dinge zu sprechen, die auf geheiligten Boden führen. Ich glaube, der Sohn ist sehr intelligent. Mit ihm kann man sprechen.«

Leider muß ich sagen, daß der Mann mit der Brille mir gegenüber außerordentlich scheu war. Vielleicht weil der Aufseher mich für seine Ehefrau hielt oder weil ich ein offenbar bindungsloses weibliches Wesen war, das allein herumwanderte und Kaffee trank, wider alle Sitten und Gebräuche. Ich weiß es nicht. Jedenfalls begegnete er allen meinen wohlgemeinten Versuchen, ihm Mrs. Harvey-Brownes Verhalten zu erklären, mit Mißtrauen. Er murmelte etwas darüber, daß die Engländer wirklich sehr seltsame Manieren hätten, und setzte sich vorsichtig ab. Wir streiften nun getrennt durch die Räume weiter – Ambrose voran mit dem Aufseher, seine Mutter für sich, ich für mich, und ein gutes Stück hinterher der gekränkte Mann mit der Brille. Er versuchte nicht, meinem Rat zu folgen und sich mit Ambrose zu unterhalten, sondern achtete darauf, sich soweit wie möglich von uns anderen fernzuhalten. Als wir uns schließlich wiederum außerhalb der fürstlichen Gemächer befanden, gegenüber der Tür, durch die wir hineingegangen waren, schlich er voraus, schüttelte seine Filzpantoffeln ab mit der Endgültigkeit dessen, der den Staub von seinen Füßen schüttelt, machte drei rasche Verbeugungen, eine für jeden von uns, und eilte die Treppe hinab. Unten angelangt, sahen wir, wie er seinen Stock von dem Fräulein entgegennahm und entrüstet und energisch den Kopf schüttelte, als sie versuchte, ihm auch meinen Sonnenschirm zu reichen. Er riß die schwere Tür auf und rannte hinaus. Er warf sie so nachdrücklich zu, daß das Jagdschloß erzitterte.

Das Fräulein blickte zuerst auf die zugeworfene Tür, dann auf den Sonnenschirm und dann auf mich. »Aha – gestritten«, sagte ihr Blick so deutlich wie Worte. Ambrose sah mich ebenfalls an, er tat es fragend. Auch Mrs. Harvey-Browne sah mich an, und in ihren Augen war kälteste Verachtung.

»Ist es denn möglich«, sagten Mrs. Harvey-Brownes Augen, »daß jemand wirklich einen solchen Menschen heiraten kann?«

Was mich betrifft, so stieg ich die Stufen hinab mit sanftestem Gesicht, unschuldig und sorglos. »Wie bezaubernd«, schwärmte ich, »wie wirklich bezaubernd sind doch diese Wände mit all den Geweihen und solchen Sachen drauf.«

»Ja, sehr«, sagte Ambrose.

Mrs. Harvey-Browne schwieg. Offenbar hatte sie beschlossen, nie wieder mit mir zu sprechen, doch als wir unten angelangt waren und Ambrose Trinkgelder an das Fräulein und den Aufseher verteilte, sagte sie: »Ich wußte nicht, daß Ihr Mann mit Ihnen reist.«

»Mein Mann?« wiederholte ich fragend, »aber er reist nicht mit mir. Er ist zu Hause. Hütet, hoffentlich, meine verlassenen Kinder.«

»Zu Hause? Aber wer ... Wessen Ehemann war er dann?«

»Wer?« fragte ich und folgte ihren Blicken bis zu der soeben zugeworfenen Tür.

»Nun, dieser Mann mit der Brille?«

»Nein, wirklich – wie soll ich das wissen? Vielleicht ist er ledig. Meiner jedenfalls ist es nicht.«

Mrs. Harvey-Browne starrte mich an, aufs äußerste überrascht. »Wie soll ich das verstehen«, sagte sie.

Der sechste Tag – Fortsetzung

Die Wälder um Granitz, der Schwarze See und Kieköwer

Im Walde hinter Binz muß in vergangenen Zeiten in der Nähe einer Lichtung jemand gewohnt haben. Uralte Obstbäume bezeugen, daß hier ein Garten war, und dort liegt auch ein einzelnes Grab. Welke Buchenblätter, langsam herabgesunken während vieler Herbsttage und -nächte, haben eine schlichte Decke darauf gelegt. Am Grabstein ist eine rostige eiserne Platte angebracht mit der Inschrift:

Hier ruht ein Finnischer Krieger
1806.

Kein Gitter umgibt es, kein Name steht darauf. Der Wanderer wird vielleicht von einem flüchtigen Gefühl des Mitleids über soviel Einsamkeit berührt und wirft ihm ein paar Blumen oder ein Bündel Farnkraut zu, wenn er seines Weges geht. Als ich hinkam, lag ein Kreuz aus Farn, noch frisch und mit ein paar Grashalmen zusammengebunden, auf dem Grab, und ein Kranz aus Stranddisteln zierte den Grabstein.

Ich setzte mich neben den Namenlosen, um mich auszuruhen, denn die Sonne stand hoch, und ich wurde müde. Als ich mein Gesicht an die kühle Decke aus Blättern legte, die noch feucht war vom letzten Regen, schien mir, er läge sehr traurig hier unten versteckt. Ich wurde neugierig und hätte gern gewußt, wie er in den Granitz-Wald gekommen war zu einer Zeit, da Rügen noch den Franzosen gehörte und nichts mit Finnland zu tun hatte. Ich zog meinen Reiseführer hervor, doch er schwieg sich darüber aus. Die ganze Zeit, während ich rund um Rügen reiste, schwieg er sich aus, wenn ich etwas genau wissen wollte. Was hatte dieser Mann getan oder nicht getan, daß er ausgeschlossen wurde aus der Kameradschaft jener, die auf Friedhöfen begraben wurden? Bei mir ist es stets ein Zeichen von Müdigkeit und Hunger, wenn ich mich über das Gebaren der Menschheit aufrege. Mein Verstand neigt immer mehr zum Nörgeln, je müder und hungriger ich werde. Wenn ich nicht zu müde bin und mein Frühstück nicht den Hühnern verfüttert habe, wandern meine Gedanken auf fröhlichen Pfaden und beschäftigen sich ausschließlich mit der heiteren Seite der Dinge. Ich sehe aber nichts Frohes, und meine Seele ist in Schwärze und Trübsal getaucht, wenn ich viele Stunden lang nichts gegessen habe. In meiner jetzigen Verfassung also war ich geneigt, den armen, toten Finnen zu beneiden, weil er weiter dort ruhen durfte, während ich in der Hitze meinen Weg zurück nach Binz suchen und mich wegen meiner Abwesenheit bei einer beleidigten Cousine entschuldigen mußte. Ich stürzte mich, weil ich entrüstet war, daß man dem finnischen Krieger ein christliches Grab versagt hatte, in eine ganze Flut jämmerlicher Überlegungen über die Bosheit und Tollheit der Menschen. Ein einziges Stückchen Brot hätte mich gerettet. So aber wurden mein Murren und meine Nörgelei allmählich unbestimmter, wurden milder, verwirrter, setzten aus, und ich schlief ein.

Es ist nun eine äußerst angenehme Sache, im Freien an einem schönen Sommernachmittag einzuschlafen, wenn niemand kommt und man bequem liegt. Es war aber nicht bequem, denn der Boden rings um das Grab war hart und ohne Moos, und wenn der Wind es bewegte, kitzelte mich das Farnkraut am Ohr und weckte in meinem Gemüt unangenehme Gedanken an Ohrenkriecher. Ein paar Spinnen mit langen, dünnen Beinen, die aussahen, als ob sie sie bei dem geringsten und sanftesten Ruck verlieren könnten, wanderten auf mir herum und wollten nirgends sonst wandern. Aber endlich fühlte ich sie nicht mehr oder kümmerte mich nicht mehr um sie, sondern versank in köstliche Träume. Das letzte, was ich vernahm, war das Rauschen der Blätter, und das letzte, was ich fühlte, war ein kühler Wind, der mein Haar bewegte. Ich weiß nicht, wie lange ich geschlafen habe, doch als ich mit einem unguten Gefühl erwachte und die Augen öffnete, blickte ich direkt in Mrs. Harvey-Brownes Augen. Sie und Brosy standen nebeneinander und schauten auf mich herab.

Da ich eine Frau bin, war mein erster Gedanke, hoffentlich nicht mit offenem Mund geschlafen zu haben. Da ich auch ein Mensch bin, der von unbeherrschten Leidenschaften hin und her gerissen wird, war mein zweiter Gedanke der: »Kann mich denn niemand von dieser lästigen Prälatin befreien?« Danach setzte ich mich auf und strich fieberhaft mein Haar glatt.

»Ich stehe nicht im Reiseführer«, sagte ich mit einer gewissen Schroffheit.

»Wir kamen her, um das Grab anzusehen«, antwortete Mrs. Harvey-Browne lächelnd.

»Darf ich Ihnen aufhelfen?« fragte Ambrose.

»Nein, danke.«

»Brosy – hol mein Feldstühlchen aus der Droschke, ich werde hier ein paar Minuten bei Frau X sitzen. Sie haben also ein kleines Nachmittagsschläfchen gemacht?« fügte sie immer noch lächelnd hinzu.

»Vormittäglich.«

»Was! Sie sind, seit wir uns beim Jagdschloß trennten, immer im Wald gewesen? Brosy«, rief sie ihm nach, »bring den Picknickkorb auch mit! Meine liebe Frau X, Sie müssen ja beinahe ohnmächtig sein! Ist das nicht ein wenig unverständig, so viele Stunden zu gehen, ohne etwas zu essen? Jetzt machen wir gleich einen Tee. Sie müssen unbedingt sofort etwas essen.«

Das war nun wirklich sehr artig. Was war in der Frau des Bischofs vorgegangen? Ihre Liebenswürdigkeit war derart auffallend, daß ich dachte, es könne nur ein schöner Traum sein. Ich rieb mir, bevor ich antwortete, die Augen. Jedoch, es war zweifellos Mrs. Harvey-Browne. Seit ich sie zuletzt gesehen hatte, war sie zu Hause gewesen, hatte sich ausgeruht, zu Mittag gegessen, sich umgezogen, vielleicht ein Bad genommen – doch alle diese Dinge, so beruhigend sie auch sein mögen, konnten nicht diesen Wechsel bewirkt haben. Sie sprach auch zum ersten Mal englisch mit mir.

»Sie sind sehr freundlich«, murmelte ich.

»Stell dir vor«, sagte sie zu Ambrose, der durch das raschelnde Laub mit Feldstuhl, Picknickkorb und Kissen herankam, »diese kleine Dame hat den ganzen Tag noch nichts gegessen.«

»Na so was«, sagte Brosy teilnahmsvoll.

»Kleine Dame?« wiederholte ich für mich. Ich war mehr und mehr verblüfft.

»Wenn Sie sich unbedingt gegen dieses harte Grab lehnen müssen«, sagte Brosy, »lassen Sie mich Ihnen wenigstens ein Kissen im Rücken unterschieben. Ich kann es Ihnen noch viel bequemer machen, wenn Sie einen Augenblick aufstehen.«

»Oh, ich bin ja so steif«, rief ich aus, als er mir aufhalf, »ich muß Stunden hiergewesen sein. Wieviel Uhr ist es?«

»Vier vorbei«, sagte Brosy.

»*Höchst unverständig*«, sagte seine Mutter, »liebe Frau X, Sie müssen mir versprechen, so etwas nie wieder zu tun. Was würde denn aus Ihren süßen Kindern werden, wenn ihre kleine Mutter krank würde?«

Liebe Zeit. Was hatte dies alles zu bedeuten? Süße Kinder? Kleine Mutter? Ich saß auf meinem Kissen und wunderte mich. Sie merkte wohl, daß ich erstaunt aussah. Sie dachte wohl, es sei wegen Brosy, der Tassen aufstellte und den Spiritusbrenner so nah bei dem verstorbenen Finnen entzündete.

»Dies ist keine Entweihung. Es ist ja nicht so, als ob wir auf einem Friedhof Tee trinken, was wir natürlich niemals täten. Dies hier ist ungeweihter Boden. Man kann nichts entweihen, was nie geweiht worden ist. Entweihung ist nur möglich, nachdem etwas geweiht wurde.«

Ich senkte den Kopf, dann, durch den Anblick eines Zwiebacks zum Sprechen ermuntert, fügte ich hinzu: »Ich kenne eine Familie mit einem Mausoleum, und an schönen Tagen gehen sie hin und trinken dort Kaffee.«

»Deutsche, natürlich«, sagte Mrs. Harvey-Browne und lächelte etwas gezwungen. »Man kann sich kaum Engländer vorstellen ...«

»O ja, Deutsche. Wenn sie Besuch bekommen und schönes Wetter ist, sagen sie: ›Laßt uns am Mausoleum Kaffee trinken‹, und das tun sie dann.«

»Ist das ein besonderer Spaß?«

»Ja, der Blick von dort ist ganz reizend.«

»Oh, ich verstehe«, sagte Mrs. Harvey-Browne erleichtert. »Man sitzt also nur draußen. Ich glaubte einen Augenblick, daß sie wirklich ...«

»O nein«, sagte ich und aß dabei den besten Zwieback, der jemals in Deutschland hergestellt worden ist, »nicht wirklich.«

»Was für ein entzückender Platz, um hier begraben zu sein«, bemerkte Mrs. Harvey-Browne. Unterdessen bereitete Brosy mit geübten Bewegungen den Tee. Dann seufzte sie, wie es bei guten Frauen üblich ist, wenn von Begräbnissen die Rede ist. »Ich möchte nur wissen«, fuhr sie fort, »wie er hierhergekommen ist.«

»Darüber grüble ich, seit ich ihn gefunden habe«, sagte ich.

»Er wurde in irgendeiner Schlacht verwundet und versuchte, nach Hause zu gelangen«, sagte Brosy. »Wie Sie wissen, war Finnland damals schwedisch, und ebenso Rügen.«

Da ich das nicht wußte, schwieg ich, sah aber hoffentlich äußerst intelligent aus.

»Er hat für Schweden gegen die Franzosen gekämpft. Ich habe gestern einen Förster gesprochen, der mir erzählte, daß früher eine Försterei war, wo jetzt noch die Obstbäume stehen. Die Bewohner nahmen ihn auf und pflegten ihn bis zu seinem Tode. Und dann begruben sie ihn hier.«

»Aber warum wurde er nicht auf einem Friedhof begraben?« fragte seine Mutter.

»Ich weiß es nicht. Armer Bursche – wahrscheinlich war es ihm egal. Das wichtigste war wohl unter solchen Umständen, daß er tot war.«

»Mein lieber Brosy«, murmelte seine Mutter, wie sie es immer tat, wenn er Dinge sagte, die sie mißbilligte, ohne genau zu wissen, warum.

»Oder noch wichtiger«, bemerkte ich, durch den ausgezeichneten Tee, den Brosy gemacht hatte, zu heiterem

Gespräch angeregt – seine Mutter hatte ihn, mit Recht mißtrauisch gegen den teutonischen Tee, durch den Zoll geschmuggelt, wie sie mir hinterher stolz erzählte –, »noch wichtiger wäre es unter solchen Umständen, überhaupt nicht geboren zu sein.«

»Oh, das ist aber Pessimismus«, rief Mrs. Harvey-Browne und drohte mir mit dem Finger, »wie kommen Sie, ausgerechnet Sie, zu solchem Pessimismus?«

»Ach, ich weiß nicht – wahrscheinlich habe ich, wie jedermann, solche Stimmungen«, sagte ich, durch diese Bemerkung wieder leicht verwirrt. »Einmal erzählten mir zwei ältere Deutsche«, fuhr ich fort, denn ich hatte nunmehr drei Zwiebäcke bekommen und war sehr guter Laune, »von zwei älteren Deutschen, deren Verdauungsapparat empfindlich war.«

»Die Armen«, sagte Mrs. Harvey-Browne mitleidig.

»Die trotzdem ihr ganzes Leben lang ausdauernd und übermäßig viel Bier tranken.«

»Wie sehr unvernünftig«, sagte Mrs. Harvey-Browne.

»Sie tranken so entsetzlich viel und so lange Zeit, daß sie schließlich Philosophen wurden.«

»Meine liebe Frau X«, sagte Mrs. Harvey-Browne ungläubig, »was für ein unerwartetes Ergebnis.«

»Oh, es gibt wirklich kaum etwas, was man nicht zuletzt werden könnte«, beharrte ich, »wenn man sich nicht nur deutsch, sondern auch noch falsch ernährt.«

»Ja, gewiß, *das* glaube ich auch«, sagte Mrs. Harvey-Browne.

»Nun, und was weiter?« fragte Brosy mit lächelnden Augen.

»Ja, sie waren natürlich zutiefst pessimistisch, alle beide. Das wird man natürlich, wenn die Diät ...«

»O ja, ja, in der Tat«, stimmte Mrs. Harvey-Browne zu mit der Überzeugung einer Person, die es durchgemacht hat.

»Sie hatten rein alles satt. Sie haßten alles und jeden. Und sie waren Anhänger von Nietzsche.«

»War das die Ursache oder die Folge des unmäßigen Biertrinkens?« fragte Brosy.

»Oh, ich kann Nietzsche nicht *ausstehen*«, rief Mrs. Harvey-Browne. »Brosy, du darfst ihn nie lesen. Er hat Sachen über Frauen gesagt – es ist zu schrecklich.«

»Und der eine sagte zum anderen: ›Nur die können wahrhaftig glücklich gepriesen werden, die das Schicksal haben, niemals geboren worden zu sein.‹«

»Nun sehen Sie«, rief Mrs. Harvey-Browne, »das ist typisch Nietzsche. Krasser Pessimismus.«

»Ich kenne keinen krasseren«, lächelte Brosy.

»Der andere dachte darüber nach und sagte dann trübsinnig: ›Aber wie wenige haben dieses glückliche Los.‹«

Es folgte eine Stille. Brosy grinste hinter seiner Teetasse. Seine Mutter hingegen schaute ernsthaft drein und sah mich nachdenklich an.

»Die Deutschen bedürfen eines einfachen Glaubens«, sagte sie. »Der Bischof ist darüber so traurig. Eine Geschichte wie diese würde ihn tief bekümmern. Er fürchtete so sehr, daß Brosy – unser einziges Kind, liebe Frau X, so können Sie sich denken, wie kostbar er uns ist – davon angesteckt werden könnte.«

»Ich mag kein Bier«, sagte Brosy.

»Dieser Mann heute morgen, er war genau der Typ von Mensch – ganz abgesehen von seiner Unverschämtheit –, der den Bischof am meisten bekümmert.«

»Ach, wirklich?« sagte ich und staunte ehrfurchtsvoll über das Ausmaß von Kummer, das der Bischof zu bewältigen hatte.

»Ja, ein gebildeter Mann, denke ich, sagte er doch, er sei ein Schullehrer. Ein Erzieher der Jugend, und ohne eine Spur von dem schlichten Glauben, den er vermitteln sollte. Denn hätte er eine Spur davon, so hätte er sich nicht in eine so unehrerbietige Unterhaltung gestürzt mit einer Dame, die nicht nur eine Ausländerin, sondern auch die Frau eines Prälaten der anglikanischen Kirche ist.«

»Er konnte das nicht wissen, Mutter«, sagte Brosy, »und nach dem, was du mir erzählt hast, war das keine Unterhaltung, sondern ein Monolog, in den er sich stürzte. Und jetzt muß ich mich entschuldigen«, fügte er hinzu und wandte sich lächelnd mir zu, »wegen des unsinnigen Irrtums von uns. Es war die Schuld des Aufsehers.«

»Ach ja, meine liebe Frau X, Sie müssen mir verzeihen – es war wirklich zu töricht von mir – ich hätte ja wissen müssen – ich war völlig aus der Fassung gebracht, versichere ich Ihnen, aber der Aufseher war seiner Sache so sicher –«

Und nun folgte eine solche Menge von Entschuldigungen, daß ich wieder ganz bestürzt war. Das einzige, was ich davon behielt, war der deutliche Eindruck, daß die Frau des Bischofs sich die größte Mühe gab, sich angenehm zu machen. Auf mich aber wirkt Überschwenglichkeit so wie ein Finger auf dem Horn einer Schnecke, die sich ahnungslos sonnt. Sie zieht sich ohne weiteres in ihr Schneckenhaus zurück, und dasselbe tat ich bei dieser Gelegenheit.

Aus irgendwelchen Gründen, die ich nur von ferne ahnen konnte, war die Frau des Bischofs am Nachmittag sehr zärtlich mit mir, nachdem sie mich am Vormittag abgelehnt hatte. Wie sie mir erzählte, hatte sie mit Charlotte zu Mittag gegessen, und sie hatten, wie sie sagte, ein nettes Gespräch über mich gehabt. Über mich? Augenblicklich kroch ich zurück in mein Schneckenhaus. Es gibt wohl nichts Langweiligeres in der Welt, als ausgefragt zu werden über die Art, wie man seinen Haushalt führt. Über alles andere will ich lieber sprechen. Ich will mit dem Mut der Unwissenheit über alle hohen Dinge sprechen, von denen ich nichts verstehe. Ich bin bereit, über die großen philosophischen Abstraktionen mit der Geläufigkeit eines seichten Gemüts zu sprechen, doch über mich selbst will ich keine Fragen beantworten. Und wahrhaftig, was wäre über mich auch zu reden?

Man kann jedoch nicht die Zwiebäcke von jemandem essen, ohne danach eine gewisse Milde zu zeigen. So tat ich mein Bestes, mich gut zu benehmen. Brosy rauchte Zigaretten. Das, was mich in der Achtung seiner Mutter hatte steigen lassen, hatte mich in der seinen herabgesetzt. Es schien, daß er mich nicht länger als Vertreterin der intelligenten deutschen Fräuleins betrachtete. Ich mochte noch so beredt schweigen, es machte ihm nicht den geringsten Eindruck. Das bekümmerte mich, denn Brosy war ein sehr reizender junger Mann, und es ist erfreulich, wenn ein junger Mann eine gute Meinung von einem hat. Da er nur hin und wieder eine Bemerkung einwarf, dachte ich mit Bedauern an jene ernsthaften Paragraphen, die er am vergangenen Abend beim Essen und während des Sonnenuntergangs auf der Insel Vilm gesprochen hatte. Ich beobachtete ihn vorsichtig von der Seite und bemerkte, daß all die hübschen Redensarten, die seine Mutter mir zudachte, ihm peinlich waren. Im Herzen war ich mit ihm der Meinung, daß hübsche Redensarten, besonders von einer Frau zur anderen gesagt, unangenehme Dinge sind. Einem Mann kann man sie vielleicht noch verzeihen, weil man in der Überzeugung aufgewachsen ist, er meine wirklich, was er sagt; doch wie soll man einer Frau verzeihen, daß sie einen für dumm hält? Sie überredeten mich, mit ihnen zu einem Ort im Walde zu fahren, der Kieköwer hieß und von dem aus der Blick über die Bucht sehr schön sein sollte. Als ich aufstand, merkte ich, daß ich so steif war, daß ich wirklich nur noch fahren konnte. Ambrose sorgte sehr freundlich und umsichtig für mein körperliches Wohl, kümmerte sich jedoch nicht um meinen Geist. Wann immer ein Hügel kam – und es kamen immerfort Hügel –, stieg er aus und lief zu Fuß, überließ mich gänzlich seiner Mutter. Das machte mir aber nur noch wenig aus, denn der Wald war so vollkommen schön, der Nachmittag so heiter und klar, das Licht so sanft und mild, daß ich ganz glücklich um mich sah. O fröhliche Sorglosigkeit, wenn allein ruhiges Wetter, Bäume und Gras, Meer und Wolken vergessen lassen, daß das Leben nicht nur aus Seligkeit besteht. Wie lang wird diese Freude am Leben andauern? Sie zu verlieren, ja nur ein wenig davon zu verlieren, nur den Saum ihres Glanzes verblassen zu sehen – dies fürchte ich mehr als den Verlust irgendeines irdischen Besitzes.

Als ich dieses Buch begann, wollte ich einen nützlichen Führer durch Rügen schreiben, einen Führer, der die schönsten Gegenden und die am wenigsten unbequemen Gasthäuser jedem englischen oder amerikanischen Reisenden vor Augen führt. Mit jeder Seite, die ich schreibe, wird mir klarer, daß ich diese Absicht nicht ausführen kann. Was z. B. haben Charlotte und die Frau des Bischofs damit zu tun, einem Touristen den Weg zu weisen? Da ich aber immer noch ängstlich bemüht bin, mich nützlich zu machen, will ich jetzt dem Reisenden sagen, daß er unter keinen Umständen versäumen darf, von Binz nach Kieköwer zu gehen, daß er dies aber zu Fuß tun muß und keinesfalls zulassen darf, von der Frau eines Bischofs über die Wurzeln und Steine kutschiert zu werden. Und kurz bevor er Kieköwer (plattdeutsch für Hinüberschauen) erreicht, wird er zu einer Kreuzung gelangen mit einem Wegweiser darauf. Dem muß er nach rechts folgen, zum Schwarzen See, und wenn er dort angelangt ist, setze er sich still nieder, nehme den Gedichtband heraus, den er gewiß in seiner Tasche hat, und preise Gott, der jenen lieblichen kleinen Teich droben auf dem Hügel geschaffen hat – der drum herum einen Gürtel von Wald gezogen und die schilfigen Buchten mit Wasserlilien angefüllt und der ihm Augen geschenkt hat, diese Schönheit zu sehen.

Mrs. Harvey-Brownes Fragen verklangen, denn sie schlenderte zu Brosy, der fotografierte. Ich blieb allein im Moos sitzen und schaute auf die Wasserrosen und lauschte nur dem Quaken der Frösche. Hin und wieder wehte ein kleiner Windstoß über das Wasser und kräuselte seinen klaren Spiegel. Er hob Wasserrosenblätter an, und wenn er vorüber war, neigten sie sich eines nach dem anderen wieder zum stillen Wasser hinab – jedes mit einem kleinen dumpfen Laut. Nach Westen zu endet der See in einem schilfigen Sumpf, der an diesem Nachmittag voller Frösche war und besternt von schneeweißen Wollblumen. Ein ganz eigenartiger Duft wie der äußerst zarte Geruch von Russischem Leder erfüllt die Luft, jedenfalls tat er es an diesem Nachmittag. Ich vermute, daß die heiße Sonne den Duft eines verborgenen Krauts hervorlockte, und ich denke gern an diesen schönen kleinen See als ewig duftend, das ganze Jahr einsam und verzaubert daliegend im Herzen der abgeschiedenen Hügel.

Hat der Wanderer, im Moos liegend, eine Weile mit seinem Dichter verbracht, so kann er zurückgehen bis zur Kreuzung, fünf Minuten Weg über Buchenblätter, und somit nach Kieköwer, das eine halbe Meile entfernt liegt. Der Gegensatz zwischen dem Schwarzen See und Kieköwer ist erstaunlich. Kommt man von jenem behüteten Ort, wo der Atem auszusetzen scheint, steigt man einen steilen Hügel hinauf und befindet sich plötzlich am Rande hoher Felsen, wo die Luft stets bewegt ist und der frische Wind von der Bucht her weht. Tief unten glitzert das blaue Wasser. In der Ferne, jenseits von Saßnitz, liegt das Festland, diesig im Licht des Nachmittags. Die Buchen rauschen im Wind, und es ist plötzlich beinahe zu kühl.

»Nicht wahr, unsere Ostsee ist schön?« sagte eine herzhafte Männerstimme hinter uns.

Wir lehnten alle drei am Holzgeländer, das schützend am Rand der Felsen angebracht war. Ein paar Meter entfernt war ein Unterstand, wo ein vom Wind gestählter Kellner die Durstigen mit Bier und Kaffee versorgte. Der Mann mit der herzhaften Stimme, sonnengebräunt, feucht und fidel vom Wandern und Biertrinken, stand hinter Mrs. Harvey-Browne und betrachtete über ihre Schulter hinweg voll Besitzerstolz die Aussicht, die Hände in den Hosentaschen, die Beine gespreizt und die Mütze weit aus einer äußerst erhitzten Stirn geschoben. Da Mrs. Harvey-Browne eine würdige Dame war, glaubte er offenbar, fröhliche Bemerkungen bedenkenlos an sie richten zu können. Doch wenn es etwas gab, was die Frau des Bischofs nicht mochte, so waren es fröhliche Fremde. Der Lehrer vom Vormittag, der sich so arglos für ihre Unterhaltung mit mir interessiert hatte, ohne zu bedenken, daß er ihr nicht vorgestellt worden war, hatte sie mit deutlichem Widerwillen erfüllt. Selbst ich war ihr, wenn auch nicht fröhlich, so doch eine Fremde, am vorigen Abend nicht ganz einwandfrei vorgekommen. Um wieviel ungehöriger mußte ihr ein erhitzter Mann erscheinen, der so zu ihr sprach, als wolle er ihr gleich auf den Rücken klopfen. Nachdem sie leicht zusammengezuckt war und sich umgesehen hatte, nahm sie natürlich keine Notiz von ihm, sondern starrte mit steinernem Ausdruck aufs Meer hinaus.

»Na – in England gibt's kein so blaues Wasser – was?« schrie der fidele Mann. Er war sichtlich in der glücklichen Stimmung, die die Franzosen *déboutonné* nennen. Seine Frau und seine Töchter, in Staubmäntel gehüllte Damen, saßen an einem einfachen Holztisch vor leeren Biergläsern und lachten fröhlich. Die bloße Tatsache, daß die Harvey-Brownes so unverkennbar englisch waren, schien sie unmäßig zu amüsieren. Auch sie waren in aufgeknöpfter Stimmung.

Ambrose, ebenso zugänglich wie seine Mutter zugeknöpft, antwortete an ihrer Stelle und beteuerte dem fidelen Mann, daß er tatsächlich noch nie in England so blaues Wasser gesehen habe. Dies schien die gesamte Familie überaus zu erfreuen. »Jaja«, schrie der Vater, »Deutschland, Deutschland über alles!« und er trällerte dieses berühmte Lied mit einer Stimme, die man satt und volltönend zu nennen pflegt.

»O ja, gewiß«, sagte Ambrose höflich, als er damit zu Ende war.

»Na bitte. Darauf müssen wir eins trinken«, schrie der fidele Mann, »das beste Bier der Welt aufs Wohl des guten alten England – was?« Und er rief den Kellner herbei, und gleich darauf standen er und Ambrose da, stießen miteinander an und priesen einer des anderen Land, während die fröhliche Familie im Hintergrund lachte und Beifall spendete.

Die Frau des Bischofs hatte sich nicht gerührt. Sie starrte weiter hinaus aufs Meer, und ihr Ausdruck wurde womöglich noch steinerner. »Ich wünschte …«, begann sie, doch brach sie dann ab. Als sie keine Möglichkeit sah, Ambroses Leutseligkeit Einhalt zu gebieten, beschloß sie, die Wartezeit mit geistvollen Betrachtungen mit mir zu verbringen. Dann begann sie die folgende kurze Unterhaltung:

»Ich kann nur sagen, ich begreife nicht, was Ambrose an den Deutschen so fasziniert. Hören Sie dieses leere Gelache? ›Das laute Lachen, das ein leeres Hirn verrät‹?«

»Wie Shakespeare so richtig bemerkt.«

»Liebe Frau X – wie wundervoll belesen sind Sie!«

»Sehr liebenswürdig.«

»Ich weiß, daß Sie keine Vorurteile haben, daher werden Sie nichts dagegen haben, wenn ich Ihnen sage, daß ich von den Deutschen sehr enttäuscht bin.«

»Nein, kein bißchen.«

»Ambrose war immer derart begeistert von ihnen, daß ich wahre Wunder erwartete. Und was finde ich? Ich übergehe mit Schweigen diese ungebildete Heiterkeit – nun hören Sie doch diese Leute! Aber ich muß vor allem ihren völligen Mangel an gesundem Menschenverstand beklagen.«

»Ach wirklich?«
»Wie vernünftig sind Engländer gegen sie!«
»Finden Sie?«
»O ja, gewiß. In allem.«
»Beurteilen Sie nicht vielleicht die ganze Nation nach einigen wenigen?«
»Oh, man sieht es immer gleich. Was zum Beispiel könnte im höchsten Grade törichter sein« – und sie wies mit der Hand über die Bucht hin –, »als die Ostsee die Ostsee zu nennen?«
»Ja warum nicht, wenn es ihnen so Spaß macht?«
»Aber liebe Frau X – es ist doch zu töricht. Ost-See? Von wo aus ist es der Osten? Man ist doch immer östlich von irgendwas, nur spricht man nicht darüber. Dieser Name hat überhaupt keinen Sinn. *Baltic* ist der exakte Name.«

Der siebente Tag

Von Binz nach Stubbenkammer

Wir verließen Binz am nächsten Morgen um zehn Uhr in Richtung Saßnitz und Stubbenkammer. Saßnitz ist der bekannteste Badeort der Insel, und ich hatte vorgehabt, eine Nacht dort zu bleiben. Aber keinem von uns gefielen die blendenden, kreidigen Straßen und die weißen Häuser, daher fuhren wir an diesem Tage weiter bis Stubbenkammer, das ganz im Schatten liegt.

Am Abend zuvor war ich reuevoll und zerknirscht in unsere Zimmer gekommen, und Charlotte war da. Ich hatte Angst, denn ich fürchtete ihren verdienten Zorn. Statt dessen fand ich sie auf der säulengestützten Veranda sitzen und ergeben in den Abendhimmel blickend. Das ›*Prelude*‹ lag aufgeschlagen in ihrem Schoß. Sie fragte nicht, wo ich gewesen sei, sie zeigte nur auf das Buch und sagte: »Dies ist ganz großer Quatsch.«

Später am Abend entdeckte ich den Grund dafür, daß sie sich nicht für meine Unternehmungen interessiert und mir keine Vorwürfe gemacht hatte: Sie selbst hatte einen geschäftigen und erfolgreichen Tag hinter sich. Von Charlotte angespornt, war das Gericht über die sittenlose Hedwig hereingebrochen. Die Witwe hatte, von Entsetzen und Abscheu erfüllt, Hedwig hinausgeworfen. Charlotte lobte die Witwe. »Sie ist eine intelligente und rechtschaffene Frau«, sagte sie, »sie versicherte mir, eher würde sie alle Arbeit selbst tun und ganz ohne Dienstboten bleiben, als ein so schlechtes Mädchen zu behalten. Ich hätte auch sofort das Haus verlassen, falls sie es nicht weggeschickt hätte.«

Noch später am Abend schloß ich aus gewissen Bemerkungen von Charlotte, daß sie der Witwe das brisanteste ihrer Werke, ein Flugblatt, betitelt ›*Das Raubtier*‹, geliehen hatte, und die Witwe, wie man Charlottes Befriedigung entnehmen konnte, war ganz davon begeistert. Sein Inhalt genügte allerdings vollauf, jede normale Witwe zu beeindrucken.

Beim Abschied hatte uns die Witwe alle erdenklichen Segenswünsche mit auf den Weg gegeben, und Charlotte sagte gerührt: »Gute Seele. Ich bin so froh, daß ich etwas tun konnte, ihr die Augen zu öffnen.«

»So eine Operation«, meinte ich, »ist nicht immer angenehm.«

»Aber unbedingt notwendig«, sagte Charlotte nachdrücklich. Wie groß war daher mein Erstaunen, als ich an der Ecke zurücksah, um einen letzten Blick auf das schmucke weiße Haus am Strand zu werfen, und Hedwig erblickte, die sich aus einem der oberen Fenster beugte und Gertrud, die im Gepäckwagen folgte, mit einem Staubtuch nachwinkte. Dabei lachte und schwatzte sie mit der Witwe, die unten im Tor stand.

»In diesem Haus muß es wahrhaftig spuken«, rief ich aus, »gerade guckt ein neues Gespenst aus dem Fenster.«

Charlotte drehte sich ungläubig um. Als sie die Erscheinung gesehen hatte, wandte sie sich wieder ab.

Der Weg, den ich hatte nehmen wollen, führt geradewegs von Binz an der schmalen Landzunge entlang, die auf der Landkarte als *Schmale Heide* bezeichnet ist und die Ostsee vom Jasmunder Bodden trennt. Als ich außerhalb des Dorfes eine große ruhige Wasserfläche links zwischen Kiefernstämmen schimmern sah, stieg ich aus, um hinzugehen, und August, stets beunruhigt, wenn ich ausstieg, fuhr mir nach; so verloren wir den Weg.

Dies hier war ein richtiger See der Größe nach, kein Teich wie der erlesene kleine Schwarze See. Ich stand an seinem Ufer und bewunderte ihn in seiner Morgenschöne, wie er ungekräuselt in der Sonne lag. Das Rauschen des Meeres auf der anderen Seite des Kieferngürtels klang unwirklich wie Traumwogen. Während ich am Ufer stand, hatte August sich eine Abkürzung ausgedacht. Das Ergebnis war, daß wir uns vollends verirrten, doch was machte das, solange es uns gefiel.

Wir fuhren also weiter und suchten nach einem Weg, der uns wieder zur Schmalen Heide führen sollte, und genossen die weiten Felder und den hellen Morgen und taten so, als sei es nicht staubig. Ich jedenfalls tat so. Charlotte eigentlich weniger, im Gegenteil, sie erklärte in immer kürzeren Abständen, sie müsse ersticken.

Es ist einer der vielen Vorteile, die der Fußgänger vor dem hat, der im Wagen fährt, daß er auf dem Gras am Rande der Straße gehen kann oder über Moos und Preiselbeerkraut, und er braucht nicht den Staub einzuatmen, der von acht Pferdehufen emporgewirbelt wird.

Bei Lubkow, einem kleinen Dorf am Jasmunder Bodden, gelangten wir auf die Landstraße nach Bergen. Dort bogen wir nach rechts ab und wandten uns wieder nach Norden. Kurz nachdem wir eine Försterei im Wald hinter uns gelassen hatten, erreichten wir die Schmale Heide. Dann fuhren wir auf einer weißen Straße zwischen jungen Kiefern dahin, den blauesten Himmel über uns. Zu unserer Rechten, in gleicher Höhe mit der Straße, lag die violette See. Zum ersten Male sah ich die Ostsee wirklich violett. An anderen Tagen hatte sie ein tiefes Blau oder leuchtendes Grün gehabt, hier jedoch war sie wundervoll violettfarben.

In Neu-Mucran verließen wir die Landstraße und fuhren hinauf zur Binnenstadt Sagard, wo wir auf sandige, schattenlose Feldwege gerieten und versuchten, uns so nahe als möglich an der Küste zu halten. Auf dem langen Weg bis Saßnitz konnten wir dem blendenden Licht und dem Staub nicht entrinnen. Es gab überhaupt keine Bäume, und da der Weg beinah die ganze Zeit bergauf führte, konnten wir von der Sonne gründlich ausgedörrt und geblendet werden. Erde und Himmel waren eine einzige strahlende Helligkeit. Unsere stauberfüllten Augen brannten schon, lange bevor wir in die flammende Hitze von Saßnitz gelangten. Dort stellten wir fest, daß der Ort im flachen Land scheinbar nur aus Kreide und weißen Häusern besteht, während der Wald hübsch im Hintergrund liegt. Einmütig beschlossen wir, dort nicht zu bleiben.

August, Gertrud und die Pferde wurden in ein Gasthaus geschickt, um sich drei Stunden auszuruhen. Wir gingen die kleine Straße hinunter zur See, die regelrecht eingefaßt war von Buden mit Schmuckstücken aus Bernstein, Trödel und Fotografien. Es war Mittag, und aus den verschiedenen Hotels drang ein solches Stimmengewirr und Geschirrklappern, daß wir, uns an Sellin erinnernd, beschlossen, nicht hineinzugehen. Unten am Strand fanden wir eine Konditorei direkt über dem Wasser, mit Sonnenblenden und offenen Fenstern, und niemand darin. Sie sah kühl aus, und wir gingen hinein und setzten uns an einen zugigen Marmortisch. Das Meer plätscherte an den kiesigen Strand draußen vor uns, und wir aßen eine Menge Kuchen und Sardinen und Vanilleeis, und danach wurde uns schlecht.

»Was sollen wir bis vier Uhr machen?« fragte ich mißmutig, stützte die Ellbogen aufs Fensterbrett und starrte hinaus in die Hitze, die über den Kieselsteinen tanzte.

»Machen?« fragte jemand, der vor dem Fenster stehen blieb, »nun, natürlich mit uns nach Stubbenkammer gehen.«

Es war Ambrose, von Kopf bis Fuß in weißem Leinen, kühl und schön anzusehen.

»Was! Sie hier? Ich dachte, Sie würden in Binz bleiben.«

»Wir sind im Dampfer hierhergefahren. Meine Mutter erwartet mich dort drüben im Schatten. Sie schickte mich nach ein paar Biskuits, und dann gehen wir nach Stubbenkammer. Kommen Sie mit?«

»Oh – aber die Hitze.«

»Warten Sie einen Augenblick – ich gehe nur hinein und hole die Biskuits.«

Er verschwand um die Ecke des Hauses, da die Tür hinten war.

»Er sieht gut aus, findest du nicht?« fragte ich Charlotte.

»Ich hasse diesen Typ von gesunden, erfolgreichen, selbstzufriedenen jungen Tieren.«

»Ach, das ist bloß, weil du zuviel Kuchen und Sardinen gegessen hast«, beruhigte ich sie.

»Kannst du denn nie ernst sein?«

»Aber doch – immer.«

»Es gibt, offen gestanden, nichts Öderes, als mit jemandem zu sprechen, der ständig spaßig ist.«

»Das kommt nur von diesem Vanilleeis«, versicherte ich ermunternd.

»Sie auch hier, Frau Nieberlein?« rief Ambrose, der hereintrat. »Wie schön. Sie kommen doch auch mit uns, nicht wahr? Es ist ein wunderschöner Weg – immer im Schatten. Und ich bekam gerade das Buch des Professors über die Phrygier, darüber möchte ich furchtbar gern sprechen. Die ganze Nacht habe ich darin gelesen. Das allerherrlichste Buch! Kein Wunder, daß es Europas Denken revolutionierte. Absolut epochemachend.« Wie im Traum kaufte er seine Kekse, er glühte vor Begeisterung.

»Los, komm mit, Charlotte«, sagte ich, »ein Spaziergang tut uns beiden gut.«

Doch Charlotte wollte nicht. Sie wollte still hier sitzen bleiben, später vielleicht baden und dann nach Stubbenkammer fahren.

»Wissen Sie, Frau Nieberlein«, rief Ambrose vom Ladentisch herüber, »bisher habe ich noch nie eine Frau beneidet, aber ich muß sagen, Sie beneide ich. Was für ein wunderbar großartiges Geschenk ist es doch, die Frau eines so außergewöhnlichen Gelehrten zu sein.«

»Also gut«, sagte ich schnell, denn ich wußte nicht, wie Charlottes Antwort ausfallen würde, »du kommst mit August nach, und wir treffen uns dort. Auf Wiedersehen, Lottchen!« Und damit trieb ich Ambrose eilig samt seinen Keksen hinaus.

Als wir unter dem Fenster vorbeigingen, sahen wir Charlotte am Marmortischchen sitzen und ins Leere starren. »Ihre Cousine ist wirklich wundervoll mit dem Professor«, sagte Brosy. Wir überquerten ein glühendheißes Stück der kreidigen Promenade und gingen zu Mrs. Harvey-Browne, die unter den Bäumen wartete.

»Inwiefern wundervoll?« fragte ich. Mir war unbehaglich zumute, denn ich hatte keine Lust, mit ihm die Nieberleinsche Ehe zu erörtern.

»Oh, so beherrscht, so ruhig, so bescheiden – niemals gibt sie mit ihm an, nie posiert sie, weil sie seine Frau ist – oh, sie ist ganz wundervoll.«

»Ach ja, ja. Und wie war das mit den Phrygiern?«

Auf diese Weise lenkte ich seine Gedanken weg von Charlotte, und als wir zu seiner Mutter kamen, wußte ich mehr über die Phrygier, als ich je für möglich gehalten hätte.

Der Weg am Strand von Saßnitz nach Stubbenkammer allein ist eine Reise nach Rügen wert. Ich glaube, es gibt wenige Wege auf der Welt, die von Anfang bis Ende so vollkommen schön sind. Unter keinen Umständen sollte der Reisende sich überreden lassen, die Straße zu benutzen. Dort wird er nur eine hübsche, ländliche Fahrt machen, in kürzester Zeit, ohne daß er die See sehen kann; der Fußweg jedoch führt ihn dicht an den Felsen entlang und schenkt ihm eine Reihe der erlesensten Überraschungen. Doch nur ausgeruhte und schlanke Leute sollten sich darauf einlassen, denn die Sache kann nicht unter drei Stunden geschafft werden, und man muß fast ununterbrochen zahllose Stufen in tiefe Schluchten hinab- und wieder hinaufsteigen. Immerhin geht man immer im Schatten der Buchen, und niemand kann das entzückende Glitzern und Blitzen und die Farbe des

Meeres beschreiben, wenn man höher und höher klettert – wie es sich weit unten kräuselt in den felsigen Buchten.

Mrs. Harvey-Browne war schlank genug und genoß die Wanderung. Ambrose war ganz zufrieden damit, uns von Nieberleins neuem Werk zu berichten. Auch ich war vollkommen zufrieden, denn ich brauchte nur mit einem Ohr bei Nieberlein zu sein, das andere hatte ich noch übrig für das Plätschern der Wellen; dazu hatte ich meine beiden glücklichen Augen. Wir beeilten uns nicht. Wir schlenderten und verweilten an jeder schönen Stelle, wir rasteten auf kleinen, sonnigen ebenen Stellen am äußersten Rand der Felsen, wir saßen auf dem heißen, duftenden Gras, wir sahen das Blau des Meeres zwischen dem Lila der Skabiosen schimmern – jenes himmlische Zusammentreffen von Farben, die man oft im Juli an der Küste von Rügen sehen kann. Wir ruhten uns in einer Schlucht im tiefen Schatten aus, wir rasteten auf dem Moos an einem Rinnsal, das über glitschige grüne Steine zum Meer hinabtröpfelte, aus dieser Dunkelheit heraus anzusehen wie eine strahlende Ebene.

Mrs. Harvey-Browne lauschte in gelassenem Stolz den Erläuterungen ihres Sohnes über die Eigenart von Nieberleins Buch. Seine Begeisterung war so groß und machte ihn so gesprächig, daß sie gezwungen war zu schweigen. Ihre Züge leuchteten vor Liebe zu ihm, und man konnte ahnen, wie sie in ihren besten Zeiten ausgesehen haben mußte, in jenen jüngeren Jahren, ehe ihr Mann seine Bischofswürde erhielt und anfing, sich Sorgen zu machen. Zudem waren wir am letzten und steilsten Teil des Weges angelangt, außer Reichweite der anderen Touristen, denn diese waren alle auf halbem Wege bei der Waldhalle hängengeblieben, wo man etwas trinken konnte. Es gab also nichts, was sie stören konnte. Wir gelangten gegen sechs Uhr in tiefster Harmonie nach Stubbenkammer, angenehm müde und heiß, so daß wir uns freuten, angelangt zu sein. Auf dem freien Platz vor dem Restaurant – denn natürlich gab es eines auf der höchsten Stelle des Weges – standen Tische unter den Bäumen, an denen Menschen aßen und tranken. Ein Tisch stand ein wenig abseits, mit dem schönsten Blick über die Felsen, er war mit einem weißen Tuch gedeckt und wartete offensichtlich auf Teetrinker. Es gab da hübsche Tassen aus dünnem Porzellan und Erdbeeren und eine Teekanne, und in der Mitte stand ein Krug mit Rosen darin, und als ich mich noch wunderte, für welche bevorzugten Leute hier gedeckt sein mochte, kam Gertrud aus dem Restaurant, von einem Kellner gefolgt, der dünne Brotscheiben und Butter trug. Da wußte ich, daß wir selbst diese bevorzugten Personen waren.

»Gestern habe ich mit Ihnen Tee getrunken«, sagte ich zu Mrs. Harvey-Browne, »nun sind Sie an der Reihe, meine Gäste zum Tee zu sein.«

»O wie entzückend«, sagte Mrs. Harvey-Browne und sank mit einem Seufzer der Befriedigung in einen Stuhl und atmete den Duft der Rosen ein. »Ihre Jungfer gehört offenbar zu jenen seltenen Juwelen, die gern etwas Besonderes für ihre Herrin tun.«

Nun, Gertrud ist ein seltenes Juwel. Alles sah sauber und gepflegt aus neben diesen bierbefleckten Tischen, wo Kaffee getrunken und verschüttet worden war von Touristen, die ihre Gertruds daheimgelassen hatten. Der Ort war ganz wundervoll. Die weißen Klippen hoben sich rein und scharf vom Meer ab, die tiefen Schluchten waren mit vielerlei Grün bewachsen – mit niedrigen Bäumen, Farnkräutern, wilden Blumen. Tief drunten ankerte ein Dampfer, wohl der, mit dem die Harvey-Brownes später nach Binz fahren würden. Es war ein ziemlich großer Dampfer mit zwei Schornsteinen, doch er sah von oben aus wie ein winziges weißes Spielzeug.

»Ich glaube, die gnädige Frau wird nicht gern hier schlafen wollen«, flüsterte Gertrud, als sie einen Krug Milch auf den Tisch stellte, »ich hab mich nach meiner Ankunft erkundigt, das Hotel ist besetzt, und nur ein kleines Schlafzimmer in einem Pavillon, abseits unter Bäumen, kann der gnädigen Frau zur Verfügung gestellt werden.«

»Und meine Cousine?«

»Das Zimmer hat zwei Betten, und die Cousine der gnädigen Frau sitzt auf dem einen. Wir sind schon seit einer Stunde hier. August ist schon untergebracht. Die Pferde sind gut versorgt. Ich habe eine ganz bequeme Dachkammer. Nur die Damen werden nicht zufrieden sein.«

Ich entschuldigte mich bei Mrs. Harvey-Browne und folgte Gertrud. Auf der Rückseite des Restaurants ist ein offener Platz, wo viele Federbetten in roten Inletts auf dem Gras gelüftet wurden; Hühner und die wartenden Fahrer der Kutschwagen wanderten zwischen ihnen herum. Mitten auf diesem Platz steht ein großes, kahles gelbes Haus, das einzige Hotel in Stubbenkammer, übrigens das einzige Haus, das ich dort überhaupt sah, und in einer kleinen Entfernung liegt links im Schatten des Waldes der einstöckige, dunkle und von Mücken umsummte Pavillon.

»Gertrud«, sagte ich und überblickte ihn kritisch mit sinkendem Herzen, »noch nie habe ich in einem Pavillon geschlafen.«

»Ja, ich weiß, gnädige Frau.«

»Und mit Fenstern ohne Laden in Höhe der Ellbogen der Vorübergehenden.«

»Das ist nur zu wahr, gnädige Frau.«

»Ich gehe hinein und spreche mit meiner Cousine.« Charlotte saß, wie Gertrud gesagt hatte, auf einem der beiden Betten, die beinah das ganze Zimmer ausfüllten. Sie kritzelte fieberhaft mit Bleistift etwas an den Rand des *Raubtiers* und blickte mit einem ungeduldigen Ausdruck auf, als ich die Tür öffnete. »Ist es nicht einfach schrecklich«, sagte sie, »daß man nicht imstande ist, mehr als sein Bestes zu tun, und daß das Beste immer noch nicht genug ist?«

»Was ist denn los?«

»Oh – alles ist los! Ihr alle seid beschränkt, gleichgültig, blind allem gegenüber, was lebenswichtig ist. Ihr kümmert euch um nichts, laßt alles laufen, und wenn jemand versucht, euch aufzuwecken und euch die Wahrheit zu sagen, so hört ihr nie, nie zu.«

»Wer – ich?« fragte ich, durch ihren Ausbruch verwirrt.

Sie warf ihr Heft hin und sprang auf. »Oh – ich habe all eure Sünden und Torheiten satt«, schrie sie, rückte ihren Hut gerade und steckte heftig Hutnadeln hinein.

»Welche – meine?« fragte ich höchst verblüfft.

»Es sieht beinah so aus«, sagte Charlotte und fixierte mich mit bösen Blicken, »es sieht beinah so aus, als habe es keinen Sinn, sein Leben seinen Mitmenschen zu opfern.«

»Na ja, natürlich möchte man in Ruhe gelassen werden«, murmelte ich.

»Was ich zu tun versuche, ist, sie aus dem Schlamm zu ziehen, wenn sie darin stecken, und sie zu warnen, wenn sie hineinzufallen drohen, und ihnen zu helfen, wenn sie darin waren.«

»Nun, das klingt ja sehr edel. Und da du voller edler Absichten bis – warum kannst du dann, meine liebe Charlotte, nicht friedlich sein? Du bist niemals friedlich. Komm und trink mit uns Tee.«

»Tee! Mit diesen gräßlichen Leuten! Diesen ledernen Seelen! Diesen Harvey-Brownes?«

»Komm mit. Es gibt nicht nur Tee, es gibt auch Erdbeeren und Rosen, und alles sieht wunderhübsch aus.«

»Oh, diese Leute bringen mich um. Sie sind so zufrieden mit sich selbst, so zufrieden mit dem Leben, solche Tugendbolde, solche Schmeichler. Was habe ich mit ihnen zu schaffen?«

»Unsinn. Ambrose ist kein Schmeichler, er ist ganz einfach ein lieber Kerl. Auch seine Mutter hat nette Seiten. Warum willst du ihnen nicht Gutes tun? Du würdest sie sogleich

interessant finden, wenn du sie als Patienten betrachtetest.«
Ich nahm sie beim Arm und zog sie aus dem Zimmer. »Und ich weiß auch, was dich quält – es ist diese Witwe.«

»Ich kenne deine aufreizenden Tricks«, rief Charlotte und wandte sich mir heftig zu, »immer erklärst du, aus welchem Grunde ich etwas sage oder fühle, wenn ich etwas sage oder fühle.«

»Was! Und ist denn da kein Grund?«

»Diese Witwe soll mich nicht verdrießen. Ihre Heuchelei wird schon ihre Früchte tragen, und sie wird die Folgen davon spüren. Wenn dann die Katastrophe da ist – die sichere Folge von Torheit und Schwachheit –, wird sie das tun, was ihr alle tut angesichts des Unvermeidlichen – dasitzen und jammern und behaupten, jemand anderes war schuld daran.«

»Ich wünschte, du könntest mich lehren, wie man das verhindert, was du das Unvermeidliche nennst.«

»Als ob das gelehrt werden müßte«, sagte Charlotte, blieb mit einem Ruck mitten auf dem freien Platz vor unserem Tisch stehen und sah mir in die Augen, »du brauchst nur nicht mehr albern zu sein.«

»Was soll ich denn tun, wenn ich nun mal albern bin, von Natur aus albern – so geboren?«

»Der Tee wird kalt«, rief Mrs. Harvey-Browne vorwurfsvoll. Sie hatte uns ungeduldig entgegengesehen und schien beunruhigt. Kaum waren wir nahe genug herangekommen, teilte sie uns mit, die Touristen seien von einer Art, daß eine anständige Frau sie nicht ertragen könne. »Ambrose ist mit einem von ihnen fortgegangen«, sagte sie, »ein ganz schrecklicher alter Mann – um mit ihm die Aussicht dort drüben zu betrachten. Sie würden es nicht glauben, aber als wir hier friedlich saßen und niemandem etwas zuleide taten, kam dieser Mensch den Hügel herauf und fing sofort an zu sprechen, als ob wir einander kennten. Ja, er hatte wahrhaftig die Frechheit zu fragen, ob er sich an unseren Tisch setzen dürfe, weil nirgendwo Platz sei. Er war *höchst* unangenehm. Selbstverständlich lehnte ich ab. Der unverschämteste Mensch, den ich je traf.«

»Aber wir haben doch reichlich Platz«, sagte Charlotte, der alles, was die Frau des Bischofs sagte oder tat, falsch erschien.

»Aber meine liebe Frau Nieberlein! Ein wildfremder Mensch! Und dazu ein so unangenehmer alter Mann.«

»Ich finde es immer bedauerlich, anderen Leuten die kalte Schulter zu zeigen«, sagte Charlotte stur. Offenbar war sie nicht bereit, mit sich spaßen zu lassen.

»Sie müssen ja umkommen ohne Tee«, unterbrach ich sie und goß Tee ein, wie man Öl auf bewegtes Wasser gießt.

»Und Sie sollten auch bedenken«, fuhr Charlotte fort, »daß wir alle in fünfzig Jahren tot sind und daß dann unsere Möglichkeiten, Gutes zu tun, vorbei sind.«

»Aber meine liebe Frau Nieberlein«, rief die verblüffte Frau des Bischofs aus.

»Das ist gar nicht so sicher«, sagte ich, »du wirst dann erst achtzig sein, Charlotte, und was ist schon achtzig?« Die Frau des Bischofs jedoch mochte nicht hören, daß sie in fünfzig Jahren tot sein würde. Mit beleidigtem Gesicht trank sie ihren Tee. »Vielleicht raten Sie mir«, bemerkte sie, »den Vorschlag einer anderen Touristin anzunehmen. Sie legte mir nahe, mit ihr und ihrer Gesellschaft nach Saßnitz zurückzufahren und die Kosten für die Droschke zu teilen.«

»Nun, und warum nicht?« fragte Charlotte.

»Warum nicht? Dafür gibt es zwei ausgezeichnete Gründe. Erstens war es eine Frechheit, und zweitens fahre ich im Boot zurück.«

»Den zweiten Grund lasse ich gelten, aber Sie müssen entschuldigen, wenn ich den ersten nicht so ausgezeichnet finde.«

»Der Tee Ihres Sohnes wird ungenießbar«, sagte ich mit einem schwachen Versuch, sie zu unterbrechen. Bis zu dieser Stunde hatte Charlotte sich in Gegenwart von Mrs. Harvey-Browne sehr still verhalten, hatte zur rechten Zeit ja gesagt und war bloß lustlos und gelangweilt gewesen. Nun hatte sie eine Stunde lang ihre eigene brisante Schrift gelesen, war aufgewühlt durch das feige Benehmen der Witwe und durch ihren eigenen Mißerfolg bei ihrer Anstrengung, Reue in Hedwig zu erwecken, und so war sie wieder in ihrer heftigen Stimmung, war aufgelegt, lauter fürchterliche Wahrheiten vorauszusehen, wo beschränktere Augen wie meine nur hübsche bewegliche Sonnenkringel sahen, die über Teetassen und Erdbeeren tanzten.

»Wenn die Frauen nicht das Vorwärtskommen der anderen mit soviel Mißtrauen betrachten würden«, fuhr Charlotte mit Nachdruck fort, »wenn sie nicht jede aus einer anderen Gesellschaftsklasse als eine unmögliche Person ansähen, die man meiden muß, so würden sie einen besseren Eindruck machen im Kampf für eine unabhängige Existenz. Der Wert der Zusammenarbeit ist so groß ...«

»Ach ja, ich erinnere mich, daß Sie so etwas Ähnliches in Ihrem Vortrag des letzten Winters in Oxford sagten«, unterbrach sie Mrs. Harvey-Browne äußerst wehmütig.

»Es kann nicht oft genug gesagt werden.«

«O doch, liebe Frau Nieberlein, glauben Sie mir, es kann. Was hat das zum Beispiel damit zu tun, daß ich aufgefordert wurde, mit einer fremden Familie in einer Droschke nach Saßnitz zurückzufahren?«

»Nun, damit hat es sogar sehr viel zu tun«, warf ich ein und lächelte beiden freundlich zu. »Sie würden nur die Hälfte bezahlt haben. Und was ist Zusammenarbeit anderes als die Hälfte zu bezahlen?«

»Was ich natürlich meine«, sagte Charlotte, »ist moralische Zusammenarbeit. Stets sollte man bereit sein zu Gesprächen, zum Kennenlernen, zur Ermutigung. Sie haben zweifellos«, fuhr sie fort und schwenkte ihren Teelöffel gegen die Frau des Bischofs, die sie mit weit aufgerissenen Augen anstarrte, »kurzerhand die völlig unschuldige Aufforderung Ihres Mitmenschen zurückgewiesen, nur weil sie schlecht angezogen war und Manieren hatte, an die Sie nicht gewöhnt sind. Sie empfanden es als eine Frechheit, nein, als eine Beleidigung, daß man Ihnen so nahetrat. Nun, wie konnten Sie wissen« – hier lehnte sie sich über den Tisch, und in ihrem Eifer deutete sie direkt mit ihrem Teelöffel auf Mrs. Harvey-Browne, die sie entsetzter denn je anstarrte –, »wie können Sie wissen, ob nicht diese Frau zufällig bis zum Rande angefüllt war mit der guten Erde, in welcher der Samen von ein paar ermutigenden Worten, die Sie während Ihrer Fahrt fallen ließen, eine herrliche Ernte von Energie und Freiheit hervorgerufen hätte?«

»Aber meine liebe Frau Nieberlein«, sagte die Frau des Bischofs, sehr aus der Fassung gebracht durch dieses eindrucksvolle Bild, »ich glaube nicht, daß sie von etwas in der Art angefüllt war. Jedenfalls sah sie nicht danach aus. Und ich selbst bin, um Ihren Vergleich fortzusetzen, kaum geeignet, ein landwirtschaftliches Werkzeug zu sein. Nicht wahr, all diese Dinge werden heute mit Maschinen gemacht?« fragte sie und wandte sich mir zu mit wohlgemeinter Anstrengung, vom Thema wegzukommen, »der malerische und altmodische Sämann ist heute ganz abgeschafft, nicht wahr?«

»Nanu – ihr sprecht über Ackerbau?« fragte Ambrose, der in diesem Augenblick erschien.

»Wir sprechen über Ackerbau der Seelen«, sagte Charlotte.

»Oh«, sagte Ambrose, nun seinerseits verblüfft. Schweigend sahen wir zu, wie er es sich in seinem Stuhl bequem machte. »Wie hübsch ist es hier«, fuhr er fort, als er endlich saß, »nein, mir macht kalter Tee nichts aus, wirklich nicht. Mutter – warum ließest du den alten Mann nicht bei uns sitzen? Er ist ein furchtbar netter Kerl.«

»Weil es gewisse Grenzen gibt, über die ich nicht hinausgehen will«, sagte seine Mutter, sichtlich verärgert, daß er unwissentlich Charlottes Partei ergriff.

»Oh, es war hart gegen ihn – finden Sie nicht, Frau Nieberlein? Wir haben den größten Tisch, der nur halb besetzt ist, und es gibt keinen anderen Platz. Es ist so typisch britisch, hier zu sitzen und andere Leute nicht heranzulassen. Nun muß er Gott weiß wie lange auf seinen Kaffee warten.«

»Ich finde«, sagte Charlotte langsam, laut und gewichtig, »daß er sich sehr gut zu uns hätte setzen können.«

»Aber Sie haben ihn nicht gesehen«, widersprach Mrs. Harvey-Browne, »er war wirklich ganz unmöglich. Viel schlimmer als die Frau, von der wir vorhin sprachen.«

»Ich meine«, sagte Charlotte noch langsamer, lauter und betonter, »daß man vor allen Dingen menschlich sein sollte und daß man kein Recht hat, einem Mitmenschen auf dessen kleinste Bitte hin den Rücken zuzuwenden.«

Kaum hatte sie dies gesagt, kaum hatte die Frau des Bischofs Zeit gehabt, den Mund aufzutun und in versteinertem Erstaunen dreinzuschauen, kaum hatte ich Zeit gehabt, ihrem bestürzten Blick zu folgen, als ein alter Mann in einem langen Regenmantel, den grünen Filzhut schief auf dem ehrwürdigen Haupt, geschwind hinter Charlotte trat, sich zu ihrem ahnungslosen Ohr hinabbeugte und die erstaunliche Silbe »Buh!« hineinrief.

DER SIEBENTE TAG – FORTSETZUNG

In Stubbenkammer

Ich glaube, ich habe schon gesagt, daß Charlotte nicht zu den Leuten gehört, die man je kitzeln möchte. Auch war sie die letzte Person in der Welt, zu der »Buh« zu sagen Spaß machen könnte. Die Wirkung, die dieses Buh auf sie ausübte, war bestürzend. Sie fuhr auf wie vom Donner gerührt, dann stand sie da, erstarrt.

Brosy sprang auf, als wollte er sie beschützen.

Mrs. Harvey-Browne sah wirklich entsetzt aus und keuchte: »Der alte Mann – wieder –, wie höchst unangenehm!«

»Nein, nein«, erklärte ich eilig, »der Professor ist's.«

»Der *Professor*? Was, das kann nie der Professor sein! Was, *der* Professor? Brosy – Brosy« – damit lehnte sie sich zu Brosy hinüber und packte ihn in verzweifelter Hast an seinem Rock. »Sag niemandem ein Sterbenswort, daß er dieser alte Mann ist, von dem ich gesprochen habe – kein Sterbenswort –, es ist Professor Nieberlein persönlich.«

»Was?« schrie nun Brosy und wurde feuerrot. Der Professor jedoch kümmerte sich um keinen von uns, sondern küßte ausführlich Charlotte. Zuerst küßte er sie auf die eine Wange, dann auf die andere, dann zupfte er sie am Ohr, dann kitzelte er sie unterm Kinn, und die ganze Zeit strahlte er sie an in ununterbrochener Seligkeit, so daß das kälteste Herz, das dieses sah, erglühen mußte.

»Hier finde ich dich endlich, kleiner Schatz«, rief er. »Hier endlich vernehmen meine Ohren dein Gezwitscher. Sofort erkannte ich dein kleines Zirpen. Ich hörte es durch all diese lärmende Zecherei. Nanu, dachte ich, wenn das nicht meine kleine Lot ist! Und sie zirpt dieselbe Melodie, in der schönen englischen Sprache: Kehre niemandem, keinem Mitgeschöpf, den Rücken zu, wende dich nicht ab. Nur dem alten Ehemann wendet man den niedlichen Rücken zu – was? Pfui, pfui, über die unartige kleine Lot!«

Ich versichere, daß ich niemals etwas Seltsameres sah als diesen Flirt mit Charlotte. Und wie steif hielt sie sich dabei.

»Wie entzückend ist doch diese deutsche Natürlichkeit«, rief Mrs. Harvey-Browne in größter Aufregung, während die Tändelei weiterging. Sie war so hin und her gerissen zwischen ihrem Entsetzen über das, was sie gesagt hatte, und ihrer Verzückung über das Zusammentreffen mit dem Professor, daß sie kaum wußte, was sie tat.

»Wie wohltuend ist es, einen Blick auf solche Herzlichkeit zu werfen. Reizender Professor. Haben Sie gehört, was er zum Herzog gesagt hat, als dieser den ganzen weiten Weg nach Bonn gemacht hatte, nur um ihn zu sehen? Und meine liebe Frau X – was für ein Herzog.« Und sie flüsterte mir den Namen ins Ohr, als sei er einfach zu großartig, um laut ausgesprochen zu werden.

Mit einem Kopfnicken gab ich zu, daß er wirklich ein sehr erhabener Herzog sei, doch ich erfuhr nie, was der Professor zu ihm sagte, denn in diesem Augenblick ließ sich Charlotte in ihren Stuhl zurückfallen, und sofort krabbelte der Professor (leider weiß ich keinen anderen Ausdruck dafür, er krabbelte wirklich) in den Stuhl neben ihr, der Brosys war. »Wollen Sie mich bitte vorstellen?« sagte Brosy zu Charlotte. Ehrfurchtsvoll und barhäuptig stand er vor dem großen Mann.

»Ah, Sie kenne ich ja schon, mein junger Freund«, sagte der Professor liebenswürdig, »wir haben ja soeben die Natur bewundert.«

Hier errötete die Frau des Bischofs tief, etwas, was sie vermutlich seit Jahren nicht getan hatte, und warf einen flehenden Blick auf Charlotte, die aufrecht und steif dasaß, den Blick auf ihren Teller gerichtet. Brosy errötete ebenfalls und machte eine tiefe Verbeugung. »Ich kann Ihnen nicht sagen, wie hoch geehrt ich mich fühle, Sir, Ihre Bekanntschaft zu machen«, sagte er.

»Tatata«, sagte der Professor, »Lottchen, stelle mich diesen Damen vor.« Was, er erinnerte sich nicht an mich? Was, nach diesem denkwürdigen Abend in Berlin? Ich kann mir kaum etwas vorstellen, das schmerzlicher berührt, als eine Berühmtheit zu kennen, die einen vollkommen vergißt.

»Ich muß mich bei Ihnen entschuldigen, gnädige Frau, daß ich mich nun doch noch an Ihren Tisch setze.«

»Oh, Professor«, murmelte Mrs. Harvey-Browne.

»Ich kenne einen Brown«, fuhr er fort, »ja, in England gibt es einen Brown, den ich kenne. Er macht die geschicktesten Kartenkunststücke. Halt – ich kenne noch einen Brown – nein, ich kenne mehrere. Vermutlich Verwandte von Ihnen, gnädige Frau?«

»Nein, mein Herr, wir heißen *Harvey*-Browne.«

»Ach so. Ich verstand Brown. Also heißen Sie Harvey. Ja, ja, Harvey, der die ausgezeichnete Soße macht. Ich esse sie immer mit Fisch. Gnädige Frau – ein öffentlicher Wohltäter.«

»Mein Herr, wir sind nicht mit ihm verwandt. Wir sind die Harvey-Brownes.«

»Was, Sie sind beides, Harvey und Browne, und trotzdem mit keinem von beiden verwandt. Nun, das ist eine schwierige Sache, darüber kann man sich den Kopf zerbrechen.«

»Mein Mann ist der Bischof von Babbacombe. Vielleicht haben Sie schon von ihm gehört, Professor. Er ist auch ein Mann der Literatur. Er schreibt Kommentare.«

»In jedem Fall, gnädige Frau, spricht seine Frau ein bewunderungswürdiges Deutsch«, sagte der Professor mit einer kleinen Verbeugung. »Nun, und diese Dame?« fragte er, indem er sich mir zuwandte.

»Nun also – ich bin doch Charlottes Cousine«, sagte ich, nicht länger konnte ich meine Betrübnis darüber verbergen, wie schnell er mich vergessen hatte, »und demzufolge auch Ihre. Erinnern Sie sich nicht, daß wir einander im letzten Winter trafen in Berlin, auf einer Gesellschaft bei den Hofmeyers?«

»Natürlich, natürlich. Das heißt, es ist nicht natürlich, fürchte ich. Ich habe absolut kein Gedächtnis für wichtige Dinge. Aber man kann nie genug kleine Cousinchen haben, nicht wahr, junger Mann? Setz dich neben mich, dann bin ich wirklich glücklich – meine kleine Frau auf einer Seite und meine kleine Cousine auf der anderen. So – jetzt haben wir's gemütlich, und wenn auch noch mein Kaffee kommt, verlange ich nichts weiter. Junger Mann, wenn Sie heiraten, achten Sie darauf, daß Ihre Frau viele nette kleine Cousinen hat. Das ist sehr wichtig. Was mein Nicht-Erinnern betrifft«, fuhr er fort und legte einen Arm um meine Stuhllehne, während sein anderer um Charlottes Lehne lag, »sei nicht beleidigt. Ich will dir erzählen, daß ich am Tag, nachdem ich diese meine Lot geheiratet hatte, in eine so tiefe Geistesabwesenheit verfiel, daß ich mit ein paar Freunden, die ich zufällig traf, eine Fußwanderung in die Alpen machte. Ich vergaß sie eine volle Woche lang. Das war in Luzern. Ich vergaß sie so vollständig, daß ich sogar versäumte, ihr zu sagen, daß ich fortginge, oder ihr Lebewohl zu sagen. Erinnerst du dich noch daran, Lottchen? Erst eine Woche nach unserem Hochzeitstag, auf dem Gipfel des Pilatus, kam ich wieder zu mir. ›Was ist dir, Mann?‹ fragten meine Kameraden, denn ich war beunruhigt. ›Ich muß sofort hinunter‹, schrie ich, ›ich habe etwas vergessen.‹ ›Bah! Hier oben brauchst du keinen Regenschirm‹, sagten sie, denn sie wußten, daß ich ihn oft vergaß. ›Nein, nicht meinen Regenschirm habe ich zurückgelassen‹, rief ich, ›sondern meine Ehefrau.‹ Sie waren erstaunt, denn ich hatte vergessen, ihnen zu erzählen, daß ich eine Frau hatte. Als ich nach Luzern zurückkam, da war die arme Lot ganz gekränkt.« Und dabei zog er sie am Ohrläppchen und lachte, bis seine Brillengläser feucht wurden.

»Entzückend«, flüsterte Mrs. Harvey-Browne ihrem Sohn zu, »und so natürlich.« Ihr Sohn verschlang den Professor mit den Augen, bereit, sich auf das erste Wort der Weisheit zu stürzen und es zu packen, wie eine hungrige Katze sprungbereit auf eine Maus wartet, die unerklärlicherweise ihr Kommen verzögert.

»Ach ja«, seufzte der Professor, streckte die Beine unter dem Tisch aus und rührte in seinem Kaffee, den der Kellner vor ihn hingestellt hatte, »vergessen Sie nie, junger Mann, daß die einzig wirklich wichtige Sache im Leben die Frauen sind. Kleine, runde weiche Frauen. Kleine schnurrende Miezekätzchen. Eh, Lot? Manche allerdings wollen nicht immer schnurren, nicht wahr, kleine Lot? Manche miauen oft, manche kratzen sogar, manche schwenken an manchen Tagen voller Zorn ihre kleinen Schwänzchen. Aber alle sind weich und lieb und ein Schmuck am Kaminfeuer.«

»Wie wahr«, murmelte Mrs. Harvey-Browne voller Entzükken, »wie sehr, sehr wahr, und wie ganz anders als Nietzsche.«

»Was, du schweigst, kleiner Schatz?« fuhr er fort und zwickte Charlotte in die Wange, »gefällt dir der Vergleich mit dem kleinen Miezekätzchen nicht?«

»Nein«, sagte Charlotte. Sie stieß dieses Wort heraus, rotglühend aus einem offensichtlich vor Wut geschmolzenen Inneren.

»Nun, dann reich mir diese Erdbeeren, die so angenehm aus ihrem grünen Blätterkranz leuchten, und während ich sie esse, schütte mir dein liebes Herz aus und erzähle mir alles, was Miezekätzchen betrifft, was dich, wie ich wohl weiß, aufs äußerste interessiert, und überhaupt alles, was darin ist und darin war, seit ich dich zuletzt gesehen habe. Denn es ist lang her, daß ich deine Stimme vernahm. Du hast mir sehr gefehlt. Bist du nicht meine liebste Frau?«

Ganz offensichtlich war es nun an der Zeit, aufzustehen und die Harvey-Brownes aus ihrer Hörweite zu bringen. Ich machte mich bereit, dies zu tun, aber bei meiner ersten Bewegung glitt der Arm, der um meine Stuhllehne lag, herab und packte mich fest.

»Nicht so hastig, nicht so hastig, kleine Cousine«, sagte der Professor und lächelte rosig, »hab ich nicht gesagt, daß ich glücklich bin, so, wie es ist? Und willst du nun das Glück eines guten alten Mannes verderben?«

»Aber Sie haben Charlotte, und sicher wollen Sie mit ihr reden ...«

»Gewiß will ich das. Aber Reden mit Charlotte schließt nicht aus, Elizabeth zu umschlingen. Und hab ich nicht zwei Arme?«

»Ich will aber gehen und Mrs. Harvey-Browne die Aussicht von den Felsen aus zeigen«, sagte ich, entsetzt bei dem Gedanken, was Charlotte vermutlich sagen würde, wenn sie erst einmal anfinge.

»Tatata«, sagte der Professor und hielt mich fester, »wir fühlen uns so ganz wohl. Die Betrachtung eines tugendhaften Glücks ist mindestens so erbaulich für diese Dame wie die Betrachtung eines Wassers vom Felsen aus.«

»Entzückend originell«, murmelte Mrs. Harvey-Browne.

»Gnädige Frau – sehr schmeichelhaft«, sagte der Professor, der gute Ohren hatte.

»O nein, Professor, wirklich, ich schmeichle nicht.«

»Um so mehr bin ich Ihnen verbunden, gnädige Frau.«

»Wir haben uns so lange schon gewünscht, Sie kennenzulernen. Mein Sohn hat den ganzen letzten Sommer in Bonn verbracht und es versucht ...«

»Zeitverschwendung, reine Zeitverschwendung, gnädige Frau.«

»Und alles umsonst. Auch dieses Jahr waren wir beide dort, ehe wir hierherkamen, und versuchten, was wir konnten, doch war alles umsonst. Nun scheint es, als ob die Vorsehung uns eigens heute hierhergeführt hat.«

»Die Vorsehung, gnädige Frau, führt beständig Leute irgendwohin und führt sie wieder fort. Ich, zum Beispiel, muß von hier schnellstens wieder fort, denn ich bin zu Fuß unterwegs und muß bei Dunkelheit ein Bett gefunden haben. Und hier ist keins zu bekommen.«

»Oh, Sie müssen mit uns nach Binz zurückfahren«, rief Mrs. Harvey-Browne, »der Dampfer fährt in einer Stunde, und ganz sicher finden wir ein Zimmer für Sie in unserem Hotel. Mein Sohn würde Ihnen mit Freuden seines abtreten, wenn nötig, er würde sich nur zu geehrt fühlen, wenn Sie es nähmen, nicht wahr, Brosy?«

»Gnädige Frau, Ihre Liebenswürdigkeit überwältigt mich. Doch Sie werden verstehen, daß ich meine Frau nicht allein lassen will. Wohin ich gehe, kommt sie auch hin – nicht wahr, mein kleiner Schatz? Ich muß nur wissen, wie ihre Pläne sind, um meine danach zu richten. Gepäck habe ich nicht. Ich bin sehr beweglich. Meine Nachtausstattung trage ich auf dem Leibe, unter meiner Tageskleidung hier. In einer Tasche meines Umhangs steckt ein Extrapaar Socken, in der anderen sind meine Taschentücher, es sind deren zwei. Mein Schwamm, kühl und feucht, ruht in meinem Hut. So bin ich, gnädige Frau, äußerst unabhängig. Die einzige Beeinträchtigung ist, daß ich jeden Tag vor Dunkelheit ein Unterkommen finden muß. Sag mir, kleine Lot, hast du keinen Platz bei dir für deinen alten Ehemann?« Und sein Lächeln, mit dem er sich ihr zuwendete, war so liebreizend, daß, hätte sie es gesehen, sie ihm überallhin hätte folgen müssen.

Doch sie schaute nicht auf. »Ich fahre heute abend nach Berlin«, sagte sie, »ich habe wichtige Verabredungen und muß sofort aufbrechen.«

»Aber meine liebe Frau Nieberlein«, rief die Frau des Bischofs aus, »kommt dies nicht recht plötzlich?«

Brosy hatte schon eine Weile unbehaglich dreingeschaut, abgesehen davon, daß er seine Maus nicht gekriegt hatte. Er zog seine Uhr und stand auf. »Mutter, wenn wir diesen Dampfer erreichen wollen, wäre es, glaube ich, an der Zeit aufzubrechen«, sagte er.

»Unsinn, Brosy, er fährt erst in einer Stunde ab«, sagte Mrs. Harvey-Browne. Sie sträubte sich gegen den Gedanken, von dem berühmten Mann weggerissen zu werden, kaum daß sie ihn gefunden hatte.

»Es tut mir leid, aber wir müssen fort«, beharrte Brosy, »der Weg an den Klippen entlang ist viel länger, als man denken sollte. Und er ist rutschig – ich möchte dich einen leichteren, aber viel weiteren Weg hinunterführen.«

Und damit führte er sie fort. Erbarmungslos schnitt er ihre flehenden Abschiedsworte ab, der Professor möge mitkommen oder doch morgen oder ganz gewiß am übernächsten Tag nach Binz nachkommen. Er führte sie, wie ich sah, genau in Richtung auf den Herthasee. Der Herthasee jedoch liegt, wie jedermann weiß, in genau der entgegengesetzten Richtung zu dem Weg, den er hätte nehmen sollen. Zweifellos füllte er die Zeit aus mit lehrreichen Geschichten von alten heidnischen Bräuchen, die an diesen sagenumwobenen Küsten vollzogen wurden, und somit konnte Charlotte sich gegen ihren Mann verhalten, wie sie wollte.

Wie sie sich verhielt, konnte ich mir leicht vorstellen. Ich eilte fort in den Pavillon und wollte nichts weiter als mich aus dem Staube machen. Ich hatte kaum Zeit, mich zu wundern, daß sie fähig war, einen so lieben alten Mann nicht leiden zu können, als sie auch schon hereinstürzte. »Schnell, schnell! Hilf mir, meine Sachen zusammenzusuchen«, schrie sie und jagte in dem schmalen Zimmerchen hin und her. Sie stürzte sich auf die Reisetaschen, die Gertrud in den Ecken abgestellt hatte. »Ich kann noch gerade den Nachtzug in Saßnitz erreichen – ich fahre nach Berlin – ich schreib dir von dort. O Himmel, diese dumme Gertrud, nun hat sie doch alles ausgepackt, was für ein schreckliches Los hast du, immer bist du abhängig von einem eigenmächtigen Dienstboten, jemandem, der Koffer auspackt ohne Auftrag. Gib mir diese Bürsten – und die Papiere. So, nun hast du gesehen, wie tief ich heute erniedrigt wurde, nicht wahr? »Damit richtete sie sich auf von den Reisetaschen, in jeder Hand eine Bürste, und als sie mich mit einem bitteren und trotzigen Lächeln ansah, begann sie hemmungslos zu weinen.

»Charlotte, weine nicht«, sagte ich. Ich hatte sie sprachlos angestarrt. »Weine nicht, mein Liebes. Ich habe nichts von

Erniedrigung gesehen. Ich sah nur Freundliches. Geh nicht nach Berlin. Bleib hier und laß uns alle zusammen vergnügt sein.«

»Hierbleiben? Niemals!« In fieberhafter Eile stopfte sie Sachen in ihre Tasche, und dabei weinte sie bitterlich.

Nun, Frauen sind für mich immer ein Grund zum Staunen, und ich schließe mich mit ein, die ich stets auf Torheiten zugewirbelt werde, von denen ich einfach nicht lassen kann. Doch am rätselvollsten sind sie in ihren Beziehungen zu ihren Ehemännern. Wer jedoch darf da richten?

Ich brachte Charlotte zu einem offenen Kutschwagen, mit dem sie nach Saßnitz fahren wollte. »Ich laß dich wissen, wo ich bin«, rief sie mir noch zu, während sie den Hügel hinabgeschüttelt wurde. Ein Händewinken – und sie entschwand hinter der Kurve und aus meinen Blicken in jene frostigen Regionen, wo edle und einsame Menschen ihren Idealen nachjagen.

Als ich langsam unter den Bäumen auf die Felsen zuging, begegnete mir der Professor, der nach seiner Frau suchte. »Um welche Zeit reist Lottchen ab?« rief er, als er mich erblickte. »Muß sie wirklich fahren?«

»Sie ist fort.«

»Nein! Wie lange ist das her?«

»Ungefähr zehn Minuten.«

»Dann nehme ich auch diesen Zug.« Und damit eilte er fort und kletterte mit der ihm eigenen Gewandtheit in den zweiten Kutschwagen und verschwand seinerseits hügelabwärts. »Liebste kleine Cousine«, schrie er, kurz bevor der Wagen um die Ecke flitzte, »ich erlaube mir, dir Lebewohl zu sagen und dir viel Glück zu wünschen. Ich werde mir ernstlich Mühe geben, mich dieses Mal deiner zu erinnern!«

»Ja, tun Sie das«, rief ich zurück, aber er konnte es nicht gehört haben.

Wiederum wanderte ich unter den Bäumen zu den Felsen.

Der höchste dieser Felsen, der Königstuhl, springt weit vor ins Meer und bildet ein flaches Plateau, auf dem ein paar Bäume in kleinen Gruppen stehen und den Winterstürmen ausgesetzt sind. Lange saß ich auf den Wurzeln eines Baums und lauschte dem Wellenschlag weit drunten am kiesigen Strand. Ich sah, wie die Rauchfahne, die der Dampfer der Harvey-Brownes hinter sich ließ, dünner und dünner wurde und schließlich verschwand. Ich beobachtete, wie das Rot des Sonnenuntergangs am Himmel und auf dem Meer erlosch. Die ganze Welt wurde grau und geheimnisvoll. Ich glaubte den schwachen Abschiedspfiff eines fernen Zuges zu hören, und mein Herz frohlockte. O himmlische Freiheit und Ruhe, wieder allein zu sein. Ich tat einen langen, langen Atemzug, stand auf und streckte mich höchst erleichtert und entspannt.

»Sie sehen ja sehr glücklich aus«, sagte eine mißgünstige Stimme dicht neben mir.

Sie gehörte einem Fräulein unbestimmten Alters. Es war in Galoschen aufs Plateau heraufgekommen, um ihrerseits Nacht und Natur zu genießen. Wahrscheinlich habe ich übers ganze Gesicht töricht gelächelt, so wie die lächeln, die erfreuliche Gedanken haben. Mich packte eine Harvey-Brownesche Regung, sie anzustarren und ihr dann den Rücken zuzuwenden, doch ich unterdrückte sie. »Wissen Sie, warum ich so glücklich aussehe?« fragte ich statt dessen, meine Stimme war so sanft wie die von Turteltauben.

»Nein – warum?« war die eifrig forschende Antwort.

»Weil ich's bin.«

Damit nickte ich ihr holdselig zu und ging.

Der achte Tag

Von Stubbenkammer nach Glowe

Wenn uns bei bestimmten Handlungen die Vernunft eine Lektion erteilt und uns warnt, etwas nicht wieder zu tun, wenn die Erfahrung mit ihrem Schmiedehammer es uns dazu noch einbleut, warum wiederholen wir, belehrt und zerschlagen, dieses Unternehmen dennoch bei nächster Gelegenheit? Seit meiner Jugendzeit kenne ich die Ansicht von Salomo, daß derjenige, der sich im Vorübergehen in einen Streit einmischt, der ihn nichts angeht, wie einer ist, der einen Hund bei den Ohren packt. Auch habe ich einen weisen Verwandten, der mir in angemessenen Abständen rät: »Misch dich nicht ein.« Und doch – ich hasse es, davon zu sprechen – fing ich am achten Tag meiner Reise auf Rügen an, mich einzumischen.

Zum erstenmal erwachte in mir der Wunsch dazu während der Nacht, als ich der Mücken wegen nicht schlafen konnte, auch kamen ständig späte und fröhliche Touristen in den Pavillon. Sie kamen in heiteren Schüben bis in den Morgen hinein und sangen großartige und sehr blutrünstige Lieder vom Rhein und den Grenzen des Vaterlandes, als sie an meinem Fenster auf ihrem Weg zur Haustür vorbeikamen. Nach jedem Schub stand ich auf, öffnete vorsichtig das Fenster, wartete auf den nächsten und erschlug dabei Mücken. Und während ich schlaflos und gequält dalag, erwachte in mir der Wunsch, Charlotte und ihrem Mann zu helfen, sich zu versöhnen.

Zunächst versuchte ich, mir ein klares Bild von der Selbstsucht zu machen. War zum Beispiel Charlotte nicht äußerst selbstsüchtig, ihr Heim zu verlassen und ihr Leben zu leben, ohne sich um ihres Mannes Unglücklichsein zu kümmern?

Aber war er nicht ebenso selbstsüchtig, sie zurückhaben zu wollen? Sollte sie beschließen, selbstlos zu sein und heimzukehren, so würde sie seinen Egoismus nur fördern. Je mehr sie ihre Eigenart zerstörte, desto mehr würde sie schlechte Eigenschaften in dem entwickeln, der ein solches Opfer annahm. Da er eine so reizende Art hatte, sie aber nicht, gewann er alle Sympathien, meine inbegriffen. Natürlich hatte er das, was man die öffentliche Meinung nennt, auf seiner Seite. Wie aber kann man, wenn man eine Frau ernstlich liebt, wünschen, daß sie ein Leben lebt, das sie unglücklich macht? Eine solche Liebe kann nur egoistisch sein, folglich war der Professor egoistisch. Beide waren selbstsüchtig, und wenn der eine es gerade weniger war, so der andere um so mehr. Wenn Selbstlosigkeit aber darin besteht, seine Umgebung zum Gegenteil zu veranlassen, so muß sie verkehrt sein. Stellt man sich eine ganze Familie vor, die beschlossen hat, selbstlos zu sein, und die diesen schrecklichen Plan auch ausführt – das Leben in diesem unheilvollen Hause wäre ein einziger *combat de génerosité* und ganz und gar unerträglich. Das einzige, was meiner Meinung nach keiner Frau Kopfschmerzen bereiten sollte, ist das Leben, für das sie gemacht ist – das bequeme Leben mit einem ausgeruhten Körper und einer Seele voller Güte. Charlotte müßte mit ihrem freundlichen alten Mann sehr glücklich sein. Sicher wäre es ein Glück für sie, zu ihm zurückzukehren. Ganz rund und lieblich würde sie werden. Konnte ich denn nichts tun oder sagen, sie dazu zu bringen, ihm noch eine Chance zu geben?

Von Zeit zu Zeit erhob der weise, oben erwähnte Verwandte seine Stimme und verstärkte seinen Rat folgendermaßen: »Unter allen Einmischereien ist die, die sich mit Mann und Frau beschäftigt, für alle Teile die verhängnisvollste.«

Doch – wo sind die Leute, die guten Rat annehmen? Als

der erste Sonnenstrahl sich durch mein Fenster stahl, fiel er auf mich in meinem Morgenrock, die ich fieberhaft an Charlotte schrieb. Wie beredt war dieser Brief. Ich glaube, sämtliche Worte, die ich kenne, waren darin enthalten, ausgenommen die Passage über das Rund-und-mild-Werden. Irgend etwas sagte mir, dies würde ihr nicht zusagen. Ich steckte den Brief in einen Umschlag und schloß ihn in mein Reisenecessaire, bis sie, ohne zu ahnen, was ihr bevorstand, mir ihre Adresse senden würde. Erfüllt von der Glut, die den Wohltäter ebenso wie den aufdringlichen Einmischer erfüllt und erwärmt, zog ich meinen Badeanzug an, darüber einen anständigen Rock und Mantel, stieg aus dem Fenster und ging zu den Felsen hinunter, um zu baden.

Das Wasser im Schatten der Felsen war eiskalt, aber es war ein wundervolles Gefühl, von aller Enge der Nacht in dieser weiten und herrlichen Einsamkeit befreit zu werden. Tropfend rannte ich wieder hinauf, Rock und Mantel über dem nassen Badeanzug. Die nassen Füße hatte ich in die Schuhe gezwängt, die ich später nie mehr tragen konnte. Ein dünnes Rinnsal von Salzwasser bezeichnete meinen Weg. Es war gerade fünf Uhr, als ich zum Fenster hineinstieg. Nach einer weiteren Viertelstunde war ich trocken und angezogen, zum zweiten Mal zum Fenster hinausgestiegen und auf dem Wege, die Wälder auszukundschaften.

Das Geschick jedoch wollte nicht, daß diese Stubbenkammerwälder von mir erkundet wurden. Kaum zehn Minuten war ich gewandert, hatte den Vögeln gelauscht und alle paar Schritte in den blauen Himmel zwischen den Zweigen hinaufgeschaut, als ich zum Herthasee kam, einem geheimnisvollen stillen Teich mit schwarzem Wasser, umgeben von Schilf und ruhig-feierlichen Waldpfaden. Auf dem Moos am Ufer des Herthasees saß, den Blick gedankenvoll aufs finstere Wasser gerichtet, der Professor.

»Nun sagen Sie nicht wieder, daß Sie mich vergessen

haben«, rief ich angsterfüllt, denn er sah mich völlig abwesend an, als ich über das Moos herankam. Was in aller Welt tat er hier? Er sah außerordentlich schlampig aus, und seine Schuhe waren weiß von Staub.

»Guten Morgen«, sagte ich fröhlich, als er weiter durch mich hindurchsah.

»Ich habe keinen Zweifel daran, daß dies hier die Stelle war«, bemerkte er, »und Klüver hatte recht mit seiner Mutmaßung.«

Ich setzte mich neben ihn aufs Moos. »Also, was hat das für einen Sinn, so zu mir zu sprechen, wenn ich den Anfang nicht weiß? Wer ist Klüver? Und um welche Mutmaßung handelt es sich?«

Plötzlich blitzten seine Augen auf, er lächelte und tätschelte meine Hand. »Nanu! Da ist ja die kleine Cousine!« sagte er und sah erfreut aus.

»Sie ist's. Darf ich fragen, was Sie hier tun?«

»Tun? Ich stimme mit Klüver überein, daß dies hier die Stelle ist.«

»Welche Stelle?«

»Tacitus beschreibt sie so genau, daß kein vernünftiger Grund dagegenspricht.«

»Oh – Tacitus. Ich dachte, Klüver hätte etwas mit Charlotte zu tun. Wo ist Charlotte?«

»Stelle dir die Prozession der Göttin Nerthus, oder Hertha, vor, der Göttin der Erde, wie sie durch diesen heiligen Hain fährt, ihre Kinder zu segnen. Ihr Wagen ist verhüllt, kein Auge darf sie wahrnehmen. Allein der Priester, der neben ihr schreitet, darf sie berühren. Wo immer sie vorüberkommt, herrscht Festtagsstimmung. Waffen werden weggelegt. Völliger Friede herrscht. Kein Mann darf seinen Bruder erschlagen, während sie, die alle gleichermaßen segnet, unter ihren Kindern weilt. Dann, wenn sie wiederum zu ihrem Tempel getragen worden ist, wird in diesem Wasser, das du hier siehst, ihr Gefährt mit seinen Vorhängen von Sklaven gewaschen, die, wenn sie ihren Dienst erfüllt haben, ins Wasser geworfen werden, wo man sie umkommen läßt, denn sie haben Hand an das Heilige gelegt. Und sogar heute, wo wir doch nur halben Herzens Gegenstände unserer Anbetung schützen und ihnen selten Altäre in unserer Seele errichten, ist dies eine gefährliche Sache.«

»Lieber Professor«, sagte ich, »es ist ganz und gar reizend von Ihnen, mir von der Göttin Nerthus zu erzählen, doch würden Sie mir, bevor Sie weitersprechen, sagen, wo Charlotte ist? Als ich Sie zuletzt sah, sausten Sie in einem Kutschwagen hinter ihr her. Haben Sie sie erwischt?«

Er blickte mich kurz an, dann gab er der sich vorwölbenden Tasche seines Regenmantels einen Klaps. »Kleine Cousine«, sagte er, »du siehst vor dir einen Träumer, einen unpraktischen Graubart, einen ehrwürdigen Schafskopf. Wahrscheinlich werde ich nie lernen, ohne Hilfe an die Dinge zu denken, die ich nicht vergessen dürfte. Ich behelfe mich, indem ich mir Aufzeichnungen mache, an die ich mich halten kann. Immerhin, jetzt hast du mich daran erinnert. Ich will sie nun heraussuchen.« Damit zerrte er verschiedene Gegenstände aus seiner geschwollenen Tasche und legte sie sorgfältig aufs Moos neben sich. Doch als er sah, daß nur eins der beiden Taschentücher da war, brachte ihn dies vom Thema ab und er überlegte, wo dessen Gefährte sein könne. Der Anblick seiner Reservesocken erinnerte ihn daran, wie dringend nötig es war, sie zu stopfen. Er brach die Suche nach seinem Notizbuch ab, hielt mir beide Ersatzsocken entgegen und jammerte: »Nein, nein, was für Socken.«

»Ja, sie sehen bös aus«, stimmte ich zu.

»Bös? – Sie sind ein Symbol.«

»Wollen Sie, daß ich sie ausbessere? Oder vielmehr«, fügte ich hastig hinzu, »daß ich sie ausbessern lasse?« Denn meine

Abneigung gegen Nadel und Faden ist mindestens ebenso groß wie die von Charlotte.

»Nein, nein – wozu? Ich habe Schränke voller Socken wie diese in Bonn, Gerippe von dem, was einmal Socken waren, nur Umrisse von Löchern.«

»Und alle sind Symbole?«

»Jedes einzelne Stück.« Dabei zwinkerte er mir zu.

»Ich glaube nicht, daß mir ein paar Socken die Laune verderben dürften. Wenn sie mich störten, würde ich sie wegwerfen und mir neue kaufen.«

»Sieh da, wie weise«, rief der Professor voller Freude, »und das aus dem Munde eines intellektuellen Säuglings.« Und ohne weitere Umstände schleuderte er seine beiden Socken in den Herthasee. Dort lagen sie nun, seltsame Blüten aus gelber Wolle, regungslos auf der Oberfläche des geheimnisvollen Wassers.

»Und nun das Notizbuch?« fragte ich, denn er war in seine Geistesabwesenheit zurückgefallen. Er betrachtete die Socken mit zerstreuten Blicken.

»Ach ja – das Notizbuch.«

Da es schwer war, lag es ganz am Grunde von dem, was seiner Größe nach eher einem Sack glich als einer Tasche. Doch nachdem er die letzten Eintragungen überflogen hatte, fing er an, mir sehr redselig zu berichten, was er während der ganzen Nacht getan hatte. Es war sogar eine geschäftigere Nacht als meine gewesen. Charlotte hatte, so erklärte er, Saßnitz mit dem Berliner Zug verlassen. Sie hatte eine Fahrkarte nach Berlin genommen, ein paar Minuten bevor er seine kaufte, wie er sich am Schalter versicherte. Er kam im allerletzten Augenblick an, doch als er in den gerade abfahrenden Zug sprang, erblickte er sie im Frauenabteil. Auch sie erblickte ihn. »Ich atmete befriedigt auf«, fuhr er fort, »zündete meine Pfeife an und betrachtete die Abendwolken vom Fenster aus und war glücklich bei dem Gedanken, meiner kleinen Frau so nahe zu sein. So verfiel ich in Geistesabwesenheit.«

Ich schüttelte den Kopf. »Professor, es ist nicht gut, in diese Geistesabwesenheit zu verfallen; und was passierte, als Sie wieder herausfielen?«

»Ich merkte, daß ich irgendwie aus meinem Abteil herausgekommen war und an der Fähre stand, mit der die Züge übers Wasser nach Stralsund fahren. Die alte Stadt erhob sich in ehrwürdiger Majestät –«

»Lassen Sie die alte Stadt beiseite, liebster Professor, schauen Sie in Ihre Aufzeichnungen – was tat Charlotte?«

»Charlotte? Sie war meiner Erinnerung vollständig entglitten, so groß war mein Entzücken, das von der sternenbeleuchteten Szene vor mir geweckt worden war. Doch als ich meinen Blick von den wuchtigen Türmen von Stralsund abwandte, fiel er auf das Wort ›Frauen‹ am Fenster des Damenabteils. Sofort erinnerte ich mich Charlottes, und ich kletterte eilig hinauf, um mit ihr zu sprechen. Das Abteil war leer.«

»Hat sie auch die sternenbeleuchtete Szene vom Deck der Fähre aus betrachtet?«

»Nein, das tat sie nicht.«

»War kein Gepäck im Abteil?«

»Kein Gepäck.«

»Aber was ist aus ihr geworden?«

»Sie ist aus dem Zug gestiegen, und ich will dir sagen, wie. In Bergen, der einzigen Haltestelle, begegneten wir einem Zug, der nach Saßnitz zurückfuhr. Reichliche Trinkgelder an die Beamten enthüllten mir die Tatsache, daß sie in diesen Zug umgestiegen war.«

»Nicht sehr gescheit«, dachte ich.

»Nein, nein«, sagte der Professor, als ob er meine Gedanken gehört hätte, »die Intelligenz der kleinen Lot reicht nie aus für die Ansprüche, die an sie gestellt werden. In kritischen Augenblicken, wenn sie zu wählen hat zwischen dem Wesentlichen und dem Schatten, dann, habe ich beobachtet, wählt sie unfehlbar den Schatten. Dieses komische Leben, das sie führt – was anderes ist es als die Jagd nach Schatten? – Immerhin –« Er brach ab, er hatte wohl keine Lust, über seine Frau zu sprechen.

»Wo, glauben Sie, ist sie jetzt?«

»Ich vermute, nicht weit von hier. Ich kam in Saßnitz um ein Uhr heute morgen mit dem schwedischen Bootszug an. Man sagte mir, daß eine Dame, auf die meine Beschreibung paßte, um elf Uhr ausgestiegen sei, eine Droschke genommen habe und in die Stadt gefahren sei. Ich ging hierher, um mit dir zu sprechen, und wartete nur auf die Frühstückszeit, dich zu treffen, denn sie wird, da sie so nah bei dir ist, nicht versäumen, dich aufzusuchen.«

»Sie müssen ja vollkommen erschöpft sein.«

»Was ich mir am meisten wünsche, das ist Frühstück.«

»Dann wollen wir sofort gehen und sehen, daß wir welches kriegen. Gertrud wird jetzt auf sein und kann in kürzester Zeit Kaffee machen.«

»Wer ist Gertrud? Noch eine liebe kleine Cousine? Wenn ja, so führe mich, ich bitte dich, sofort zu Gertrud.«

Ich lachte, und während ich ihm erklärte, wer Gertrud sei, half ich ihm, seine Tasche wieder zu packen. Danach machten wir uns voller Hoffnung auf zum Hotel, beide glaubten wir, daß Charlotte, auch wenn sie noch nicht dort war, sehr bald auftauchen werde.

Jedoch, Charlotte war weder da, noch erschien sie später, obwohl wir so lange über unserem Kaffee trödelten wie die allerlangsamsten Touristen. »Sicher wird sie im Laufe des Tages kommen«, sagte der Professor.

Ich erzählte ihm von meinem Plan, heute nach Glowe zu wandern, einem kleinen Ort an der Küste. Er sagte, er wolle in diesem Falle mein freigewordenes Schlafzimmer im Pavillon mieten und über Nacht in Stubbenkammer bleiben. »Sie muß hierher kommen«, wiederholte er, »und ich will sie nicht erneut verlieren.«

»Der Pavillon wird Ihnen nicht gefallen«, wandte ich ein. Gegen elf Uhr, als noch immer keine Spur von Charlotte zu sehen war, machte ich mich zu Fuß auf zur ersten Teilstrecke meines Weges nach Glowe. Ich schickte den Wagen auf der Landstraße nach Lohme, wo wir uns treffen wollten und wo ich zum Essen bleiben wollte. Ich selbst ging unten an der Küste den Fußweg entlang. Der Professor, sehr gut zu Fuß und für seine Jahre außerordentlich rüstig, begleitete mich ein Stück des Weges. Am Nachmittag wollte er nach Saßnitz gehen und Erkundigungen einziehen, falls Charlotte nicht erschienen war. Bis dahin wollte er ein wenig mit mir wandern. So gingen wir sehr vergnügt los auf demselben Zickzackpfad, den ich ein paar Stunden zuvor tropfnaß hinaufgeklettert war. Im Grunde der Schlucht beginnt der Fußweg nach Lohme von Stubbenkammer aus. Er ist die Fortsetzung des reizenden Weges von Saßnitz, doch ist er nicht so steil und verläuft näher am Strand. Ein weißer, kreidiger Pfad unterhalb der Klippen, mit Moos und allerlei wilden Blumen und Farnen bedeckt. Große Mengen von Maiglöckchenblättern lassen ahnen, wie es im Mai dort aussehen muß. Als wir an diesem Tage dort wanderten, war der Boden zwischen den Buchenstämmen, die durch die harten Winterstürme aufs seltsamste verkrümmt waren, blau von wilden Glockenblumen.

Was für ein Weg! Die See lag in weiten grünen und blauen Streifen dicht zu unseren Füßen; die Buchenblätter waren wie aus Gold geschnitzt, so regungslos leuchteten sie vor dem Himmel. Der Professor war so fröhlich, so sicher, Charlotte zu finden, daß er fast dahintanzte, statt zu gehen. Er sprach mit mir, wie er zweifellos mit einem ganz kleinen Kinde gesprochen hätte, keine Spur von Gelehrsamkeit, nicht ein Wort der Weisheit in Brosys Sinne, doch was machte das? Das beglückende Ergebnis war, daß ich ihn verstand, und ich weiß, daß wir sehr vergnügt waren. Wäre ich Charlotte gewesen, hätte mich nichts von der Seite dieses heiteren Mannes gebracht, der mich zum Lachen brachte. Man stelle sich vor, mit einem Menschen zu leben, der die Welt mit den freundlichsten belustigten Augen ansieht. Man stelle sich vor, im eigenen Haus eine ständige Quelle angenehmster Heiterkeit zu haben, die kühl und erfrischend dahinplätschert, auch an Tagen, da die Welt staubig ist. Muß nicht ein solches Haus vom Keller bis zum Dachboden heiter sein? Nun, ich wollte alles in meiner Macht Stehende tun, um Charlotte zu bewegen, wieder in dieses Haus zurückzukehren. Wunderbar, das Werkzeug zu sein, dem lieben alten Mann einen guten Dienst zu erweisen. Unterdessen marschierte er ganz zufrieden dahin, ahnungslos, daß ich über gute Dienste nachdachte. Er war voller Zuversicht, Charlotte zu erwischen und festzuhalten. »Wo sie hingeht, da gehe ich mit ihr«, sagte er, »ich habe jetzt meinen Sommerurlaub und kann mich ihr völlig widmen.«

»Verfallen Sie nicht wieder in Geistesabwesenheit in wichtigen Augenblicken, lieber Professor«, sagte ich und wiederholte im stillen die wortreichen Beschwörungen, mit denen ich Charlottes Seele beim nächsten Wiedersehen wachrütteln wollte.

Am Ende des Waldes, wo der weiße Pfad in den Sonnenschein führt, sagten wir einander Lebewohl. »Versprechen Sie mir, mich wissen zu lassen, wenn Sie Charlotte wiederfinden«, sagte ich, »ich muß sie unbedingt sprechen. Etwas wirklich Wichtiges. Sagen Sie ihr das. Wenn ich sie nicht sehen kann, schreibe ich ihr einen Brief. Vergessen Sie nicht, daß ich heute nacht in Glowe schlafe. Ich telegraphiere, wo ich morgen bleiben werde. Vergessen Sie es nicht. Wollen Sie so lieb sein und es sich aufschreiben?«

Er versprach es, wünschte mir glückliche Reise, küßte mir die Hand und kehrte in den Wald zurück. Er schwenkte seinen Stock und summte fröhliche Melodien. Ich wanderte weiter im Sonnenschein nach Lohme.

Dort nahm ich wieder ein Bad, ein himmlisch einsames Bad, gerade als die Badefrau schließen wollte, und später, als sie die Klippen hinaufgegangen war zu ihrem Essen, saß ich noch an der Bucht in der Sonne und dachte über alles nach, was ich Charlotte sagen wollte. Ich war dermaßen damit beschäftigt, daß ich zu essen vergaß, und als es mir einfiel, war es schon Zeit, hinaufzugehen und den Wagen zu treffen. Es machte nichts, denn auf das Mittagessen kann ich leicht verzichten. Die Bucht unterhalb der Klippen ist ruhig und angenehm, und von dort kann man Arkona mit seinem Leuchtturm, dem nördlichsten Punkt der Insel, zur Linken in der Ferne sehen. Lohme selbst besteht aus einer kleinen Ansammlung von Hotels und Pensionen oben auf den Felsen, sehr klein und bescheiden, verglichen sogar mit Binz und Saßnitz, die auch nicht groß sind, aber leichter zu erreichen. Die nächste Eisenbahnstation ist in Saßnitz, und die paar Dampfer, die vor Lohme halten, spucken die Touristen, die aussteigen wollen, in ein kleines Boot, dampfen davon und überlassen sie ihrem Schicksal, das nur an einem vollkommen ruhigen Tag erfreulich ist. Ist der Reisende sicher an Land, muß er einen schattenlosen Zickzackweg hinaufklettern, der im Juni sicher schön ist, denn die Felsen sind dicht mit wilden Rosenbüschen bewachsen. Oben steht er dann zwischen den Pensionen von Lohme und bewundert zahlreiche mit Kapuzinerkresse gefüllte Kübel vor der kleinen Terrasse des ersten Hotels. Diese Kresse, flammend vor dem weiten blauen Hintergrund von See und Himmel, ist ein Anblick, der allein den Besuch von Lohme lohnt. Nirgends in Lohme gibt es Schatten. Es liegt völlig frei und offen jenseits des Waldes von Stubbenkammer, und an einem bedeckten Tag muß es trübselig sein. Ich stelle mir vor, daß es ein passender Ort für ruhige Leute ist, die nicht viel ausgeben wollen; die Luft ist wunderbar. Trotz der Hitze hatte ich hier das Gefühl, die kräftigste Luft Rügens zu atmen.

Der Wagen wartete an einem sonnigen kleinen Platz auf einer Straße, die sich kreideweiß zwischen wogenden Feldern in Richtung auf Glowe dahinwindet. Gertrud sah befriedigt aus, als sie sich auf ihren alten Platz neben mich setzte und ihr Strickzeug hervorholte. Sie hatte während der schrecklichen Tage, als ihr Sitz besetzt war und sie hinter uns schmählich auf einer Karre dahinrumpelte, nicht stricken können. Die Straße schlängelte sich höher und entartete schließlich zu einem steinigen Weg. Das Land dehnte sich in weiten Wellen zu beiden Seiten. Es gab keine Bäume, jedoch so viele Blumen, daß selbst die Fahrspuren blau von Wegwarte waren. Rechts hinter den Kornfeldern lag die Ostsee. Noch konnte ich Arkona vor mir liegen sehen am verschwommenen Rande der Welt. Uns zu Füßen erstreckte sich ruhevoll und silbern der Jasmunder Bodden, der größte jener Inlandseen, der die Insel zu einem bloßen Rahmen aushöhlt. Eine mit Kiefern bewachsene Landzunge, schwarz und schmal, bog sich nordwärts zwischen seinen blassen Gewässern und dem kraftvollen Blau des Meeres. Wie ich es gern an einsamen Stellen tue, ließ ich den Wagen anhalten. Man vernahm keinen Laut außer dem leisen Flüstern im Getreide.

Wir holperten über Steine weiter zwischen grasigen Böschungen bis zu einem winzigen Dorf mit einer sehr alten Kirche; es hatte den hübschen Namen Bobbin. Sehnsüchtig schaute ich zur Kirche auf ihrem Hügel hinauf, als wir unten vorüberfuhren. Der Reiseführer gab ein Alter von sechshundert Jahren an, und gern wäre ich hineingegangen, aber ich wußte, daß sie verschlossen war, und wollte den Pfarrer nicht wegen des Schlüssels stören. In diesem Augenblick kam der Pfarrer selbst die Straße entlang, und er sah so freundlich aus, und sein Blick war so mild, daß ich ausstieg und ihn mit hoffentlich gewinnender Bescheidenheit fragte, ob der Reiseführer recht hätte mit den sechs Jahrhunderten. Er war die Liebenswürdigkeit in Person. Nicht nur alt sei die Kirche, sondern auch interessant. Ob ich sie sehen wolle? »O ja, bitte.« Würde ich dann mit zum Pfarrhaus kommen, während er den Schlüssel holte? »Oh, vielen Dank.«

Das Pfarrhaus von Bobbin ist ein entzückendes kleines Haus, wie ich es mir für meinen Lebensabend wünsche, es hat Gitterfenster und einen Weinstock. Es steht in einem Garten, so reizend, von so vielen geheimnisvollen Wegen durchzogen, daß ich fast lieber erfahren hätte, wohin sie führten, als die Kirche von innen zu sehen. Mehrmals sagte ich etwas, das eigentlich dazu führen mußte, daß man sie mir zeigte, doch der Pfarrer achtete nicht darauf; seine Rede war und blieb rein kirchlich. Ein freundlicher Hund lag zwischen Krocket-Kugeln auf dem Rasen, ein angenehmer, friedlicher Hund, der mit dem Schwanz wedelte, als ich um die Ecke kam. Er sah keinen Grund, warum er bellen und schnuppern sollte. Sonst war niemand zu sehen. Das Haus war so still, als schliefe es, während ich im Wohnzimmer wartete. Der Pfarrer führte mich einen kleinen Pfad hinunter zur Kirche, unterwegs erzählte er liebenswürdig. Er sei, sagte er, an Wochentagen sehr stolz auf seine Kirche. An Sonntagen aber kämen so wenig Leute zu seinen Gottesdiensten, daß sein Stolz beim Anblick der leeren Bänke abkühle. Eine Glocke begann zu läuten, als wir zur Tür kamen. Er beantwortete meinen fragenden Blick und sagte, es sei die Gebetsglocke, die dreimal täglich geläutet würde, um acht, um zwölf und um vier Uhr, so daß die verstreuten Bewohner des einsamen Landes, der Sämann auf den Feldern, die Hausfrau bei ihren Töpfen, der Fischer auf dem Bodden oder auf dem Meer, sie hören könnten, um sich geistig zu diesen Stunden im gemeinsamen Gebet zu vereinigen. »Und tun sie das?« fragte ich. Er zuckte die Schultern und murmelte, er hoffe es.

Es ist eine äußerst kuriose Kirche. Der gewölbte Altarraum ist der älteste Teil. Dort befindet sich ein Altarbild, gestiftet vom schwedischen Feldmarschall Wrangel, der im 17. Jahrhundert in einem mit Türmchen versehenen Schloß in der Nähe gelebt hat. Er pflegte in einer abgeschlossenen Loge hoch oben auf der Seite der Kanzel zu sitzen; sie hatte Gitterfenster und seltsame bemalte Täfelungen mit seinem Wappenschild in der Mitte und denen des Fürsten Putbus, dem das Schloß jetzt gehört, zu beiden Seiten. Der Pfarrer führte mich hinauf auf die Galerie und zeigte mir ein Bild mit dem Haupt Johannes' des Täufers, gerade geköpft, und der Herodias, die versucht, ihm die Zunge auszureißen. Ich fand es scheußlich, und er erzählte mir, es sei hier heraufgebracht worden, weil die Dame, über deren Kopf es hing, jeden Sonntag deswegen krank geworden war. Ob die Pfarrkinder oben in der Galerie dickfelliger wären? fragte ich. Doch um dickere Häute ginge es überhaupt nicht, da die Gemeinde niemals so groß sei, daß hier noch jemand säße. Noch ein anderes Bild hängt dort oben, das Abendmahl in Emmaus, der Bibeltext steht in lateinischer Schrift darunter. Der Pfarrer las ihn laut vor, und seine Augen, bisher so mild, leuchteten voll Begeisterung auf. Es klang sehr ehrwürdig und verkürzt für Ohren, die an Luthers weitschweifige Übersetzungen des Textes gewöhnt waren. Ich bemerkte, wie schön er sei. Mit erfreutem Lächeln las er sofort noch einmal, und danach übersetzte er ins Griechische und verweilte liebevoll bei jedem der wunderbaren Worte. Ich saß lauschend in der kühlen, staubigen kleinen Galerie, schaute durch die offene Tür hinaus auf die sommerlichen Felder und auf das glitzernde Wasser des Bodden. Des Pfarrers weiche Stimme klang wie ein sanftes Brummen in dem leeren Raum. Eine

Schwalbe war hereingeflogen, segelte angstvoll umher und versuchte, wieder hinauszugelangen.

»Die bemalte Kanzel ist ebenfalls von Wrangel gestiftet worden«, sagte der Pfarrer, als wir hinuntergingen.

»Offenbar hat er eine Menge gestiftet.«

»Das hatte er auch nötig, um alle seine Sünden abzubüßen«, erwiderte er lächelnd, »groß war die Zahl der Sünden, die er begangen hat.« Auch ich lächelte. Die Nachwelt in Gestalt der Kirchengemeinde von Bobbin war die unmittelbare Nutznießerin von Wrangels Sünden.

»Wie man sieht, ist Gutes aus Bösem entstanden«, stellte ich fest. Er schüttelte den Kopf.

»Nun, wenigstens eine gemalte Kanzel«, schränkte ich ein, denn welcher vernünftige Mensch würde einem Pfarrer widersprechen? Ich warf einen letzten Blick auf die wundersame Kanzel, auf der ein Strahl farbigen Sonnenlichts lag. Ich fragte, ob ich für die Armen von Bobbin etwas spenden dürfe, tat dies, dankte meinem liebenswürdigen Führer und wurde von ihm in die Hitze hinausgeleitet, die um die Grabsteine tanzte. Er brachte mich zu meinem Wagen, bis zuletzt war er mild und freundlich und stopfte die Leinwanddecke mit derselben Sorgfalt um mich, wie er es wohl in einem Schneesturm im Januar getan hätte.

Glowe, mein Bestimmungsort, liegt nicht weit entfernt von Bobbin. Wir fuhren am Schloß mit den vier Türmen vorüber, in dem der schlimme Wrangel die vielen Sünden beging, die sich endlich in einer bemalten Kanzel niedergeschlagen hatten. Das Schloß, genannt das Spyker Schloß, ist an einen Landwirt verpachtet. Wir trafen ihn zu Pferd an auf dem Nachhauseritt zum Kaffee, nehme ich an, denn es war beinah fünf Uhr geworden. Ich konnte einen Blick erhaschen von einem wunderschönen alten Garten mit Buchsbaumpyramiden, vielen Blumen und breiten Alleen und einem lebhaften Baby im Kinderwagen unter Bäumen, dessen Geschrei uns noch ein Stück auf der kahlen Landstraße nach Glowe begleitete.

Glowe besteht aus einer Handvoll Häusern zwischen der Landstraße und der See. Auf der anderen Seite der Straße ist nichts als eine weite grüne Ebene, die sich bis zum Bodden erstreckt. Wir hielten am ersten Gasthaus, auf das wir trafen – beinah dem ersten Haus überhaupt –, einer bescheidenen, unschönen kleinen Stätte, über deren Eingang folgender Rat an die Touristen zu lesen war:

»Sag, was du willst, kurz und bestimmt
Laß alle schönen Phrasen fehlen;
Wer nutzlos unsre Zeit uns nimmt,
Bestiehlt uns – und du sollst nicht stehlen.«

Dementsprechend war ich sehr kurz angebunden, als der Wirt erschien, ich befreite meine Sprache von schwächlichen Wörtern wie »bitte« und »danke« und bemühte mich um grimmige Einsilbigkeit, um es richtig zu machen. Mein Zimmer war recht hübsch, seine beiden Fenster gingen hinaus auf die mit großen Kleeflecken gesprenkelte Ebene, auf der Kühe weideten. Links sah man das Spyker Schloß, dahinter den Kirchturm von Bobbin. Weit vor uns in blauer Ferne, doch immer sichtbar, erhob sich der runde Turm des allgegenwärtigen Jagdschlosses. Ich lehnte mich hinaus in den Sonnenschein, die Luft war erfüllt von der Frische der Kiefern, die ich von der Höhe aus gesehen hatte, und von der Frische der jetzt unsichtbaren See. Unten spielte jemand traurige Weisen auf einem Cello, durchdrungen von Weltschmerz, und über uns schmetterten die Lerchen ihren bezaubernden Spottgesang.

Am liebsten wollte ich Mittagessen, Tee und Abendbrot zusammen einnehmen, um für den Tag ausgesorgt zu haben. Deshalb sagte ich dem Wirt, noch immer bemüht, kurz und bestimmt zu sein: »Bringen Sie etwas zu essen.« Ich überließ ihm die Entscheidung. Er brachte mir zuerst gebratenen Aal und Spargel; als zweites Würste mit Preiselbeeren und zuletzt Kaffee mit Stachelbeergelee. Alles etwas sonderbar und schwer verdaulich, jedoch ganz sauber. Nach dem Essen ging ich durch einen kleinen stickigen Garten hinab zum Strand hinter dem Haus; Mücken umsummten die Köpfe von schweigsamen Badegästen, die starr und steif in kleinen Lauben saßen, und Fliegen umsummten auch mich in Schwärmen. Am Strand wateten Fischerkinder und spielten in den elterlichen Booten. Die See sah so klar aus, daß ich meinte, es müsse herrlich sein, wieder zu baden. Ich schickte einen Jungen zu Gertrud, um sie zu holen, und wanderte am Strand entlang zu dem einsamen Badehaus. Es war sauber und bequem, aber noch mehr Dorfkinder spielten darin, sie schossen in die dämmrigen Kabinen und wieder hinaus wie Fledermäuse. Es war keine Aufseherin da, und Reihen von Handtüchern und Kleidern waren an Haken aufgehängt und warteten darauf, benutzt zu werden. Gertrud brachte meine Sachen, und ich ging ins Wasser. Es war beißend kalt, viel kälter als das Wasser heute morgen in Stubbenkammer, ja beinah unerträglich, doch vielleicht lag es auch an den Aalen und Preiselbeeren, die mitgekommen waren. Die Kinder interessierten sich nicht wenig für mich, und bald zogen sie sich aus und folgten mir ins Wasser, ein Mädchen badete nur in seiner Schürze. Sie waren sehr lieb zu mir, zeigten mir die Stellen mit den wenigsten Steinen, ermutigten mich, wenn ich schauderte, und machten einen fürchterlichen Lärm – ich vermute, mir zu Ehren, denn nach jedem Ausbruch hielten sie inne und schauten mit bescheidenem Stolz zu mir. Als ich hinaus kletterte, taten sie dasselbe und wollten durchaus Gertrud helfen, meine Badesachen auszuwringen. Ich verteilte einige Pfennige unter sie, als ich mich angezogen hatte, worauf sie noch enger an mir klebten. Sie geleiteten mich allesamt zurück zum Gasthaus, wo sie kaum zu bewegen waren, mich an der Tür zu verlassen.

Es war ein Abend tiefsten Friedens. Ich saß am Fenster

meines Schlafzimmers, Leib und Seele in zufriedener Harmonie. Mein Körper hatte so viel gebadet und war den ganzen Tag so viel herumgelaufen, daß er unfähig war, einen Schatten auf das Licht der Seele zu werfen, und mit seiner Lehnstuhl-Existenz vollauf zufrieden war. Das Licht meiner Seele, seit Thiessow nur noch schwach glimmend, brannte an diesem Abend rein und stetig, denn ich war allein und konnte aufatmen und nachdenken und mich auf die nächsten Tage freuen, die wie eine besonnte Landschaft vor mir lagen. Und wenn ich zum Ende der Insel und meiner Fahrt gelangt sein würde, wollte ich heimkehren und Wochen damit verbringen, in inbrünstiger Arbeit Charlotte und den Professor wieder zusammenzuführen. Ja, falls nötig wollte ich sie sogar einladen, so durchdrungen war ich von dem feurigen Wunsch, Gutes zu tun.

Nachdem die Sonne hinter die dunkle Linie der Kiefern zur Rechten gesunken war, breitete sich auch in der Ebene Stille aus. Außer dem gelegentlichen Klappern von Holzpantoffeln drang von der Straße kein Laut. Dieser Ort war von allen auf Rügen, die ich kennengelernt habe, der ländlichste und friedlichste. Da saß ich nun müßig, genoß die sanfte Luft, die nach Klee duftete, zählte die Sterne, die ich am blassen Himmel schon erkennen konnte, und beobachtete die Frauen, die weit draußen auf der Ebene die Kühe gemolken hatten und nun mit ihren schäumenden Eimern heimkehrten. Es muß schon recht spät gewesen sein, als ich von der Landstraße ein Räderrollen in Richtung auf Bobbin vernahm. »Wie kommt jemand zu dieser Zeit auf dieser einsamen Straße daher?« dachte ich und überlegte, wie es wohl weiter draußen sein mußte, dort, wo die Dunkelheit des Kiefernwaldes begann. Jedoch der Wagen hielt unmittelbar unter meinem Fenster, und ich sah im Licht, das aus der Tür des Gasthauses fiel, einen grünen Hut und bekannte Schultern, in einen Regenmantel gehüllt.

»Was! In aller Welt –«, rief ich aus.

Der Professor blickte rasch auf. »Lotte hat heute morgen Saßnitz mit dem Dampfer verlassen«, rief er jubelnd auf englisch. »Sie hat ein Billett bis Arkona genommen. Das habe ich genau in Saßnitz erfahren und bin sofort losgefahren. Dieses Rindvieh von Kutscher will mich aber nicht weiterfahren. Ich bitte dich daher, mich in deinem Wagen mitzunehmen.«

»Was! Doch nicht heute nacht?«

»Heute nacht? Doch, gewiß, heute nacht. Wer weiß, wohin sie morgen geht.«

»Aber Arkona ist viele Meilen weit – wir kommen nie dort an – es würde die Pferde umbringen –«

»Tatata«, war die einzige, in größter Ungeduld ausgestoßene Antwort, begleitet von Geldklimpern, was anzeigte, daß die Person, als Rindvieh bezeichnet, bezahlt wurde.

Ich wandte mich um und starrte Gertrud, die durch diese Unterhaltung im Herrichten meines Bettes unterbrochen wurde, entsetzt an. Dann erkannte ich blitzartig den einzig sicheren Ort und warf mich voll angekleidet in mein Bett. »Geh hinunter, Gertrud«, sagte ich und zog die Bettdecke bis unters Kinn, »und sag dem Professor, was du willst. Sag ihm, ich sei im Bett, und nichts bringe mich heraus, sag ihm, daß ich ihn morgen zu jedem Ort auf Erden fahren will. Ja – sag ihm das, sag ihm, daß ich das verspreche, aufrichtig verspreche, und ihm helfen will. So, nun geh und schließ mich ein.« Ich vernahm nämlich großen Lärm auf der Treppe, und wer konnte wissen, was ein aufgeregter weiser Mann nicht alles tun würde, um hinterher zu behaupten, er sei geistesabwesend gewesen.

Immerhin hatte ich mich endgültig verbürgt, den Weg aktiver Einmischerei zu beschreiten.

Der neunte Tag

Von Glowe nach Wiek

Wie Gertrud mir berichtete, war der Wirt beunruhigt, als er hörte, wir wollten zu einer Stunde nach Arkona fahren, die praktisch nur den Vögeln bekannt ist. Professor Nieberlein hatte Gertrud, nachdem er lange und hörbar unten im Flur getobt hatte, mit dem Ersuchen zu mir geschickt, der Wagen solle um vier Uhr an der Tür stehen.

»Um vier Uhr gibt es keine Tür«, sagte der Wirt.

»Tatata«, sagte der Professor.

Der Wirt beschrieb mit erhobenen Händen die Länge und Sandigkeit des Weges.

»Nun dann um drei Uhr«, war alles, was der Professor sagte.

»Oh, oh«, rief ich vielsagend, als Gertrud kam und es mir berichtete. Ich zog die Bettdecke noch höher hinauf, als suchte ich Schutz darunter vor den Schlägen des Schicksals.

»Es könnte ja sein, daß August verschläft«, schlug Gertrud vor, als sie meinen sprachlosen Einwand gegen den Aufbruch um drei Uhr, ganz gleich, wohin, wahrnahm.

»Ja, so ist's, das halte ich für sehr wahrscheinlich«, sagte ich und tauchte unter der Bettdecke auf, um ernsthaft zu reden. »Bis sechs Uhr wird er wohl schlafen – mindestens bis sechs Uhr, meinst du nicht, Gertrud?«

»Das ist sehr wahrscheinlich«, sagte Gertrud und ging zu August, um den Auftrag weiterzugeben.

August befolgte ihn. Er schlief derart tief, daß der Professor und ich uns um acht Uhr noch in Glowe befanden; wir frühstückten an einem kleinen Tisch an der Straße vor dem Haus. Wir aßen Flundern und dazu heißes Stachelbeergelee. Der Professor war viel ruhiger geworden, ja, er war ganz ausgelassen. Ihm gefielen die Flundern, die, wie er sagte, frisch seien wie junge Liebe. Nach seinem langen Tag und der schlaflosen Nacht war er sehr müde gewesen, und als er merkte, daß ich fest entschlossen blieb, war auch er zu Bett gegangen und hatte verschlafen. Gleich als ich ihn am Morgen erblickte, erzählte ich ihm, was ich mir vorstellte: daß Charlotte, die wußte, daß ich auf meiner Fahrt rund um die Küste auch nach Arkona kommen würde, dort auf mich warten würde. »Also brauchen wir uns wirklich nicht zu eilen.«

»Eilen? Nein, gewiß nicht«, sagte er, vergnügt und einsichtig nach seiner guten Nacht. »Wir wollen die Gegenwart genießen, kleine Cousine, und die ausgezeichneten Flundern.« Und dann erzählte er mir die Geschichte von dem großspurigen Mann, der sich der Höhe seiner Zimmer rühmte, und zwar einem Mann gegenüber, der viel ärmer war, außer an Verstand. Und der ärmere Mann, der der Reden über Zimmerdecken überdrüssig war, wurde schließlich wütend und erzählte, in seinem eigenen Hause seien die Decken so niedrig, daß das einzige, was er je darin essen könnte, Flundern seien.

Obwohl ich die Geschichte schon kannte, gab ich mir Mühe, zur rechten Zeit die angemessene Heiterkeit zu zeigen, und schließlich lachte ich aus ganzem Herzen, bloß weil der Professor lachte, bis er sich die Augen trocknen mußte.

Der Tag war verhangen und ohne Sonnenschein. Der Himmel war von blendendem und unerträglichem Grau. Es wehte kein Wind, und die Fliegen umsummten in Schwärmen die Köpfe der Pferde, als wir zwischen den Kiefern die gerade weiße Straße nach Arkona entlangfuhren. Gertrud war wiederum auf eine Karre verbannt, aber sie sah nicht annähernd so grimmig drein wie zuvor – offensichtlich zog sie den Professor seiner Frau vor, ein Abweichen von der üblichen Zurückhaltung in ihrem Verhalten, denn Gertruds pflegen keine Vorlieben zu haben und erst recht keine zu zeigen.

Von Glowe aus führt die Landstraße beinah ohne eine Biegung durch die Kiefern zum nächsten Ort, Juliusruh; man fährt etwa anderthalb Stunden Richtung Nordosten. Wir kamen an keinem einzigen Haus vorbei, der Weg war vollkommen einsam und die Schwüle lähmend. Wir konnten weder die Ostsee noch den Bodden sehen, die jeweils nur wenige Meter hinter den Kiefern lagen. In Juliusruh, einem flachen, stickigen Ort mit neuen Fremdenpensionen, konnten wir einen Blick auf die lehmfarbene See werfen. Nach Juliusruh, wo die Landstraße plötzlich endet und keine Kiefern mehr wachsen, gelangten wir ins freie Land, von dessen »Sandigkeit« der Wirt mit erhobenen Händen gesprochen hatte. Als wir uns im Schrittempo voranarbeiteten, wurde der graue Himmel immer undurchdringlicher, und es begann zu regnen. Es war der erste Regen auf meiner Reise, und er war köstlich. Das reife Getreide zu unserer Linken sah wie tiefes Gold aus gegen den einfarbigen Himmel, die Gräben leuchteten wie Lichtstreifen, so dicht standen die gelben Blumen, die Luft duftete vor Feuchtigkeit, und, was das Beste war, es gab keinen Staub mehr. Der Professor öffnete seinen Regenschirm, der sich als riesig erwies, so daß wir beide bequem darunter sitzen konnten und trocken blieben. Er war so voller Freude, auf Charlottes Spuren zu sein, daß es für mich wohl die angenehmste Fahrt auf Rügen war. Der Reisende jedoch, der nicht neben einem gutgelaunten Professor unter einem Regenschirm sitzt, wird von dieser Strecke nach Arkona enttäuscht sein.

Bei Vitt biegt die Straße unversehens von der Küste ab. Vitt ist ein kleiner Fischerweiler, versteckt in einer tiefen Schlucht. Ein reizvoller kleiner Ort – ein paar Fischerhütten, ein winziges Gasthaus und eine Menge Walnußbäume. Als wir am oberen Ende der Schlucht vorüberfuhren, sahen wir hinab auf die einzige Straße, die zum Felsen umspülenden Meer führt. Große schwarze Fischerboote waren beinah bis an die Straße hinaufgezogen. Ein einsamer Schirm stand auf halber Straße und beschützte ein unvollendetes Bild vor dem sanften Regen, während der Künstler – ich nehme an, es war der Künstler, weil er ein einzigartiges Arrangement um den Hals trug – es versonnen von der Gasthaustür aus betrachtete. Selbst bei Regen war Vitt ganz und gar entzückend, ich kann es dem Reisenden mit gutem Gewissen empfehlen, und bei sonnigem Wetter muß es einer der hübschesten Orte Rügens sein. Gern hätte ich eine Nacht dort zugebracht, obgleich das Gasthaus nach Federbetten aussah. Aber ich hatte eine Aufgabe, und wer eine Aufgabe zu erfüllen hat, verbringt seine meiste Zeit damit, die besten Dinge zu versäumen.

»Nun, ist das nicht ein kleines Paradies?« rief ich aus. Der Professor zitierte englische Dichter und bemerkte, er verstünde ihren Geschmack besser als den solcher Leute, die in falsch verstandenen und windigen Verzückungen über das Wetter und die Landschaft schwelgten.

»Aber wir können nicht alle den Geschmack großer Gelehrter haben«, sagte ich ziemlich kühl, denn ich mochte den Ausdruck »windige Verzückungen« nicht.

»Wenn du mich meinst mit großen Gelehrten, du großes Mädchen, so laß dir sagen, daß meine Jahre und ein paar armselige Kenntnisse nur dazu dienten, mir klarzumachen, daß die besten Dinge des Lebens von der Art sind, zu denen das Sitzen unter einem Regenschirm mit einer lieben kleinen Cousine gehört. Gestern habe ich versucht, diese Lebenserfahrung dem langen Engländer zu vermitteln, doch der steckt noch knietief in Theorien und vermag das Einfache und Nächste nicht wahrzunehmen.«

»Ich mache mir nicht das geringste aus diesem Regenschirmvergnügen«, sagte ich eigensinnig, »es ist barer Stumpfsinn, verglichen mit dem Vergnügen, einen Ort wie Vitt bei schönem Wetter anzuschauen.«

»Tatata«, sagte der Professor, »sprich mir nicht vom Wetter. Du meinst es auch nicht von Herzen.« Dabei stopfte er die Decke wieder um mich, damit ich nicht naß würde, und erkundigte sich fürsorglich, warum ich keinen wasserdichten Mantel hätte wie er, der so sehr praktisch sei.

Von Vitt nach Arkona beschreibt die Straße einen Winkel, in dessen Spitze das Dorf Putgarten liegt; wir brauchten eine Viertelstunde, um es zu umfahren. Gegen ein Uhr gelangten wir nach Arkona, praktisch nur ein Leuchtturm mit einem Restaurant darin.

»Jetzt auf zur kleinen Lot!« rief der Professor, sprang in den Regen hinaus und eilte dem heraustretenden Wirt entgegen, während ich mir schleunigst die Hauptpunkte meiner Argumente ins Gedächtnis zurückrief

Jedoch Charlotte war nicht da. Sie war dagewesen, sagte der Wirt, am vergangenen Nachmittag, sie war mit dem Dampfer gekommen, hatte nach einem Schlafzimmer gefragt, man hatte es ihr gezeigt, doch sie hatte mehr Bequemlichkeiten erwartet, als er bieten konnte. Nach dem Kaffee hatte sie ein Gefährt bestellt und war nach Wiek weitergefahren.

Der Professor war schrecklich niedergeschlagen. »Nun gut, dann also weiter«, sagte er, »wir wollen sofort nach Wiek fahren. Wo es liegt, werden wir ja herausfinden.«

»Ich weiß, wo es liegt – es steht auf der Landkarte.«

»Daran habe ich nie gezweifelt.«

»Ich meine, ich kenne den Weg von hier aus. Ich wäre sowieso hingefahren, Charlotte wußte das. Aber wir können nicht gleich weiter, lieber Professor. Die Pferde schaffen das nicht. Es liegt mindestens zehn Meilen entfernt, und der ganze Weg besteht nur aus Sand.«

Ich brauchte eine ganze Weile und viele Worte, um ihn davon zu überzeugen, daß nichts mich von der Stelle brächte, bevor die Pferde gefüttert und ausgeruht waren. »Wir bleiben doch nur ein paar Stunden«, tröstete ich ihn, »und wir kommen auf alle Fälle heute noch nach Wiek.«

»Aber wer weiß denn, ob sie dort zwei Nächte nacheinander bleibt«, schrie der Professor und lief mit großen Schritten im Morast herum.

»Nun, das werden wir wissen, wenn wir dort sind, es hat keinen Sinn, uns jetzt schon zu beunruhigen. Aber ich bin sicher, daß sie wartet, bis ich da bin. Kommen Sie, wir wollen aussteigen und ins Haus gehen.«

»Ich werde mir einen Wagen mieten«, verkündete er sehr entschieden.

»Was! Und ohne mich wegfahren?«

»Ich sage dir, ich werde einen Wagen mieten. Es ist keine Zeit zu verlieren.«

Damit rannte er zum Wirt zurück, der uns von der Tür aus sehr mißbilligend beobachtete. Ich nehme an, daß Charlottes Weigerung, seine Schlafzimmer als ihrer würdig anzusehen, ihm auch ihre Freunde suspekt machte. Möglicherweise verstärkten des Professors hastige Sprünge zwischen den Pfützen sein Mißfallen.

Es gäbe keinen Wagen, sagte er, absolut keinen. So wurde der Professor, wutkochend und niedergeschlagen zugleich, zur Aufgabe gezwungen.

Ich hatte während der Verhandlungen allein unter dem Regenschirm gesessen. Der Regen fiel eintönig auf dessen weites Dach, lief von dem lackierten Deckel meiner gelben Hutschachtel und tropfte von Augusts Hutrand auf seinen geduldigen Rücken. Ein bis zwei Meter hinter uns saß Gertrud auf einer Reisetasche, sie war nur verschwommen sichtbar hinter der Dampfwolke, die vom Rücken ihres durchnäßten Kutschpferdes aufstieg. Ich konnte die See hören, wie sie sich träge am Fuß der Klippen über den Kiesstrand hob und senkte, ich konnte sie hinter den vorspringenden Felsen im Osten sehen und hier zum erstenmal um die Biegung der Insel nach Norden blicken. Das Wasser sah flach, ölig und braun aus. Man konnte sich keine trostlosere See, keinen traurigeren Ort vorstellen. Ich stieg aus und ging bedrückt ins Haus.

Der Wirt führte uns in ein Hinterzimmer, da der vordere Raum den Fischern vorbehalten war. Wolken von Tabaksrauch und Lärm schlugen uns entgegen, als er die Tür öffnete. Das Zimmer war voller Leute, die aussahen wie auf einer Landpartie: etwa dreißig Menschen, männlich und weiblich, saßen, gleichzeitig essend, schwatzend, singend und rauchend, an schmalen Tischen. Drei besonders farbenfrohe junge Frauen in den leichtesten Schönwetter-Kleidern, nun nichts als nasser Batist und Federn, ebenso hübsche Mädchen mit auffallenden Frisuren, rauchten Zigaretten. In der Ecke nahe der Tür saß bescheiden und einsam noch eine junge Frau in Schwarz. Sie trug eine sehr kleine Haube, geschmückt mit einer großen Elsässer Schleife am Hinterkopf auf einer kunstvoll gelockten, getürmten Frisur. Sie hielt den Blick dezent auf ein Wiener Schnitzel gerichtet, das sie äußerst geziert verzehrte. All die jungen Leute, die nicht in die Nähe der Mädchen in Batist gelangen konnten, taten, was sie konnten, um die Aufmerksamkeit dieser einen auf sich zu ziehen.

»Hier können wir nicht bleiben«, flüsterte ich dem Professor zu, »es ist zu schrecklich.«

»Schrecklich? Es ist menschlich hier, kleine Cousine. Menschheit, wo sie am glücklichsten ist – mit anderen Worten: beim Essen.« Damit zog er seinen Umhang aus und hängte seinen Hut auf, so frisch und munter, daß ich, die ich ihn soeben noch zerrissen von Qual zwischen den Pfützen hatte wandern sehen, nur staunen konnte.

»Aber es ist kein Platz frei«, wandte ich ein.

»Oh, es ist reichlich genug Platz. Wir werden uns in die Ecke zu der jungen Dame in Schwarz setzen.«

»Nun gut, Sie können sich dort hinsetzen, ich geh hinaus auf die Veranda, um etwas Luft zu schöpfen.«

»Noch nie habe ich jemanden gesehen, der soviel Luft braucht, Luft! Hast du nicht den ganzen Morgen genug Luft gehabt?« Ich aber bahnte mir den Weg durch den Tabaksrauch bis zu einer offenstehenden Tür am anderen Ende zu einem kleinen überdeckten Platz, der zum Garten führte. Dankbar steckte ich den Kopf um die Ecke und atmete die süße Luft ein. Der Garten liegt westlich des Leuchtturms auf einem Hang, der steil hinabfällt bis zu den flachen Kornfeldern, die sich zwischen Arkona und Putgarten erstrecken. Ein hübscher Platz voller Lilien – an diesem Tage blühten sie – und Pappeln, diesen musikalischsten unter den Bäumen. Unbehauene Stufen an einer Seite des Hügels führten zu einem Fußweg, auf dem man, zwischen Roggenfeldern wandernd, nach Putgarten gelangen konnte. Auf den obersten Stufen standen, aufrecht wie die Pappeln, zwei Personen unter Regenschirmen und betrachteten schweigend die Gegend. O unverkennbar englische Rücken! Und von allen Rücken die unverkennbarsten – die der Harvey-Brownes.

Ruckartig zog ich den Kopf wieder zurück, um instinktiv zu flüchten, doch drinnen in der Ecke saß der Professor, und ich konnte hören, wie er sich der jungen Person mit der Elsässer Haube angenehm machte. Ich hatte keine Lust, ihn dabei zu stören, denn sie war offensichtlich Mrs. Harvey-Brownes Jungfer, doch ich überlegte mir, ob der Bischof sich auch genug Sorgen gemacht hatte über die Art, wie sie ihr Haar frisierte. Ich wußte nicht, wohin ich gehen sollte, und war überzeugt, überall erwischt zu werden; ich blickte wie gebannt auf die beiden in Regenmäntel gehüllten Gestalten vor dem niedrigen Himmel, und schon wandten sie sich um, als hätten sie meine Blicke gefühlt.

»Meine liebe Frau X, Sie sind auch hier? Wann sind Sie denn in diesen schrecklichen Ort gekommen?« rief Mrs. Harvey-Browne und eilte mit ausgestreckten Händen und einem Gesicht voller Willkommensfreude und Mitgefühl durch den Regen auf mich zu. »Wie reizend, Sie wiederzusehen – aber ausgerechnet hier. Stellen Sie sich vor, wir hatten geglaubt, hier wohnen zu können. All unser Gepäck ist hier, und das gemütliche Binz haben wir verlassen. In diesem Zimmer kann man unmöglich bleiben. Gerade überlegten wir, was zu tun sei, und uns war sehr trostlos zumute. Nun, Brosy – ist das nicht eine reizende Überraschung?«

Brosy lächelte und sagte ja, es sei sehr reizend, und er hoffe nur, es würde endlich aufhören zu regnen. Wahrscheinlich sei ich nur auf der Durchfahrt?

»Ja«, sagte ich, und tausend Gedanken flogen mir durch den Kopf.

»Haben Sie noch etwas von den Nieberleins gehört?« fragte Mrs. Harvey-Browne. Sie klappte ihren Regenschirm zu und machte Anstalten, auch auf den überdeckten Vorplatz zu kommen.

»Sie wissen wohl, daß meine Cousine an jenem Abend abgereist ist«, sagte ich.

»Ja, ich mußte mich nur wundern …«, begann Mrs. Harvey-Browne, doch wurde sie von ihrem Sohn unterbrochen, der fragte, wo ich heute nacht schlafen wolle.

»Wahrscheinlich in Wiek«, gab ich zur Antwort.

»Ist Wiek nicht der kleine Ort an der …«, fing Brosy wieder an, doch wurde er von seiner Mutter unterbrochen, die fragte, ob der Professor seiner Frau nachgefahren sei.

»Ja«, sagte ich.

»Ich muß gestehen, ich war erstaunt …«, versuchte es Mrs. Harvey-Browne erneut, doch wurde sie von ihrem Sohn mit der Frage unterbrochen, ob in Lohme ein Hotel sei, in dem man wohnen könne.

»Ich glaube wohl, es sah so aus, als wir durchfuhren«, sagte ich.

»Nämlich weil ...«, fing Brosy wieder an, doch seine Mutter ließ sich nun nicht mehr aufhalten und wollte wissen, ob ich etwas von dem lieben Professor gehört habe, seit er abgereist sei. »Welch wunderbarer Geist«, fügte sie hinzu.

»O ja«, sagte ich.

»Er und seine Frau werden jetzt wohl nach Bonn zurückkehren?«

»Ja, bald, hoffe ich.«

»Sagten Sie nicht, er sei nach Berlin gefahren? Ist er jetzt dort?«

»Nein.«

»Haben Sie ihn denn wiedergesehen?«

»Ja. Er ist nach Stubbenkammer zurückgekommen.«

»Tatsächlich? Mit seiner Frau?«

»Nein. Charlotte war nicht bei ihm.«

»Tatsächlich?«

Nie habe ich ein ausdrucksvolleres »Tatsächlich« gehört.

»Meine Cousine hat ihre Pläne geändert«, sagte ich hastig, verstört von diesem ausdrucksvollen Ausruf, »und ist ebenfalls zurückgekommen. Doch dann hat ihr Stubbenkammer nicht gefallen. Sie wartet in Wiek auf mich, bis ich komme – bis wir kommen.«

»O wirklich? Und der Professor?«

»Der Professor kommt natürlich auch nach Wiek.«

Mrs. Harvey-Browne starrte mich kurz an, als versuche sie, ihre Gedanken zu ordnen. »Bitte verzeihen Sie«, sagte sie, »daß ich so dumm bin, aber ich kann nicht ganz verstehen, wo der Professor ist. Er war in Stubbenkammer, und er will nach Wiek gehen, aber wo ist er jetzt?«

»Hier drinnen«, sagte ich und wies mit dem Kopf in Richtung Speisesaal und wünschte dabei aus ganzem Herzen, er sei nicht dort.

»Hier drinnen?« rief die Frau des Bischofs, »Brosy – hast du gehört? Wie himmlisch! Komm, wir wollen sogleich zu ihm gehen.« Damit rauschte sie zur Tür, Brosy und ich folgten. »Gehen Sie zuerst hinein, liebe Frau X«, wandte sie sich mir zu, erschrocken von den Rauchwolken, den vielen Stühlen und den Leuten, die Platz machen mußten, denn nunmehr waren die Touristen mit dem Essen fertig und hatten ihre Stühle zusammengeschoben, um bequemer miteinander sprechen zu können. »Sie wissen ja, wo er ist. Ich kann gar nicht sagen, wie beglückt ich bin – wirklich, so ein Glücksfall. Aha, er ist offensichtlich mit einem englischen Freund zusammen«, fügte sie hinzu, denn die Zecher hatten ihr Lärmen unterbrochen, um uns anzustarren, so daß man die fröhliche Stimme des Professors deutlich vernehmen konnte, die irgendeine unsichtbare Person auf englisch fragte, ob sie den Unterschied zwischen einem Kanarienvogel und einem Klavier kenne.

»Wie immer ist er in solch angeregter Stimmung«, murmelte Mrs. Harvey-Browne verzückt.

Nun kam es zu einer großen Behinderung. Eine Gruppe Touristen versperrte den Weg, und als das Stuhlrücken und Murren aufhörte, konnten wir wieder ein Stückchen der Unterhaltung des Professors aufschnappen. Er sagte: »In diesem Falle, meine liebe junge Dame, kann ich Sie nicht ernstlich genug warnen, äußerste Vorsicht walten zu lassen, wenn Sie ein Klavier kaufen wollen ...«

»Ich denke ja gar nicht daran, so etwas zu tun«, unterbrach ihn eine schrille weibliche Stimme, bei deren Ton Mrs. Harvey-Browne einen Ausruf hören ließ.

»Tatata. Ich setze nur den Fall. Nehmen wir einmal an, Sie wünschten, ein Klavier zu kaufen, und wüßten nicht, wie Sie behaupten, den Unterschied zwischen diesem und ...«

»Ich denke ja nicht dran. Ich wäre ja hübsch dumm.«

»Na, nehmen wir nur einmal an ...«

»Was hat es denn für einen Sinn, so was Dummes anzunehmen? Sie sind ein komischer alter Mann.«

»Andrews?« sagte Mrs. Harvey-Browne, die in diesem Augenblick neben dem in seine Unterhaltung vertieften Paar erschien. Sie sprach mit jener schleppenden Sanftheit, die eine Drohung enthält.

Andrews Gesicht trug noch den Ausdruck, der ihr Kichern begleitet hatte, jetzt aber sprang sie auf und erstarrte vor unseren Augen zu einer wohlerzogenen Jungfer. Der Professor hatte sich kaum verbeugt und Mrs. Harvey-Browne die Hand geküßt, als er auch schon seine Freude äußerte, daß diese reizende junge Dame zu ihrer Gesellschaft gehöre. »Ihre Tochter, gnädige Frau, ohne Zweifel …?«

»Meine Jungfer«, sagte Mrs. Harvey-Browne mit eisiger Stimme, »Andrews, bitte kümmern Sie sich um das Gepäck. Ja, nicht wahr, sie ist ein gutaussehendes Mädchen«, fügte sie hinzu, bemüht, allem, was der Professor sagte und tat, zuzustimmen.

»Gutaussehend? Sie ist so ungewöhnlich hübsch, gnädige Frau, daß ich nur annehmen konnte, sie sei Ihre Tochter.«

Dieser primitive Trost besänftigte Mrs. Harvey-Browne, und ein strahlendes Lächeln breitete sich auf ihrem Gesicht aus. Sie vergaß ihre Abneigung gegen Ansammlungen von Deutschen und gegen Tabakrauch und setzte sich auf Andrews leergewordenen Stuhl, bat den Professor, sich wieder auf seinen zu setzen, und stürzte sich in eine überschwengliche Unterhaltung, die damit begann, daß sie ihn aufs feurigste einlud, sie und den Bischof noch in diesem Sommer in ihrer bischöflichen Residenz in Babbacombe zu besuchen. Kaum hörte ich dies, so schlüpfte ich hinaus in das ruhige Vorderzimmer. Brosy folgte mir. Ihm war der Anblick des Professors, den seine Mutter mit Artigkeiten überschüttete, sichtlich peinlich.

Das Vorderzimmer schien uns nach allem, was wir hinter

uns hatten, sehr ruhig und geräumig. An der Bar tranken ein paar Fischer Bier. In einer Ecke saßen Andrews und Gertrud, die sich natürlicherweise nur bruchstückhaft unterhalten konnten, beim Reisegepäck. Türen und Fenster standen weit offen, und der Regen fiel stetig herab und erfüllte das Zimmer mit gleichmäßigem feuchten Rauschen. Über meine zunächst so feste Überzeugung, der Professor müsse ein unbedingt entzückender Lebensgefährte sein, hatte sich eine leichte Trübung gelegt. Ich begann zu ahnen, daß er vielleicht gewisse Eigenarten hatte, die eine Ehefrau stören mochten. Es sah so aus, als liebe er Charlotte, und auch mich schien er sehr gern zu haben, jedenfalls bin ich in so kurzer Zeit noch nie so oft getätschelt worden. Doch kaum hatte er die Elsässer Schleife erblickt, vergaß er, daß es mich gab und daß ich da war, vergaß er, wie aufgeregt er gewesen war, um seine Frau wiederzufinden, und widmete sich ihr mit einer Lebhaftigkeit, die kaum gefallen konnte. In mir wuchs die Überzeugung, daß es für mich am besten wäre, ihn möglichst bald Charlotte zu übergeben, um allein weiterzufahren. Gewiß – Charlotte mußte zu ihm zurückkehren und ihn versorgen –, warum sollte ich, zuerst mit dem weiblichen Nieberlein und dann mit dem männlichen, Rügen umrunden?

»Die Wege des Schicksals sind wahrhaft wunderlich«, bemerkte ich mehr zu mir selbst, während ich zur Tür ging und hinaus in die Nässe blickte.

»Meinen Sie, weil sie Sie an einem Regentag nach Arkona geführt haben?« fragte Brosy.

»Ja, deswegen auch, und wegen vieler anderer Dinge dazu«, sagte ich und setzte mich an einen Tisch, auf dem ein dickes Album mit vielen Daumenabdrücken auf dem Deckel lag. Ziemlich ungeduldig fing ich an, darin zu blättern.

Doch noch hatte ich nicht alles durchgemacht, was das Schicksal mir harmloser Frau vorbehalten hatte. Denn während Brosy und ich dieses Buch genau studierten, ein altes Gästebuch aus dem Jahre 1843, das vom Vater oder Großvater des Wirts stammen mochte und das entschieden das Beste war, was Arkona besaß, während wir also dieses Buch durchlasen und Skizzen betrachteten und unvermeidliche Albernheiten belachten und Unterschriften von berühmten Leuten bewunderten, die hier waren, bevor sie berühmt wurden – Bismarck als Assessor 1843, Caprivi als Leutnant, Waldersee ebenfalls als Leutnant –, während wir, wiederhole ich, unschuldig dieses Buch durchlasen, krempelte das Schicksal eifrig die Ärmel hoch, um mir einen noch härteren Schlag zu versetzen. Mrs. Harvey-Browne kam wahrhaftig herein, hinter ihr der Professor, der wie im Traum dahinging, mit leeren Blicken. Sie fragte mich ohne Umschweife, ob ich sie in meinem Wagen bis Wiek mitnehmen wolle.

»Auf diese Weise, liebe Frau X, sehen Sie, kann ich ganz einfach dorthin gelangen«, erklärte sie.

»Aber warum wollen Sie dorthin?« fragte ich, niedergeschmettert von den Fäusten des Schicksals.

»Oh, warum denn nicht? Wir müssen ja irgendwohin, und das Natürlichste ist doch, dies mit vereinten Kräften zu tun. Findest du nicht auch, Brosy, mein Lieber? Der Professor findet den Plan ausgezeichnet, und er ist so liebenswürdig, mir seinen Platz abzutreten, wenn Sie mich haben wollen, nicht wahr, Professor? Ich möchte ja bloß auf dem kleinen Bänkchen sitzen. Denn ich will niemandem zur Last fallen. Ich fürchte jedoch, der Professor wird nicht gestatten …«, und sie hielt inne und blickte den Professor mit schelmischer Heiterkeit an, der abwesend murmelte: »Gewiß, gewiß«, was ja alles bedeuten konnte.

»Meine liebe Mutter«, begann Brosy, deutlich protestierend.

»Oh, sicher ist dies das Beste, was wir tun können. Ich fragte den Wirt, ob man eine Droschke mieten könne, aber so etwas gibt es nicht. Es ist ja bloß bis Wiek, und das ist, wie ich höre, nicht allzuweit. Es wird Ihnen doch nichts ausmachen, liebe Frau X?«

»Ausmachen?« rief ich und zwang mich zu einem Lächeln, »aber – wie soll Ihr Sohn ... ich verstehe nicht ganz ... und Ihre Jungfer?«

»Oh, Brosy hat ja sein Fahrrad, und wenn Sie Ihr Gepäck in den Gepäckwagen tun, kann Andrews ganz gut neben Ihrer Jungfer sitzen. Selbstverständlich würden wir die Ausgaben teilen, so daß es wirklich für beide Teile vorteilhaft wäre.«

Mrs. Harvey-Browne gehört zu den Personen, die ganz genau wissen, was sie wollen, und so machte sie, was sie wollte, mit einer so unschlüssigen Frau, wie ich es bin. Sie machte auch mit Brosy, was sie wollte, denn die Unmöglichkeit, seine Mutter vor anderen zu tadeln, verschloß ihm den Mund. Sie machte auch mit dem Professor, was sie wollte, denn der erklärte, eher würde er in den Gepäckwagen steigen, als die Damen zu belästigen. Als wir gerade starten wollten, sprang er denn auch behende auf den Koffer neben Andrews. Dann zögerte er, stieg wieder aus und in die Victoria um, sank auf die kleine Bank dort – alles infolge eines klaren, befehlenden Tons in Mrs. Harvey-Brownes Stimme.

Keine unglückliche Berühmtheit konnte unbequemer dort sitzen als der arme Professor. Es goß dermaßen, daß wir die Plane aufspannen mußten. Ihr Rand ragte bis vor seine Nase – ja, sie würde diese berührt haben, wenn er nicht so aufrecht und zurückgelehnt wie nur möglich dagesessen hätte. So konnte er auch seinen Schirm nicht aufspannen und war dazu verurteilt, mit großem Heldenmut zu versichern, er fühle sich vollkommen wohl, während der Regen pausenlos von der Plane in seinen Hals tropfte. Nun war es ganz unmöglich, gemütlich unter dem Verdeck zu sitzen, während man den durchnäßten Professor draußen sitzen sah. Es war mir unmöglich zuzusehen, wie ein siebzigjähriger Mann, dazu ein Mann von europäischem Ruf, sich vor meinen Augen den Tod holte. Entweder er mußte sich zwischen uns setzen, was nur einer Stecknadel möglich war, oder einer mußte aussteigen und zu Fuß gehen. Da die Lösung der Stecknadel entfiel, blieb also nur die zweite Möglichkeit, und es war klar, daß ich der Fußgänger sein müßte.

Ich ließ halten, sprang hinaus, während Proteste die Luft erfüllten, der Professor wurde auf meinen Sitz verfrachtet, die Frau des Bischofs war taub gegen sein Flehen, in den Gepäckwagen steigen und dort seinen großen Schirm über die beiden durchnäßten Jungfern halten zu dürfen. Gründe, Vorschläge, Ausrufe, Entschuldigungen und – »Vorwärts, August«, unterbrach ich, und blieb zurück in Matsch und Stille.

Wir befanden uns bereits außerhalb von Putgarten, in einem flachen, uninteressanten Land. Die Kornfelder waren nicht von Hecken begrenzt. Zwar hatte ich keinen Schirm, doch einen Mantel mit Kapuze, die ich über den Kopf zog; meinen Hut warf ich Gertrud zu, als sie, Protestrufe ausstoßend, auf ihrem Gefährt vorüberschwankte. »Vorwärts, vorwärts«, rief ich dem Kutscher zu und winkte ihm mit der Hand, als ich ihn zögern sah. Dann blieb ich stehen, um auf Brosy zu warten, der ein wenig hinter uns mißlaunig sein Fahrrad durch den Sand schob. Zweifellos sann er über die gewaltigen Schwierigkeiten nach, mit Müttern umzugehen, die Dinge tun, die man nicht mag. Als er erkannte, daß ich die einsame Gestalt mit der spitzen Kapuze war, die sich vom trüben grauen Hintergrund abhob, setzte er sich mit sehr besorgtem Gesicht in Trab. Mir jedoch wurde es nicht schwer, glücklich auszusehen und ihm zu versichern, daß ich gern zu Fuß ginge, weil ich wirklich dankbar dafür war, der

Frau des Bischofs entronnen zu sein. Außerdem konnte mir ein bißchen Bewegung nicht schaden, und was die Nässe betraf, so hatte das langsame Durchweichtwerden vom warmen Regen seinen eigenen Reiz.

So trotteten wir nach allerhand Beteuerungen ganz gemütlich in Richtung Wiek dahin und behielten die Kutsche zunächst im Auge. Dabei sprachen wir über all die Dinge, die Brosy interessierten, meist solche, von denen ich nichts verstand. Im Zusammenhang mit den Nieberleins hielt er sich an hohe Wahrheiten und allgemeine Redensarten. Er wollte offensichtlich nichts darüber erfahren, warum Charlotte allein in Wiek war, während ihr Mann und ich miteinander herumfuhren. So segelte er erfolgreich in Regionen der reinen Vernunft, während ich schweigend und achtungsvoll zu ihm aufsah. Doch mußte ich die begeisterte Verschwommenheit seiner Worte vergleichen mit der bescheidenen Klarheit alles dessen, was der weise Professor sagte.

Es stellte sich schließlich heraus, daß Wiek kaum weiter als fünf Meilen von Arkona entfernt war, doch war das Gehen mühsam. Mit dem Fahrrad, meinen nassen Röcken und bei all dem geschwollenen Reden kamen wir nur langsam voran, und mein Gemüt kühlte immer mehr ab beim Gedanken an kommende Verwicklungen, die durch die Anwesenheit der Harvey-Brownes in meinem Bemühen, Charlotte zur Rückkehr zu ihrem Mann zu überreden, entstehen mußten.

Brosy wußte sehr wohl, daß zwischen den Nieberleins etwas nicht stimmte, und er fürchtete offensichtlich, in ein Familiendrama verwickelt zu werden. Beim Anblick der roten Dächer und der Pappeln von Wiek verstummte er, und die letzte Meile marschierten wir in unseren schweren, sandverkrusteten Schuhen schweigend dahin. Lange schon waren Kutsche und Karren unseren Blicken entschwunden, ohne Zweifel angetrieben vom Eifer des Professors, zu Charlotte und fort von Mrs. Harvey-Browne zu gelangen. Wir hatten die ersten Häuser erreicht, als August auftauchte, um uns zu holen. Er fuhr sehr rasch, Gertruds Gesicht spähte angstvoll unter der Plane hervor. Von da an waren es nur noch wenige Meter bis zum Dorfplatz, wo sich die beiden Gasthäuser befinden. Brosy bestieg sein Fahrrad, während ich mit Gertrud dahinfuhr, die mich in alle Decken, die sie nur zusammenraffen konnte, wickelte.

In Wiek gab es zwei Gasthäuser, ein besseres und ein schlechteres. Der Professor war in beide gegangen und hatte nach seiner Frau gefragt, ich traf ihn, wie er mit großen Schritten vor dem besseren hin und her lief. Die Art, wie sein Umhang an ihm hing und sein Hut aufgesetzt war, sagte mir sofort, daß Charlotte nicht da war.

»Abgefahren«, rief er, noch ehe der Wagen hielt, »abgefahren heute morgen, um acht Uhr, zu der Zeit, die wir über diesen dummen Flundern vertrödelten. Genügt das nicht, einen armen Ehemann um den Verstand zu bringen? Nach Monaten der Geduld? Verpaßt um ein paar elende Stunden. Ich wußte es, ich flehte dich an, mich gestern abend herzufahren.«

Brosy war nun von geradezu panischer Angst erfüllt, in die Nieberleinschen Verwicklungen gezogen zu werden, er entfernte sich mit seinem Rad so schnell wie möglich. Mrs. Harvey-Browne, die meine Ankunft von einem Fenster aus beobachtet hatte, winkte mir mit unangebrachter Herzlichkeit zu, sobald ich in ihre Richtung schaute. Der Hauswirt und seine Frau schleppten alle Decken ins Haus, die ich beim Aussteigen achtlos in den Straßenschmutz hatte fallen lassen. Beim Anblick meiner spitzen Kapuze und der schmutzigen Kleider ließen sie sich nichts anmerken.

»Wohin ist sie gefahren?« fragte ich, sobald ich den Professor dazu bringen konnte, Ruhe zu geben und zuzuhören,

»wir fahren ihr morgen früh gleich nach, ja, wenn Sie wollen noch heute abend.«

»Ihr nachfahren? Gestern abend, als es noch gegangen wäre, da wolltest du nicht. Wenn wir sie jetzt einholen wollen, müssen wir schwimmen. Sie ist auf eine Insel gefahren – eine Insel, sage ich dir, von der ich bis heute nichts gehört habe –, eine Insel, die wir nur erreichen können, wenn der Wind aus einer günstigen Richtung weht, die ohne Wind überhaupt nicht zu erreichen ist. Vor dir steht ein Mann mit gebrochenem Herzen.«

Der zehnte Tag
Von Wiek nach Hiddensee

Die Insel, auf die Charlotte sich zurückgezogen hatte, hieß Hiddensee, ein schmaler Streifen Sand im Westen von Rügen. Der Reiseführer, gewöhnlich so wortreich, erwähnt sie bloß als einen Ort, zu dem Rügen-Reisende Ausflüge machen können, und schlägt mit einer gewissen Zurückhaltung vor, dort das Leben und die Gewohnheiten der Meeresvögel zu beobachten.

An diesen Ort der Meeresvögel also war Charlotte geflüchtet, wie sie mir in einem bei der Wirtin zurückgelassenen Brief schrieb. In der Nacht in Wiek hatte sie die Vorstellung geplagt, die Harvey-Brownes könnten auftauchen, bevor ich käme. »Ich glaube allerdings, sie denken nicht im Traume daran, überhaupt hierherzukommen«, fuhr sie fort, »aber man kann nie wissen.«

Ja, man kann wirklich nie wissen. Mrs. Harvey-Browne befand sich in diesem Augenblick in eben dem Zimmer, aus dem Charlotte geflohen war. Ich lag wach und arbeitete einen wundersamen Plan aus, durch den ich auf einen Schlag Charlotte mit ihrem Mann vereinen und mich selbst von beiden befreien würde.

Dieser Plan war mir am Abend in den Sinn gekommen, als ich traurig dasaß und eine Art Strafpredigt vom Professor über mich ergehen ließ. Hatte ich denn nicht alles in meiner Macht Stehende getan, bis zur Grausamkeit den Pferden gegenüber, um ihm zu helfen? Es war doch bestimmt nicht meine Schuld, wenn Charlotte nirgends so lange geblieben war, daß wir sie einholen konnten. Hatte ich nicht guten Willen gezeigt? Wie gern wäre ich allein gefahren, hätte anhalten können, wo und wann es mir gefiel – zum Beispiel in Vitt, unter den Walnußbäumen –, doch ich hatte alle meine Liebhabereien aufgegeben, um Mann und Frau zusammenzubringen. Grenzte dies nicht an Edelmut?

»Deine fabelhafte Einfältigkeit erstaunt mich«, bemerkte die weise Verwandte an dieser Stelle meiner Erzählung, als ich ihr nach meiner Heimkehr diese Frage vorwurfsvoll stellte. »Unter keinen Umständen erfährt der Einmischer je Dankbarkeit.«

»Einmischer? Helfer, meinst du wohl. Offenbar nennst du jeden, der hilfreich ist, einen Einmischer.«

»Armes Kind, nun erzähle weiter.«

Der Professor hatte viel gelitten auf der Fahrt unter dem Verdeck zwischen Arkona und Wiek, auch war er durch seine Enttäuschung gereizter, als es der gelassenen Heiterkeit eines wahren Weisen zugestanden hätte. Er erzählte mir zum zehntenmal, daß wir, hätte ich ihn sofort von Glowe hierhergefahren, nicht nur den Harvey-Brownes entgangen wären, sondern auch seine Charlotte eingeholt hätten, denn sie war ja nicht vor acht Uhr dieses Sonnabends von Wiek nach Hiddensee gefahren. Unter seinen Vorwürfen sank ich immer mehr zusammen, als in einer Eingebung der wundervolle Plan meinen Geist mit so freudebringendem Licht überflutete, daß ich den Kopf hob und dem Professor ins Gesicht lachte.

»Nun bitte sage mir«, rief er aus und unterbrach kurz seinen Gang durchs Zimmer, »was du an meiner jetzigen Lage zum Lachen findest?«

»Nichts an Ihrer jetzigen Lage. Der Glanz Ihrer Zukunft war's, der mich lachen macht.«

»Das ist kein Thema, über das man lacht. Außerdem will ich es nicht mit einer Frau erörtern. Auch nicht an diesem Ort. Ich verweise dich«, und dabei schwenkte er seinen Arm, als wolle er mich gänzlich aus seinem Blickfeld fegen, »ich verweise dich an deinen Pastor.«

»Liebster Professor, seien Sie nicht so entsetzlich schlechter Laune. Die Zukunft, an die ich denke, beginnt schon morgen. Manchmal ist ein weiblicher Geist schlauer als der aller großen Künstler des Tiefsinns zusammen. Wenn man kleine Pläne auszuarbeiten hat, ist etwas Schlauheit ganz nützlich. Ich erkläre Ihnen feierlich, daß ich in diesem Augenblick ganz davon erfüllt bin.«

Wieder hielt er im Laufen inne. Die gute Wirtin deckte mit ihrem Hausmädchen den Tisch fürs Abendbrot. Mrs. Harvey-Browne war hinaufgegangen, um eins jener Abendkleider anzulegen, in denen sie offenbar allabendlich die unschuldigen Touristen von Rügen verblüfft hatte. Brosy war seit unserer Ankunft verschwunden.

»Wovon du erfüllt bist, ist nur dein Wunsch, dich über mich lustig zu machen, fürchte ich«, sagte der Professor, aber dabei glättete sich sein liebes altes Gesicht ein wenig.

»Das tue ich nicht. Ich bin nur voller Ideen und will sie ganz Ihnen zur Verfügung stellen. Nur seien Sie bitte nicht so schlechter Laune. Sagen Sie, bitte, bin ich denn nicht mehr Ihre liebe kleine Cousine?«

»Doch, wenn du brav bist.«

»Die man gern tätschelt?«

»Jaja, gewiß, gern, aber wenn die Unvernunft zu groß wird …«

»Und mit der man mit Freuden unter einem Regenschirm sitzt?«

»Gewiß, gewiß, gern, doch du bist äußerst widerspenstig gewesen.«

»Gut, kommen Sie her, setzen Sie sich zu mir, und lassen Sie uns glücklich sein. Es ist doch sehr gemütlich hier, nicht wahr? Wir wollen nicht mehr an den nassen, scheußlichen erfolglosen Tag denken. Und für morgen habe ich einen Plan.«

Der Professor, der sich nun etwas beruhigt hatte, setzte

sich neben mich aufs Sofa. Der Wirt tat flink und lautlos die letzten Handgriffe an den Rosen, den Früchten und Kerzen am Speisetisch. Er war einst in einer guten Familie Diener gewesen und wundervoll würdevoll und feierlich. Wir saßen in einem sehr seltsamen alten Raum, ehemals ein Ballsaal, in dem die vornehme Gesellschaft die Winternächte durchtanzt hatte. Es gab da eine Galerie für Musiker, und Stühle und Bänke längs der Wände waren noch mit verblichenem rotem Stoff bezogen. Mitten in den Raum hatte der Wirt zum Abendessen einen Tisch für uns gestellt und ihn in einer Weise gedeckt, wie ich's, seit ich von zu Hause fort war, nicht mehr gesehen hatte. Außer uns war niemand zu Gast. Selten kommen Touristen nach Wiek, aber dennoch war dieses Gasthaus unter allen, in denen ich gewesen bin, in jeder Hinsicht ganz ausgezeichnet.

»Also, nun erzähl mir deinen Plan, Kleines«, sagte der Professor und machte es sich in der Sofaecke bequem.

»Oh, die Sache ist ganz einfach. Sie und ich, wir gehen morgen früh nach Hiddensee.«

»Gehen! Ja, aber wie? Es ist Sonntag, und auch wenn es keiner wäre, fahren keine Dampfer dorthin, denn es scheint ein ganz gottverlassener Ort zu sein.«

»Wir mieten uns ein Fischerboot.«

»Und wenn kein Wind weht?«

»Dann beten wir um Wind.«

»Und ich soll einen ganzen Tag auf einem kleinen Schiff in Gesellschaft dieser englischen Bischofsfrau verbringen? Ich sage dir, das ist unmöglich.«

»Nein, nein, natürlich dürfen sie nicht mitkommen.«

»Kommen? Sie wird kommen, wenn sie es wünscht. Nie im Leben habe ich eine herrschsüchtigere Frau gesehen.«

»Nein, nein, wir müssen die Harvey-Brownes überlisten.«

»So, dann bleib du hier und überliste die Harvey-Brownes. Dann kann ich sicher meines Weges gehen.«

»O nein«, rief ich verwirrt aus. Der Erfolg meines Plans hing völlig davon ab, daß auch ich mitkam. »Ich ... ich möchte Charlotte wiedersehen. Sie wissen ja, daß ich ... daß ich Charlotte gern habe. Und außerdem würden Sie, lange bevor Sie nach Hiddensee kämen, wieder in Ihre Zerstreutheit verfallen und anfangen zu fischen, und Sie würden am Abend zurückkommen ohne Charlotte und nur mit Fischen.«

»Tatata – ich weiß sehr wohl, welches Ziel ich im Auge habe.«

»Seien Sie nicht so selbstsicher. Denken Sie an Pilatus.«

»Tatata. Du fängst an, dich wie mein Gewissen zu benehmen. Du tadelst mich und bedrängst mich armen alten Mann mit bestürzenden wechselnden Einfällen. Aber ich sage dir, es gibt keine Hoffnung, ohne die englische Madame abzufahren, wenn du nicht hierbleibst und ich mich heimlich fortschleichen kann.«

»Ich will nicht hierbleiben. Ich komme mit. Liebster Professor, überlassen Sie mir alle Vorbereitungen, und Sie werden sehen, wir schlüpfen heimlich zusammen davon.«

In diesem Augenblick rauschte Mrs. Harvey-Browne in eindrucksvoller Toilette mit Schleppe herein, daher endete unsere Unterhaltung mit einem Schlage. Der Wirt zündete die Kerze an, die Wirtin trug die Suppe auf, und Brosy erschien, gekleidet wie jedermann in zivilisierten Ländern.

»Kopf hoch«, flüsterte ich dem Professor zu und stand vom Sofa auf. Er bewies sofort, daß er mich verstanden hatte, indem er mich, ehe ich ihn hindern konnte, tatsächlich unterm Kinn kraulte.

Wir verbrachten einen krampfhaft-verlegenen Abend. Das einzige, was Mrs. Harvey-Browne während der folgenden Stunden nach dem Kinnkraulen zu mir sagte, war: »Ich kann einfach nicht begreifen, warum Frau Nieberlein sich ohne ihren Mann wieder auf eine andere Insel zurückgezogen hat. Diese bedauerliche Vielfalt von Inseln.«

Ich konnte darauf nur antworten, das wisse ich auch nicht.

Der nächste Tag war ein Sonntag. Ein kleiner Junge stieg in den hölzernen Glockenturm der Kirche, genau gegenüber von meinem Fenster, und fing an, zwei Glocken zu läuten. Der Glockenturm steht neben der Kirche, und von ihm aus kann man genau in das Zimmer des Gasthauses gucken, das mein Schlafzimmer war. Ich konnte sehen, wie der kleine Junge ohne Hast von einer Glocke zur anderen ging, er zog an jeder einmal und erholte sich davon, indem er sich hinauslehnte und mich scharf musterte. Ich holte mein Fernglas hervor und musterte ihn mit gleicher Aufmerksamkeit, um ihn aus der Fassung zu bringen. Doch wenn er auch ein kleiner Junge war, so war er doch schon ein unerschrockener Junge und nicht in Verlegenheit zu bringen. Da ich nicht nachgab, starrten wir einander unverwandt zwischen dem Läuten bis neun Uhr an. Dann hörte das Glockenläuten auf, der Gottesdienst begann, und er ging widerstrebend hinunter in die Kirche, wo er vermutlich in den Choral einstimmen mußte, der in England mit den Worten beginnt: »All glory, laud, and honour«. Bald darauf erfüllte die Melodie den Marktplatz und machte deutlich, daß Sonntag war. Während ich am Fenster verweilte und lauschte, tauchte Mrs. Harvey-Browne in der Tür des Gasthauses auf. Sie hatte ihr Sonntagsbarett auf und ging, von Brosy gefolgt, in die Kirche. Im Nu ergriff ich meinen Hut und stürzte die Treppe hinunter zum Professor, der auf einem rosenbewachsenen Weg im Garten hinter dem Hause auf und ab schlenderte. Atemlos berichtete ich ihm, daß die Harvey-Brownes nunmehr als überlistet angesehen werden könnten.

»Was! Schon? Du bist wahrhaft ein wundervoller Bundesgenosse«, rief er in höchster Freude aus.

»Oh, es war gar nichts«, erwiderte ich bescheiden, was ja auch stimmte.

»Dann laß uns sofort aufbrechen«, rief er munter, und

demzufolge schlüpften wir aus dem Hause und um die Ecke hinunter zum Landungssteg.

Die Sonne strahlte, die Erde trocknete, und von Osten wehte eine leichte Brise, die uns, wie der Wirt sagte, in etwa vier Stunden nach Hiddensee bringen würde, falls sie andauerte.

Ich hatte alle meine Vorkehrungen mit Hilfe von August und Gertrud in der Nacht getroffen. Das Segelschiff *Bertha*, ein recht stattlich aussehendes Fahrzeug, versah an Wochentagen den Fährdienst zwischen Wiek und Stralsund, wenn es das Wetter erlaubte. Ich hatte es für den ganzen Tag zum Preis von fünfzehn Mark gemietet, einen einäugigen Kapitän und vier tüchtige Matrosen inbegriffen. Das Segelschiff Bertha erschien mir sehr preiswert. Es stand mir von der Morgendämmerung bis tief in die Nacht hinein zur Verfügung, solange ich es brauchte. Während der ganzen Zeit, als ich mit dem Glockenjungen Blicke austauschte, lag die Bertha am Landungssteg, bereit, jederzeit zu starten. Sie war auf meinen Namen gemietet, und für einen Tag gehörte sie mit ihrem Kapitän und den vier tüchtigen Matrosen ausschließlich mir.

Gertrud wartete an Bord. Sie hatte aus Decken und Kissen eine Art Nest für mich gebaut. Die Wirtin und ihre Magd waren ebenfalls da, mit einem Korb voll selbstgebackener Kuchen und Kirschen aus dem Gasthausgarten. Die Wirtin war übrigens ganz fabelhaft. Ihre größte Freude war es, für ihre Gäste Kuchen zu backen, ohne sie auf die Rechnung zu setzen. Auf meiner Reise rund um Rügen habe ich niemanden getroffen, der ihr und ihrem Mann gliche. Ihre schlichte Freundlichkeit soll nicht unbesungen bleiben, und aus diesem Grunde halte ich hier inne, einen Fuß auf dem Landungssteg und den anderen auf dem Segelboot Bertha, und singe ihr Lob: Der Reisende, der Kellner nicht vermißt, dem es nichts ausmacht, zu seinem Schlafzimmer eine Treppe hinaufzuklettern, die steil ist wie eine Leiter, der die Ruhe liebt, der nicht unempfänglich ist für gute Küche, der Baden und Segeln für angenehmen Zeitvertreib hält – dieser Reisende kann für sehr wenig Geld außerordentlich glücklich in Wiek sein. Und wenn alle anderen Vergnügungen ausgekostet sind, kann er die Bertha mieten, nach Hiddensee segeln und dort Meeresvögel studieren.

»Nimmst du deine vorzügliche Gertrud mit?« fragte der Professor mit leicht unzufriedener Stimme, als er sie unbeweglich sitzen sah, während die Segel gesetzt wurden.

»Ja. Ich mag ohne sie nicht seekrank werden.«

»Seekrank? Es weht kaum genügend Wind, um Fahrt zu machen – wie willst du bei Flaute seekrank werden?«

»Wie kann ich das sagen, bis es soweit ist?«

O fröhliche Reise den Wieker Bodden hinunter, über kleine tanzende Wellen unter dem klaren Sommerhimmel. Gesegnet sei der Wechsel von einer knarrenden Kutsche, die durch den Staub fährt, zu plätschernder Stille und Frische. Der Professor war in so übermütiger Laune, daß man ihn kaum davon abhalten konnte, das zu tun, was er das Bemannen der Rah nannte, und mußte von dem erschrockenen Kapitän heruntergeholt werden, als er anfing zu klettern. Gertrud saß da und schaute mit der gespannten Aufmerksamkeit einer zweiten Brangäne hinaus, um den ersten Schimmer unseres Bestimmungsortes zu erspähen. Man konnte kaum sagen, daß der Wind uns dahintrieb, so sanft wehte er. Doch er brachte uns ruhig und gleichmäßig voran. In der Ferne versank Wiek, und seine Glocken waren verstummt. Einsame Bauernhöfe auf den flachen Küstenstrichen blieben einer nach dem anderen zurück. Der äußerste Punkt vor uns glitt vorüber und wurde zum letzten Punkt hinter uns. Wir waren weit voran auf unserer Fahrt, während wir glaubten, uns kaum zu bewegen. Ich konnte auf der Karte sehen, welchen Kurs wir nahmen und wie es kam, daß es bei dem leichten Wind beinah zwölf Uhr geworden war, ehe wir die Spitze des Wieker Boddens umrundeten. Wir segelten an einer Sandbank mit Hunderten von Möwen vorüber und hielten auf das Nordende von Hiddensee zu.

Hiddensee erstreckt sich von Norden nach Süden, es ist lang und schmal; wie eine Eidechse liegt es in der Sonne. Es ist vollkommen flach wie eine Sandbank, nur am Nordende steigt es an zu Hügeln mit einem Leuchtturm. Nur zwei Dörfer mit Gasthäusern sind darauf, eins heißt Vitte und ist auf einem Sandstreifen erbaut, der so flach ist, auf gleicher Höhe mit dem Meer, daß es aussieht, als müsse jede Welle es überspülen und von der Erdoberfläche wegwaschen. Das andere ist Kloster, und dort war Charlotte.

Auf meiner Karte ist Kloster mit großen Buchstaben gedruckt, als sei es ein wichtiger Ort. Es ist sehr hübsch, sehr klein, eine Handvoll Fischerhäuser. Eine kleine Häuserreihe steht in einem Nest aus Binsen und Weiden am Rande des Wassers, im Hintergrund ein Hügel, und ein wenig hügelauf eine kleine verfallene Kirche, verlassen und ohne Turm in einem baumlosen Friedhof.

Gegen zwei Uhr ankerten wir in der durchsichtigen Bucht. Das letzte Stück im Vitter Bodden waren wir langsam gefahren, beinah ohne Wind, und nun wurden wir in einem Beiboot an Land gerudert, da das Wasser zu flach wurde für ein so majestätisches Schiff wie die Bertha. Der Kapitän lehnte an der Reling und sah uns zu, wie wir fortfuhren, und wünschte uns viel Vergnügen. Das Beiboot und die beiden Ruderer sollten an dem kleinen Landungssteg warten, bis wir sie wieder brauchen würden. Gertrud trug den Kuchenkorb der Wirtin.

»Und du nimmst deine vorzügliche Gertrud wieder mit?« erkundigte sich der Professor mit wachsendem Mißvergnügen.

»Jawohl. Um die Kuchen zu tragen.«

»Tatata.« Und er murmelte etwas gereizt, daß Gott die Welt mit so vielen unattraktiven Frauen bedacht habe.

»Jetzt ist nicht die Zeit, über Frauenschönheit zu diskutieren«, sagte ich. »Fühlen Sie nicht mit jeder Faser, daß Sie Ihrer Charlotte auf einen Steinwurf nahe sind? Ich bin überzeugt, diesmal erwischen wir sie.«

Er hatte Charlotte für einen Augenblick vergessen, und als er an sie erinnert wurde, strahlte sein Gesicht auf. Lebhaft wie ein Achtzehnjähriger sprang er an Land und eilte den schmalen schattigen Pfad am Meer entlang bis zum ersten Gasthof, einem kleinen Bauernhof einfachster Art. Eine schmucke Bediente im Sonntagsstaat räumte in dem winzigen Vorgarten Kaffeetassen von einem Tisch. Mit einigem Bangen nach so vielen Enttäuschungen fragten wir, ob Frau Nieberlein hier sei.

Jawohl, die wohne hier, doch sie sei nach dem Essen in die Dünen hinaufgegangen. In welcher Richtung? An der Kirche vorbei, den Weg zum Leuchtturm.

Kaum hatte sie das gesagt, war der Professor fortgestürzt. Ich rannte hinter ihm her. Gertrud wartete im Gasthaus. Ich wollte mit eigenen Augen sehen, daß er Charlotte tatsächlich fand, denn die geringste Kleinigkeit konnte ihn vergessen lassen, wozu er hergekommen war. So behende war er, so beflügelt von Liebe, daß ich keuchte und verzweifelte Anstrengungen machen mußte, gleichzeitig mit ihm oben auf dem Hügel anzukommen. Schweigend eilten wir am Friedhof vorbei, um zu den herrlichsten Dünen zu gelangen. Oben hielt der Professor einen Augenblick inne, um sich die Stirn zu trocknen, und als ich zum erstenmal zurücksah, war ich vollkommen überwältigt von der Schönheit der Aussicht. Unter uns lag der glitzernde Bodden mit seinen Buchten und kleinen Inseln, im Norden die See, im Westen die See, im Osten Rügen, und davor wiederum die See. Weit im Süden ragten die Türme von Stralsund auf. Hinter uns lag ein Kiefernwäldchen und erfüllte die Luft mit Wellen von Duft. Unter unseren Füßen war das kurze Gras voller Blumen – o große, herrliche Welt. Wie gut tut es, über große Weiten zu schauen, die Augen zu erheben, die Stille zu fühlen, die über einsamen Hügeln liegt. Wir standen regungslos vor der Schönheit von Gottes Erde, die sich vor uns ausbreitete. Der Ort war erfüllt von Gottes heiterer und mächtiger Gegenwart. Hoch droben in den Wolken sang eine Lerche ihren Freudengesang. Sonst war kein Laut zu vernehmen.

Ich glaube, wenn ich nicht bei ihm gewesen wäre, hätte der Professor Charlotte wieder vergessen, er hätte sich auf den geblümten Rasen gelegt und wäre, die Augen auf diese wundervolle Aussicht gerichtet, in Geistesabwesenheit versunken. Ich hielt ihn auf in genau dem Augenblick, als er zu Boden sinken wollte. »Nein, nein«, drängte ich, »setzen Sie sich nicht.«

»Nicht setzen? Und warum, bitte, soll ein erhitzter alter Mann sich nicht hinsetzen?«

»Zuerst wollen wir Charlotte suchen.« Als er nur diesen Namen hörte, fing er an zu laufen.

Die Bediente im Gasthaus hatte gesagt, Charlotte sei zum Leuchtturm hinaufgegangen. Von dort, wo wir waren, konnten wir ihn nicht sehen, aber wir eilten durch ein Stückchen des Kiefernwaldes, kamen am Nordende von Hiddensee heraus, und dort stand er am Rande der Klippen. Jetzt fing mein Herz, von gemischten Gefühlen bewegt, heftig an zu schlagen: Triumph darüber, daß ich kurz davor stand, soviel Gutes zu tun; Furcht davor, mein Plan könne durch irgendeinen verhängnisvollen Zwischenfall zerstört werden; Bedenken bei der Vorstellung, meine Taten könnten falsch beurteilt werden. »Warten Sie einen Augenblick«, sagte ich schwach, mit gedämpfter Stimme, und legte meine bebende Hand auf den Arm des Professors. »Lieber Professor, warten

Sie einen Augenblick – Charlotte muß jetzt ganz in der Nähe sein – ich möchte Sie beide nicht stören – so geben Sie ihr bitte diesen Brief«, – und damit zog ich mit großer Mühe, weil er dick war und meine Hände zitterten, aus meiner Tasche den wortreichen Brief, den ich in der Morgendämmerung von Stubbenkammer geschrieben hatte, und drückte ihn ihm in die Hand – »geben Sie ihn ihr, mit meinen Grüßen – mit meinen herzlichsten Grüßen.«

»Ja, ja«, sagte der Professor ungeduldig, er wollte nichts als weitereilen. Ohne viel zu fragen, stopfte er den Brief in seine Tasche, und wir rannten weiter. Der Fußweg führte über einen blütenbedeckten Abhang bis zu den Klippen, die an der Sonnenuntergangsseite der Insel ins Meer fielen. Wir waren nur ein paar Meter gegangen, als wir eine einsame Gestalt an diesem Abhang sitzen sahen, den Rücken uns zugewandt. Die Haltung von Kopf und Schultern wirkte mutlos über den vielen wilden Blumen – Skabiosen, Glokkenblumen und Kerbel –, durch deren zarte Lieblichkeit die schimmernde See leuchtete. Es war Charlotte.

Ich packte die Hand des Professors. »Sehen Sie – da ist sie«, flüsterte ich aufgeregt und hielt ihn einen Augenblick zurück. »Lassen Sie mir Zeit zu verschwinden – vergessen Sie den Brief nicht – lassen Sie mich erst in den Wald gehen – dann gehen Sie zu ihr. Nun wünsche ich Ihnen Heil und Segen, liebster Professor – viel Glück für Sie beide – Sie werden sehen, wie glücklich Sie werden.« Dabei preßte ich seine Hand mit so viel Inbrunst, daß er sichtlich erstaunt war, dann drehte ich um und floh.

Oh – wie ich floh! Nie in meinem Leben bin ich so schnell, so voller Angst gelaufen, als berührte ich die Erde nicht. Zurück durch den Wald, auf der anderen Seite hinaus, pfeilgerade hinab zum Bodden. Ich nahm den kürzesten Weg über die Wiese nach Kloster – oh, wie ich rannte! Jetzt noch, wenn ich daran denke, werde ich atemlos. Wie von Dämonen gehetzt rannte ich, wagte nicht zurückzuschauen, wagte nicht, anzuhalten und Atem zu holen, fort rannte ich, vorbei an der Kirche, am Pfarrer vorbei, der, wie ich mich noch erinnere, mir entgeistert über seine Gartenmauer nachstarrte, an den Weiden vorbei, den Binsen, hinab zum Landungssteg und zu Gertrud. Alles war bereit. Ich hatte die strengsten geheimen Befehle gegeben. Sprachlos warf ich mich in das Beiboot, in einer herzbeklemmenden Mischung aus Hitze, Angst und Begeisterung. So schnell, wie zwei kräftige Männer nur konnten, wurde ich zum Segelboot gerudert und zum dort wartenden Kapitän.

Der Wind war erschreckend leicht, das Wasser erschreckend klar. Anfangs lag ich als zitterndes Häufchen auf den Kissen. Kaum wagte ich zu denken, daß wir nicht von der Stelle kämen, kaum wagte ich mich zu erinnern, daß ich ein kleines Boot, an einen Pfosten gebunden, vor dem Gasthaus gesehen hatte, und falls die Bertha nicht bald fortkam …

Das Schicksal lächelte auf die Wohltäterin. Eine sanfte Brise füllte die Segel, am Bug war ein deutliches Plätschern zu vernehmen, das sich zum Gluckern steigerte, und Kloster mit seinen Weiden, seinen Dünen, seinem Gasthaus und der Unmöglichkeit, von dort wegzukommen, zog sich leise in die Schatten zurück.

Nun streckte ich mich mit einem tiefen Seufzer der Erleichterung auf meinen Decken aus und erlaubte Gertrud, mit mir ihr Wesen zu treiben. Nie bisher hatte ich mich so reizend gefunden, so freundlich, ganz wie ein segenspendender Engel. Wie dankbar würde der liebe alte Professor mir sein. Und ebenso Charlotte, sobald sie meinen Brief gelesen und verstanden hatte, was ich sagen wollte. Denn sie mußte einfach verstehen, und es war ja auch reichlich Zeit dazu. Ich lachte laut vor Freude über meinen erfolgreichen Plan. Da waren sie nun auf dieser winzigen Insel, und dort mußten sie bis morgen bleiben, wahrscheinlich länger. Vielleicht gewannen sie diese so lieb, daß sie auf unbestimmte Zeit dort blieben. Jedenfalls hatte ich sie wieder vereint – wieder vereint und mich selbst befreit. Ganz entschieden war dies eine jener guten Taten, die beide beglücken, den, der handelt, und den, der empfängt. Kein Wohltäter konnte sich wohler fühlen, weil er wohlgetan hatte, als ich, während ich an Deck der Bertha lag und die Möwen beobachtete. Dabei aß ich nicht nur meine Kirschen, sondern auch die des Professors.

Durch den Wieker Bodden mußten wir kreuzen. Stunde um Stunde kreuzten wir und kamen kaum voran. Der Nachmittag verging, es kam der Abend, und wir kreuzten noch immer. Die Sonne ging strahlend unter, der Mond stieg auf, die See war tiefviolett, die Wolken im Osten um den Mond schimmerten in perligem Weiß, die Wolken im Westen waren über alle Begriffe herrlich. Sie flammten in wunderbaren Farben, und der Widerschein des Lichts verklärte unsere Segel, unsere Schiffer, unser ganzes Boot wie ein Traumschiff in unirdischem Strahlen – auf dem Wege zum Elysium, bemannt von unsterblichen Göttern.

Nun siehe wie die Farbe, Bräutigam der Seele,
Das Haus des Himmels wunderbar bereitet für die Braut.

Ich sprach diese Verse voll ehrfürchtiger Scheu, ich schaute in diese weite Flut von Licht, mit gefalteten Händen, in hingerissener Stimmung. Dies war ein feierlicher und großartiger Schluß meiner Reise.

DER ELFTE TAG

Von Wiek nach Hause

Der Reisende, für den ich dieses Buch zu schreiben begann und den ich während des Schreibens so oft vergaß, mag hier wohl einwenden, daß ich noch nicht um ganz Rügen herumgefahren war und deshalb nicht vom Ende meiner Reise sprechen könne. Doch was der Wanderer auch sagen möge – nichts wird mich davon abhalten, in diesem Kapitel heimzukehren. Jawohl – ich bin am Morgen des elften Tages heimgefahren, von Wiek nach Bergen mit der Kutsche und von dort mit dem Zug. Bis auf die eine langweilige Ecke im Südwesten hatte ich meinen ursprünglichen Plan ausgeführt, war tatsächlich rund um die Insel gefahren.

Als ich an diesem Sonntag abend um zehn Uhr im Gasthaus in Wiek ankam, ging ich geradewegs und sehr leise zu Bett. Ich verließ das Gasthaus am Montag morgen um acht Uhr, und ich hätte fortgehen können, ohne Mrs. Harvey-Browne jemals wiedergesehen zu haben. Doch der Gedanke an Brosys unverminderte Freundlichkeit bestimmte mich, Gertrud mit einem Abschiedsgruß hinaufzuschicken.

Mrs. Harvey-Browne hatte von der Wirtin alles über meine Fahrt auf der Bertha erfahren, auch daß ich untadelig und allein war und den Professor heil seiner Ehefrau überantwortet hatte. Daher verzieh sie das Kinn-Kraulen, vergab mir das heimliche Fortsegeln und eilte im Morgenrock auf den Treppenabsatz, Wärme im Herzen und Honig auf den Lippen.

»Was, Sie wollen uns verlassen, liebe Frau X?« rief sie übers Geländer. »Und so zeitig? So plötzlich? Ich kann nicht zu Ihnen hinunterkommen, bitte kommen Sie herauf. Warum haben Sie mir nicht gesagt, daß Sie heute abreisen?« fuhr sie fort, als ich hinaufgekommen war, und sie hielt meine Hand in ihren beiden und sprach mit eindringlicher Herzlichkeit – ganz die gütige Frau eines Bischofs.

»Ich war noch nicht ganz sicher. Leider muß ich nach Hause fahren, noch heute. Ich werde dort gebraucht.«

»Das kann ich ja so gut verstehen – selbstverständlich brauchen Sie Ihren kleinen Sonnenstrahl!« rief sie und wurde mit jedem Wort zärtlicher. »So, und jetzt sagen Sie mir«, fuhr sie fort und streichelte meine Hand, die sie festhielt, »wann kommen Sie und besuchen uns alle in Babbacombe?«

Babbacombe. O Himmel. Ja, wann? Nie, nie, nie, schrie meine Seele. »O vielen Dank«, murmelten meine Lippen, »wie freundlich von Ihnen. Aber – glauben Sie, der Bischof würde mich mögen?«

»Der Bischof? Er würde Sie mehr als mögen, liebe Frau X – er würde geradezu stolz auf Sie sein.«

»Stolz auf mich sein?« hauchte ich schwach. Vor meinen geblendeten Augen stand die prächtige Vision eines Bischofs, der stolz auf mich war, dieses Bischofs, von dem ich immer nur gehört hatte, er mache sich ständig große Sorgen. »Wie freundlich Sie sind. Ich fürchte nur, Sie sind zu freundlich. Ich fürchte, er würde sehr bald merken, daß in mir nichts ist, ihn stolz zu machen, aber vieles, ihm Sorgen zu machen.«

»Nun, nun, wir wollen nicht so bescheiden sein. Natürlich weiß der Bischof, daß wir alle Menschen sind und unsere kleinen Fehler haben. Ich versichere aber, er würde entzückt sein, Sie kennenzulernen. Er ist ein äußerst weitherziger Mann. Also – versprechen Sie es.«

Ich flüsterte verwirrt meinen Dank und versuchte, ihr meine Hand zu entziehen, doch sie wurde festgehalten. »Ich werde noch meinen Mittagszug in Bergen versäumen, wenn ich nicht sofort gehe«, flehte ich, »ich muß wirklich gehen.«

»Sicherlich haben Sie Sehnsucht, Ihre Lieben alle wiederzusehen ...«

»Wenn ich diesen Zug nicht erwische, komme ich heute abend nicht nach Hause. Ich muß wirklich fort.«

»Ach ja, nach Hause. Wie reizend muß Ihr Heim sein. Man hört so viel über das zauberhafte deutsche Familienleben, aber wenn man nur durch das Land reist, hat man leider keine Gelegenheit, einen Blick daraufzuwerfen.«

»O ja, so ging es mir auch in anderen Ländern. Leben Sie wohl – ich muß jetzt einfach rennen. Leben Sie wohl.« Damit riß ich meine Hand los und stieg mit verzweifelter Entschlossenheit die Leiter hinunter, so schnell ich nur konnte, ohne auszugleiten, denn ich wußte, daß die Frau des Bischofs sich im nächsten Augenblick selbst eingeladen hätte – und daran wagte ich nicht zu denken.

»Und die Nieberleins?« rief sie, über das Geländer gebeugt.

»Die sind auf einer Insel. Völlig unerreichbar bei diesem Wind. Eine reine Wüste – nichts als Seevögel –, man wird seekrank beim Hinfahren. Leben Sie wohl.«

»Ja, kommen sie denn nicht hierher zurück?« rief sie noch lauter, denn ich war nun durch die Tür und draußen auf dem Weg.

»Nein, nein – Stralsund, Berlin, Bonn. Leben Sie wohl.«

Draußen warteten der Wirt und seine Frau, sie mit einem großen Rosenstrauß und noch einem Korb voller Kuchen. Brosy war auch da und half mir in den Wagen. »Es tut mir schrecklich leid, daß Sie abreisen«, sagte er.

»Ja, auch mir. Aber schließlich muß jeder mal gehen. Beachten Sie die ewige Wahrheit, die in diesem Satz versteckt ist. Wenn Sie je allein durch Deutschland wandern, dann besuchen Sie uns.«

»Ja, das werde ich sehr gern tun.«

Und unter solchen gegenseitigen Artigkeiten trennte ich mich von Brosy.

Und damit endete meine Reise rund um Rügen. Von

dieser letzten Fahrt zum Bahnhof in Bergen ist nichts zu berichten, außer daß das Land flach war und wir das Jagdschloß in der Ferne erblickten. Am Bahnhof verabschiedete ich mich von der Kutsche, in der ich manchmal gelitten hatte und oft sehr glücklich gewesen war. August blieb über Nacht in Bergen und würde am nächsten Tag die Pferde nach Hause bringen. Schon kam der Zug und schluckte Gertrud und mich, und Rügen sah nichts mehr von uns.

Doch ehe ich mich vom Wanderer trenne, der mittlerweile sehr ermüdet sein muß, will ich ihm die folgenden gerafften Erfahrungen mitteilen:

> Das Baden war am schönsten in Lauterbach.
> Das beste Gasthaus war in Wiek.
> Am glücklichsten war ich in Lauterbach und Wiek.
> Am elendesten war ich in Göhren.
> Der billigste Ort war Thiessow.
> Der teuerste war Stubbenkammer.
> Der allerschönste Platz war Hiddensee.

Zum Schluß mag er vielleicht erfahren, obgleich es ihn eigentlich nichts angeht, was aus den Nieberleins geworden ist. Es tut mir sehr leid, nur sagen zu können, daß ich von beiden Briefe erhielt, deren Inhalt keinesfalls der Öffentlichkeit zugänglich gemacht werden darf. Eine gemeinsame Bekannte erzählte mir, daß Charlotte die Scheidung eingereicht habe.

Als ich das hörte, war ich wie vom Donner gerührt.

Nachwort

Kurz vor der letzten Jahrhundertwende – 1898 – erschien in England ein Buch, dessen Titel zugleich das »Pseudonym« der Verfasserin enthielt. Es hieß: ›Elizabeth and her German Garden‹ und wurde ein Publikumserfolg. Fast hundert Jahre später gab es der Insel-Verlag in deutscher Übersetzung heraus. Die Autorin, die sich hinter diesem Vornamen verbarg, war die in Neuseeland geborene und drei Jahre in Australien aufwachsende Engländerin Mary Annette Beauchamp, die sehr jung den beträchtlich älteren pommerschen »Junker« Henning Graf von Arnim geheiratet hatte. Inhalt des Buches sind die Erfahrungen der Schreiberin bei der ausführlichen Neugestaltung eines vernachlässigten alten Gutshauses und seines völlig verwilderten Gartens. Erstaunlich geschickt, freimütig und diskret zugleich, mischt die literarische Debütantin ihre kritischen Ansichten über die zeitgenössische Gesellschaft in diese tagebuchartigen Aufzeichnungen. Ganz im Sinne zeitgemäßer Naturzuwendung und weiblicher Freiheitsbestrebung, dabei durchaus eigenwillig und bar jeglicher »Weltanschauung«, niemals eifervoll, dabei stets von leise ironischer Distanz ist alles, was sie zu ihrer deutschen Umwelt anmerkt.

An dieses Genre des sehr persönlichen, leichthändig zeitkritischen »Erfahrungsberichts« hat sie sich auch in einigen ihrer späteren Veröffentlichungen gehalten: zum Beispiel in ›Alle Hunde meines Lebens‹ und in dem jetzt erstmals deutsch vorliegenden erzählerischen Reisetagebuch ›Elizabeth auf Rügen‹. Außerdem entstand eine Reihe seinerzeit vielgelesener Romane, die vielleicht einer aufmerksamen Durchsicht bedürften. Auch in ihnen, wie in ›Father‹/›Vater‹ – der Geschichte eines väterlichen Tyrannen und einer viktorianisch-folgsamen Tochter, die sich schließlich doch noch

»selbst verwirklicht« –, zeigt sich in der Charakteristik der Personen ihr von Humor gemilderter Scharfblick.

Mary Annette Beauchamp wurde am 31. August 1866 als jüngstes von sechs Kindern eines arm nach Australien ausgewanderten Engländers geboren. In allen Aufzeichnungen über sie ist immer nur vom Vater die Rede, der es als Reeder zu Erfolg und Reichtum brachte und sich bereits mit sechsundvierzig zur Ruhe setzte oder vielmehr, begleitet von seinen sechs Kindern und einem Adoptivkind, mit dem Segelschiff nach England aufbrach. Dort sollten die Kinder ihre Erziehung erhalten. Aber schon nach einem Jahr verpflanzte er sie – zum gleichen Zweck – nach Lausanne. Diese Beweglichkeit hat ohne Zweifel das gängige viktorianische Erziehungsmodell für Mädchen erheblich abgewandelt und aufgelockert. Des Vaters »Wanderlust« – übrigens ein aus dem Deutschen in den englischen Sprachschatz aufgenommenes und vielgebrauchtes Lehnwort – scheint sich auf die jüngste Tochter übertragen zu haben. Dreiundzwanzigjährig begleitet sie ihn auf einer Italienreise, die auch für begüterte »höhere Töchter« zum Bildungsprogramm gehörte, und lernte in Rom den um sechzehn Jahre älteren Henning von Arnim kennen. Sie heiratete ihn, folgte ihm zunächst nach Berlin – das sie nicht sonderlich mochte –, brachte kurz nacheinander vier Töchter und dann noch den ersehnten Sohn zur Welt und zog – zunächst allein – auf das Gut Nassenheide in Pommern, ursprünglich ein Frauenkloster, ein verwahrloster düsterer Bau, den sie hell und bewohnbar machte. Eben dieser mühsame Lernprozeß einer begabten Innenarchitektin und Gärtnerin aus Liebe zur Natur ist in ihrem ersten Buch beschrieben.

Die Ehe war, heißt es aus Freundeskreisen, »stürmisch«. Ganz so arg kann der von ihr als »der Grimmige« apostrophierte Graf nicht gewesen sein: Immerhin hat er ihr die Freiheit eingeräumt zu leben, wo und wie sie wollte – was von einem patriarchalischen Standesherrn nicht ohne weiteres zu erwarten war.

Sicherlich wich ihre Lebensvorstellung in vielem von seiner ab, und auch der eilige Kindersegen mag nicht ganz in ihrem Sinne gewesen sein. Dennoch war ihr Verhältnis zu den Kindern liebevoll und unkonventionell. Sie wuchsen ziemlich wild oder – um es in einer Wendung der Zeit zu sagen – »in Freiheit dressiert« auf, und auch ihre – später als Schriftsteller namhaften – Hauslehrer E. M. Forster und Hugh Walpole vermochten sie offenbar nicht ganz zu zähmen.

Es ist eine merkwürdige, nicht eben gewöhnliche Mischung von Standesbewußtsein, selbstverständlich hingenommenen Privilegien, Unmittelbarkeit, Frische und unabhängigem Verhalten, die sich da in den literarischen Äußerungen der Autorin zu erkennen gibt. Sie läßt (in ›Elizabeth und ihr Garten‹) eine muntere Freundin ziemlich Herausforderndes über Männer äußern, eine tolpatschige englische Studentin (die ein Buch über »typisch Deutsches« zu schreiben vorhat und sich pausenlos Notizen macht) in alle nur denkbaren Fettnäpfchen treten, sie legt dem »Grimmigen« Aussagen über die Beschränktheit der Frau und die Richtigkeit der geltenden, sie in ihrer Bewegungsfreiheit hemmenden Gesetze in den Mund, die ihr hätten »contre cœur« gehen und sie eigentlich aus dem Hause treiben müssen. Aber sie gehört auch nicht zu den entschlossenen oder gar erbitterten Frauenrechtlerinnen und steht nicht an, deren Rigorismus und Humorlosigkeit zu belächeln, wobei sie in ihrer Charakteristik gelegentlich bis hart an die Karikatur geht. Die emanzipierte, mit einem deutschen Professor verheiratete Kusine, die sie zufällig auf ihrer Rügenfahrt trifft, ist – jedenfalls in der Spiegelung des Buches – bei allem intellektuellen Scharfsinn und aller moralischen Entschiedenheit eher ein unglückliches Geschöpf. Sie gibt sie jedoch nicht schonungslos der Lächerlichkeit preis, sie zeigt ihren menschlichen Zwiespalt und verhehlt auch keineswegs ihre eigene Sympathie mit einigen ihrer Ziele, weniger wohl mit ihren Mitteln und Wegen, sie zu erringen. Sie wünscht sich durchaus einige Änderungen im Umgang zwischen Männern und Frauen, und ihre Männerfiguren – der despotische Dichter in ›Father‹/›Vater‹ und sein liebenswert schwacher Gegenspieler James, der Geistliche wider Willen, der als Genie gefeierte deutsche Professor mit seiner ziemlich wahllosen Neigung zu jugendfrischer Weiblichkeit und der eifrige gelehrte Oxford-Student »Brosy« – sind keine Musterexemplare glanzvoll überlegener Männlichkeit. Freilich, die Damen, die Elizabeth auftreten läßt, sind oft schlimmer: Sie erliegen ihrem gesellschaftlichen Ehrgeiz, ihrem Standesdünkel, ihrer drögen Herrschsucht, wie Brosys Mutter, die sich gern als »Frau des Bischofs« titulieren läßt (in ›Elizabeth auf Rügen‹), oder wie Alice, die schier unerträgliche Schwester des sanften James (in ›Father‹). Ihr Einfluß auf die Männer – ob Brüder oder Söhne – ist verheerend. Die Mängel der gesellschaftlichen Oberschicht treten klar zutage. Aber auch die »einfachen Leute« werden keineswegs verklärt. Im beginnenden Massenzeitalter gehen – das notiert die Schreiberin mit sicherem Blick – menschliche Qualitäten so rasch verloren wie die unschuldigen Reize der »unberührten« Natur. Allerdings, Ausnahmen bestätigen die Regel: Die herzensgute Wirtin im kleinen Gasthaus in Wiek auf Rügen versorgt die Reisende – für ihren Abstecher auf das von der Berliner Bohème noch nicht entdeckte Inselchen Hiddensee – mit selbstgebackenem Kuchen und Obst aus dem eigenen Garten.

Die Reise nach Rügen, quer durch Rügen und um Rügen herum ist im Jahrzehnt vor dem Ersten Weltkrieg schon in Art und Aufwand ein Zeitkuriosum. Denn Elizabeth reist nicht allein und nicht mit Schiff und Eisenbahn, sondern mit eigener Kutsche, einer leichten »Victoria«, mit Kutscher August und Jungfer Gertrud, einer ebenso untadeligen wie unergiebigen Reisebegleiterin, die mit ihr nur in der dritten Person spricht. Die Unternehmung ist ein wenig kühn für die gesellschaftlichen Usancen Preußisch-Pommerns, und zugleich doch wohlbehütet. Die kleinen Wagnisse und Abenteuer finden unprogrammäßig statt. Das von der Reisenden so sehnlichst gesuchte Alleinsein ergibt sich kaum je, oder doch nur für Augenblicke. Es ist – das hat sie in ihrer Unkenntnis nicht bedacht – Ferienzeit: Die damals schon als Ziel bürgerlicher Reisenden beliebte Insel ist überfüllt mit überwiegend unangenehmen, rauchenden und lärmenden Deutschen, bequeme Unterkunft schwer zu bekommen; woraus sich teils mißliche, teils überraschend freundliche Erfahrungen ergeben.

Daß diese Schilderungen weder boshaft noch betulich ausfallen, sondern nachdenklich-amüsant, liegt an dem mit Talenten gutausgestatteten Naturell der Schreiberin: Sie ist lebensklug und welterfahren, sie hat Menschenkenntnis und ein starkes Naturgefühl, sie kann gesellig sein, aber ist – glaubhaft – am liebsten allein, weil sie sich offenbar nie langweilt, eine gute Beobachterin und eine begierige Leserin ist. Und: Sie nimmt sich und ihre Umwelt nicht *ganz* ernst. Ironie, gepaart mit Selbstironie, ist eine ihrer hervorragenden Eigenschaften. In ihren besten Passagen reicht sie an Tucholskys freche Grazie in ›Rheinsberg‹ und ›Schloß Gripsholm‹ heran.

Der behäbig wirkende Hintergrund eines pommerschen Gutes war so sicher nicht: Das Gut trug sich nicht und mußte verkauft werden. Was von Elizabeth dazu gedacht war, den Kummer ihres Mannes über den Verlust zu heilen, schlug ins Gegenteil um. Sie überredete ihn, sich mit ihr in England anzusiedeln – wo sie sich in den letzten Jahren dieser Ehe häufig aufhielt und das ihr vertraut war. Für den Grafen aber war es zu spät, verpflanzt zu werden: Er starb kurze Zeit darauf im Sommer 1910.

Die Kinder waren in verschiedenen Internaten untergebracht, sie war zum ersten Mal wirklich allein, ohne eheliche Pflichten – finanziell unabhängig. Sie konnte ihrer »Wanderlust« nachgeben und reisen. Aber einen Wohnort nach ihrem Sinne zu finden und auszugestalten war ein mindestens so starker Gegenzug in ihrem Wesen. 1912 bot sich ihr in der Nähe von Siders in Radogne-sur-Sierre im Wallis ein hochgelegener Bauplatz mit schöner Aussicht an. Dort ließ sie von einem Schweizer Architekten ein Chalet bauen, dessen Raumprogramm – fünfzehn Gastzimmer und sieben Badezimmer – auch einen erkennbaren Lebensplan enthielt: Sie wollte einen Treffpunkt schaffen für ihre heranwachsenden Kinder und deren Anhang, aber auch für ihre eigenen Freunde und Schriftstellerkollegen.

Den munteren Betrieb, der sich dort entfaltete, hat sie in ihrem reizvollen kleinen Buch ›Alle Hunde meines Lebens‹ beschrieben – einer Bagatelle mit tieferer Bedeutung, die sie bereits unter dem Namen Elizabeth Russell veröffentlichte. Denn 1916 (mit gerade fünfzig) hatte sie trotz ihres Freiheitsdrangs den ältesten Bruder des englischen Philosophen Bertrand Russell geheiratet, ein zweiter – mißglückter – Versuch, sich in einer dauerhaften Partnerschaft zu arrangieren. Wenn die erste Ehe »stürmisch« verlief, so muß die neue Verbindung für die inzwischen an Unabhängigkeit gewöhnte, eigenwillige Elizabeth unerträglich gewesen sein. Der »Grimmige« hatte sich zwar herablassend über Frauen geäußert – wie es in ›Elizabeth und ihr Garten‹ reflektiert wird –, ihr aber immerhin beträchtliche Bewegungsfreiheit eingeräumt. Dazu scheint der zweite, von Freunden und ihrer Biographin Leslie de Charms als tyrannisch und launenhaft geschilderte Ehemann nicht bereit gewesen zu sein. Die Ehe wurde bald wieder gelöst.

Die Jahre danach haben ihr literarische Resonanz und freundschaftliche, wohl auch amouröse Beziehungen eingebracht.

Erst in der Schweiz lernte Elizabeth ihre um achtzehn Jahre jüngere – bereits einer Generation mit anderen Erfahrungen angehörende – Kusine Katherine Mansfield kennen. Katherine suchte, damals schon schwer tuberkulös, mit ihrem Mann John Middleton Murry in Montana Heilung – einer ihrer vielen Versuche, ehe sie sich dem Guru Berdiejeff anvertraute und in seinem »Institut« in der Nähe von Paris an einem Blutsturz starb.

Der persönliche Hintergrund der beiden Kusinen war grundverschieden: Elizabeth hatte – bei einigen Besorgnissen um ihren Besitz – immer in »guten Verhältnissen« gelebt. Für Katherine Mansfield gab es diese Sicherheit, die sie sich als Hintergrund für ihre Arbeit so sehnlich gewünscht hatte, nie. Die Ähnlichkeit liegt vor allem in dem großen Unabhängigkeitsdrang, den vielleicht beide zu einem Teil ihrer Herkunft aus einem jungen und wilden Kontinent verdanken. Er hat sie allerdings ganz verschiedene Wege einschlagen lassen, und Katherine Mansfield wohl die deutlich riskanteren. Sie ist auch ganz ohne Zweifel das entschiedenere und formal bedeutendere Talent, und von Anfang an – bei allen immer wieder auftauchenden Zweifeln – von ihrer künstlerischen Berufung erfüllt. Auch Elizabeth Russell war eine in ihrer Art geschätzte Autorin und hat das Schreiben – vor allem in ihren späteren Jahren – ernst genommen. Zunächst aber war es ein Ventil für persönliche Erfahrungen, eine ironisch-anmutige Marginalie zu ihrem »wirklichen« Leben. Fast alle ihre Bücher haben eine stark autobiographische Komponente.

Es gibt noch eine andere Übereinstimmung zwischen den beiden, vielleicht aber teilen sie diese Erfahrung mit vielen aufgeweckten und sensiblen Frauen dieser Epoche um 1900: Sie sind schwierige Partnerinnen, dauerhafte Liebesbeziehungen gelingen ihnen nicht. Sie suchen und lieben das Alleinsein und – leiden daran. (Auch die Verbindung zwischen Katherine Mansfield und John M. Murry hatte ihr erhebliches Auf und Ab, und über lange Zeiten waren sie Getrennte.) Elizabeth verband nach ihren beiden Ehen eine enge Beziehung mit H. G. Wells, die aber auch nur zwei Jahre bestand. Eine spätere Bindung an einen sehr viel jüngeren Mann lockerte sich unaufhaltsam, bis Elizabeth sich, dreiundsechzigjährig, von ihm trennte, das Châlet im Wallis aufgab und sich in der Provence ansiedelte.

Hierher kehrte sie von ihren Reisen, unter anderem nach Amerika, wo zwei ihrer Kinder verheiratet waren, immer wieder zurück. In einem Brief an eine ihrer Töchter bekennt sie: »Auf die Dauer ist nur Liebe wichtig. Man muß auf der Welt jemanden haben, der einen mehr liebt als alles andere, und wer diesen Halt nicht hat, ist verloren.« Vielleicht entsprang diese Äußerung einem resignierten Augenblick. Denn »verloren« erscheint sie mit allen ihren energischen, in so viele Richtungen gehenden Unternehmungen keineswegs, eher »unzugehörig«.

Diese Unzugehörigkeit galt für sie in bezug auf die vorgegebenen Lebensverhältnisse, die der Frau einen ihrer Meinung nach zu eingeschränkten Wirkungskreis zuschrieben. Sie galt auch für ihre menschlichen Beziehungen. Eine enge Bindung an ihre Kinder bestand wohl nur in deren ersten Lebensjahren, die Trennung – sie wuchsen in Internaten auf – ergab sich früh. Ihre literarische Arbeit hat sie in den Kreis englischer Schriftsteller ihrer Generation eingebunden und sie zugleich in ihrer Unabhängigkeit bestärkt. Schreiben ist ein einsames Geschäft – das liegt in der Natur der Sache. Es ist sehr die Frage, ob die nachfolgenden Frauengenerationen durchweg den Zwiespalt von bedingungsloser Zuwendung zu einem Menschen – oder gar zu mehreren, einer Familie also – mit der ebenso bedingungslosen Hingabe an ihre Arbeit besser zu versöhnen gelernt haben.

Kyra Stromberg